WORLD TEACHER

세계식 교육 에이전트

코 코이치 지음 Nardack 일러스트

선필 옮김

5

지켜야 할
존재를 위하여─────

소녀들은 약동한다.

결전의 땅──

결전의 날의
아름다운 새벽.

월드 티처
이세계식 교육 에이전트

티처

네코 코이치 지음
Nardack 일러스트
천선필 옮김

15

CONTENTS

Illust : Nardack

세계에서 가장 큰 나라라고 불리는 생도르는 지금까지 겪어본 적이 없었던 위기를 맞이하고 있었다.

생도르에는 마대륙이라 불리는 이웃 대륙에서 몇 년마다 대규모 마물 무리가 쳐들어오는 '범람'이라는 현상이 발생하는데, 그 범람이 생도르의 멸망을 원하는 자…… 람다로 인해 인위적으로 일어난 것이다.

그리고 람다는 마물을 조종할 수 있는 능력을 지니고 있는 모양이라 마대륙에서 무한대라고 할 만큼 많은 마물들을 데리고 생도르로 침공했다.

처음에는 우연이었지만, 나중에 여러 가지 사정이 뒤얽힌 결과 우리는 그 싸움에 힘을 빌려주게 되었고 대규모 마물 무리를 막아내기 위한 시설…… 전선 기지에서 싸움을 벌이고 있었다.

그리고 전선 기지에서 싸움이 시작된 지 5일째.

날마다 마물의 공세가 거세지는 와중에 전선 기지를 포기하고 철수하는 것을 고려하고 있었을 때…… 내가 원군으로 부른 용족인 제노드라 일행이 도착했고, 세계 최강의 검사인 강검 라이오르와 젊은 검사 베이올프도 달려와 주었다.

그들의 활약으로 인해 와해될 뻔했던 전황을 겨우 다잡는데 성공한 우리는 아슬아슬하게 5일째를 넘어설 수 있었다.

저녁이 되자 일제히 물러가기 시작한 마물을 쫓아가려 하던 영감님을 겨우 말리고, 뒤따라온 레우스 일행과 함께 전선 기지 정문으로 돌아오자 많은 병사들이 환호성을 지르며 우리를 맞이해 주었다.

전투가 끝나고 새삼 강검의 모습을 봐서 그런지 병사들의 환호성이 줄리아가 활약했을 때보다 더 컸다. 이렇게 기뻐해주니 나도 기뻐지는데, 영감님만은 왠지 모르겠지만 불쾌하다는 듯이 병사들을 바라보고 있었다.

"으음…… 소란스럽군. 짖어댈 기운이 있다면 검이나 휘둘러라, 검이나."

"저도 동감이네요. 하지만 그들은 강검님께서 와주셨다는 걸 진심으로 기뻐하는 겁니다. 조금만 더 마음대로 하게 해주세요."

"흥, 뭐, 됐다. 그런데 아가씨는 누군고?"

"자기소개가 늦었습니다. 저는 줄리아라고 합니다."

줄리아는 동경하던 강검을 만나서 기쁜 마음을 감추지 못했지만, 안타깝게도 그 상대는 자기가 가고 싶은 길만 나아가는 영감님이다. 어린애처럼 순수한 눈빛으로 바라보는 줄리아를 보고도 왠지 귀찮다는 듯이 대하고 있었다.

"나는 여행하는 검사, 일기당천이다. 강검 같은 건 모른다."

"무슨 소리야. 할아버지가 강검이잖아."

"시끄럽다! 나는 일기당천이다."

그러고 보니 예전에 이 영감님이 한 명의 검사로서 다시 단련할 테니 강검 라이오르가 아닌 다른 이름으로 바꾼다……고 했던 것 같다.

묘하게 고집을 부리고 있으니 레우스에게 더 이상 따지지 말라고 말렸을 때, 정문 앞에서 기다리고 있던 알베리오 일행과 줄리아의 친위대가 다가왔다.

"여러분, 어서 오세요. 줄리아 님하고 레우스도 무사해서 다행이야."

"진짜, 정말 시끌벅적하게 날뛰던데. 나도 같이 갈 걸 그랬어."

"뒤처리는 저희에게 맡기고 시리우스 씨하고 일행분들은 쉬세요."

격전이 연달아 벌어지고 있기에 다른 사람들도 피로가 많이 쌓인 것 같지만, 중상을 입은 사람은 예상보다 훨씬 적으니 그나마 안심이다.

그리고 주위에 굴러다니는 마물의 시체 사이에서 아직 살아 있는 마물을 확인하던 베이올프 일행을 곁눈질로 보며 걸어가고 있는데, 올려다봐야 할 정도로 높은 방벽 위에서 에밀리아가 내려왔다. 떨어지면 부상으로 끝나지 않을 높이에서 뛰어내렸는데도 조용하게 착지한 에밀리아는 내 앞으로 다가와 활짝 웃었다.

"고생 많으셨어요, 시리우스 님. 이걸 쓰세요."

"고마워. 공격은 그렇다 쳐도 피는 전부 피할 수가 없으니까."

그녀가 내민 수건을 받아들고 몸에 묻은 마물의 피와 먼지를 닦고 있자니 에밀리아가 매우 뜨거운 시선으로 나를 보고 있다는 걸 눈치챘다.

"정말 멋진 활약이셨어요. 시리우스 님의 시종으로서 자랑스럽네요."

"그렇게 띄워줄 필요는 없어. 그 정도로 해낼 수 있었던 건 영감님이 함께 있어준 덕분이니까. 그건 그렇고, 최근 며칠 동안은 원거리전만 벌였으니까 오늘은 딱 좋게 운동했지."

"아, 이쪽에 아직 얼룩이 남아있네요. 제게 맡겨주세요!"

여전히 나를 돌봐주는 게 기쁜 모양이다. 에밀리아가 수건으로 정성껏 내 얼굴을 닦아주고 있는데, 그 옆에는 에밀리아보다 더 기뻐 보이는 사람이 있었다.

"크으…… 에밀리아가 이렇게 미인으로 자라다니! 고귀하구나……."

"후후, 벌써 10년 가까이 지났으니 자라는 게 당연하죠. 할아버지도 수건 쓰시겠어요?"

"게다가 이렇게 눈치가 빠르고…… 크헉?! 에잇, 살아있는 마물은 없느냐!"

에밀리아가 성장한 게 너무 기쁜 나머지 흘러넘치는 감정을 억누를 수가 없는 모양이었다.

폭포처럼 쏟아지는 눈물…… 사나이의 눈물을 흘리며 감정을 쏟아낼 곳을 찾기 시작하는 살벌한 영감님을 보고 주위에 있던 병사들도 거리를 벌리기 시작한 모양이었다. 줄리아와 이야기하고 있던 레우스가 그 소동을 눈치채고 다가왔는데, 이야기 내용을 듣고 있었는지 어이가 없다는 표정으로 영감님을 보고 있었다.

"뭐야. 누나가 빛나 보인다고 하더니, 역시 잘 안 보였던 거

였네."

"빛난다고요? 잘 모르겠지만, 레우스도 이걸로 몸가짐을 바로 잡으세요. 아, 하는 김에 할아버지의 눈물하고 콧물도요."

"어쩔 수 없네. 자, 흥 하라고."

"으윽?! 어째서 애송이가 나서는 게냐! 에밀리아가 해줘야지!"

얼굴에 수건을 마구 들이밀었으니 영감님이 화를 내는 것도 당연하겠지만, 저렇게 뻔뻔하게 말하는 것도 뭔가 아닌 것 같다.

기어코 검을 휘두르며 레우스를 쫓아다니기 시작한 영감님을 보고 어이없어하고 있자니 이번에는 하늘에서 주위를 확인하고 있던 제노드라 일행이 내려왔다.

『시리우스. 이제 주변에는 마물이 없는 것 같다. 그건 그렇고, 그렇게 도망치는 마물은 처음 보았구나.』

『그래, 우리를 부를 만도 했겠어. 그런데 저자들은 뭘 하고 있는 게지? 검을 휘두르고 있는 것 같다만, 혹시 저 둘은 적이었나?』

"여러모로 골치 아픈 관계라서 말이지. 신경 쓰지 말아줘."

『……그런가.』

좀 전까지 목숨을 걸고 전투를 벌였는데, 둘 다 참 기운이 넘친다. 뭐, 레우스에게는 지금이 더 위험한 건지도 모르겠지만.

그런 두 사람의 술래잡기는 에밀리아가 내 땀을 다 닦아주고 나서 말리러 나설 때까지 계속 이어졌다.

그 이후로 용족의 대표인 제노드라만 데리고 가서 전선 기지 안에서 이루어진 작전 회의를 마친 나는 모두가 모여 있는 식당으로 향하고 있었다.

회의가 좀 길어져서 배고픈 상태로 식당 안에 발을 내디뎠는데, 그곳은 한마디로 말하자면 혼돈(카오스)이었다.

안 그래도 눈에 띄는 내 제자들뿐만이 아니라 강검으로 이름난 영감님, 사람의 모습으로 변한 용족들까지 있기 때문이다.

그리고 묘하게 떠들썩한 건 그들을 잠깐이라도 보려고 많은 병사들이 모여 있기 때문이기도 했지만, 가장 큰 이유는 레우스와 영감님이었다.

"할아버지 혼자서 다 먹지 말라고!"

"시끄럽다! 이건 전부 내 것이다!"

사람들을 헤치며 다가가서 확인해 보니 아무래도 영감님이 큰 접시에 담긴 고기구이를 독점하고 있는 모양이었다.

정말…… 배가 고프다는 건 이해가 되지만, 어른스럽지 못한 영감님이다.

"이건 에밀리아가 만든 거란 말이다! 내가 전부 다 먹을 게다!"

정말 어른스럽지 못하다.

에밀리아가 있으면 이런 소동도 금방 잠잠해지겠지만, 지금은 안쪽 조리실에서 요리를 추가로 하고 있는 모양이라 영감님의

13

폭주를 막을 사람이 없는 것 같았다.

참고로 알베리오와 키스는 수왕 곁에 있는 모양이라 지금 이 테이블에 있는 사람은 레우스와 베이올프, 영감님뿐이었고, 그 옆 테이블에는 메지아와 아이, 크바, 라이…… 이른바 삼룡이들이 앉아서 영감님과 레우스의 싸움을 바라보며 식사를 하고 있었다.

"정말 소란스럽군. 인간들의 식사 풍경은 항상 이런 느낌인가?"

"메지아 공. 소란스럽다는 점을 따지자면 우리도 비슷하지 않은가?"

"그렇죠. 시리우스 공이 만든 요리를 처음 먹었을 때는."

"어떤 것이 더 맛있는지 따지며 몸싸움을 벌이던 자도 있었습니다."

에밀리아가 급하게 만든 것으로 보이는 요리 말고는 말린 고기와 치즈처럼 오래가는 음식뿐이었지만, 용족의 입맛에 맞는지 매우 만족스러워하며 먹고 있었다.

영감님까지 포함해서 용족들이 엄청난 기세로 식량을 소비하고 있기에 남은 물자가 걱정되긴 하지만, 사실 좀 전에 한 회의로 인해 걱정할 필요가 없어졌다.

그 이유와 회의에서 정해진 내용을 사람들에게 알려주기 위해 나는 고기 쟁탈전을 벌이고 있던 영감님과 레우스를 달래며 근처에 있던 의자에 앉았다.

"둘 다 적당히 좀 해. 아까부터 너무 시끄럽고, 무엇보다 모처럼 해준 요리를 떨어뜨리기라도 하면 어떻게 할 거야?"

"그래도 형님, 저건 모두 함께 먹을 고기잖아. 나눠 먹어야지!"

"내 고기다!"

"레우스. 무슨 말을 하고 싶은지는 알겠지만, 저게 마지막 고기는 아니야. 그냥 전부 영감님에게 줘."

레우스는 딱히 고기가 먹고 싶어서 그런 게 아니라 식량을 독점하는 행위를 용납하지 못한 것이리라. 남들보다 조금…… 아니, 몇 배는 많이 먹는 레우스도 모두의 만족을 위해서라면 참을 수 있을 정도로 동료들을 아끼는 남자니까.

하지만 이번 상대는 본능으로 살아가는 영감님이니 억지로 타일러봤자 효과가 별로 없을 것이다.

그러니 우리가 양보하는 게 편하겠지만, 그렇다고 해서 마음대로 굴게 내버려 두는 것도 분하니까…….

"그 대신 다음 요리는 절대로 먹게 하지 않겠어. 나도 온 힘을 다해 막도록 하지."

"호오, 재미있구나. 나를 막을 수 있다면 막아보거라!"

"내가 막으려 하면 에밀리아도 막겠지. 그리고 재빠르게 준비한 그 고기구이와는 달리 다음에 나올 요리는 좀 더 꼼꼼하게 만든……."

"먹어라! 애송이, 거기 있는 애송이도 먹거라!"

""으억?!""

곧바로 전황이 불리하다는 사실을 눈치챈 영감님은 레우스와 베이올프의 입에 고기를 억지로 쑤셔 넣었다. 함부로 버리는 건 아니긴 해도, 모처럼 요리해준 거니까 조잡하게 다루지 않았으면 좋겠다.

그렇게 소동이 잠잠해지지 않는 와중에 대 영감님 최종병기인 에밀리아가 큰 접시를 들고 왔는데, 그녀 뒤에는 마리나뿐만이 아니라 리스와 리펠 공주 일행도 있었다.

"시리우스 님! 어서 오세요."

"아, 회의는 끝났구나. 금방 준비할 테니까 기다려."

다른 방에서 부상자들을 치료하던 리스도 중간에 합류해서 함께 요리를 하고 있었던 모양이었다. 두 손으로 접시를 들고 있던 리스는 평소처럼 부드러운 미소를 보이고는 에밀리아와 함께 테이블 위에 요리를 늘어놓기 시작했다.

각자 분담한 덕분에 순식간에 준비가 끝났고, 모두가 자리에 앉자 내가 할 이야기가 있다며 주목을 끌었다.

"좀 전에 회의에서 정해진 건데, 곧바로 전선 기지를 포기하기로 결정했어."

"역시 그랬군요. 그래서 식량을 마음대로 써도 된다고 했던 거군요."

지시가 모두에게 전달된 모양이었다. 정신을 차리고 보니 우리를 둘러싸고 있던 병사들이 거의 사라졌고, 건물 안을 뛰어다니며 기지를 포기할 준비를 시작하고 있었다.

"일부를 제외하고 오늘 밤 안에 이곳을 출발하게 되었어. 아니, 내가 그렇게 하게끔 다른 사람들을 설득했지."

"모처럼 할아버지하고 제노드라 씨 일행이 와줬는데 벌써 나가는 거야?"

"우리들은 아직 싸울 수 있지만, 다른 사람들이 한계를 맞이했거든."

아무리 우리가 열심히 싸운다 하더라도 대규모 무리가 밀어닥치면 그 사이를 빠져나가는 마물이 생기기 때문에 거점이 반드시 공격당하게 된다.

그리고 철벽이라 불리던 방어용 장비와 방벽도 연달아 벌어진 전투로 인해 심하게 소모되었기에 언제 파괴되더라도 이상할 게 없다. 그렇게 불안정한 것에 의존하느니 전력이 남아있는 동안 방어할 준비가 갖춰진 본국으로 돌아가야 할 것이다. 싸움은 아직 끝난 게 아니니까.

물러난다는 이야기를 듣고 역시 그냥 넘길 수 없었는지 새로 나온 고기에 정신이 팔려 있던 영감님이 불만스럽다는 표정을 짓고 있었다.

"뭐야, 도망치는 게냐? 나는 좀 더 베어야 성이 차겠다만."

"할아버지. 그렇게 날뛰어놓고 아직 부족해?"

"이 사람은 한나절 정도로는 만족하지 않을 거예요. 적어도 하루 종일은 날뛰어야죠."

"믿음직스럽긴 하다만, 멋대로 움직여도 곤란하거든. 영감님이 활약할 상황이 반드시 올 테니까, 혼자서 돌격하진 말아줘."

"시리우스 님께서 허락하실 때까지 할아버지는 얌전히 계셔주세요."

"에밀리아가 그렇게 말하니 어쩔 수 없지!"

음, 에밀리아가 있으면 영감님이 순순히 말을 들으니 정말 편하다.

이제 제노드라 일행만 남았는데 그들은 내 움직임에 맞춰주기로 약속해줬으니 문제는 없을 것 같다.

회의에서 정해진 나머지 내용들을 계속 전하려 하자 신경 쓰이는 점이 있는지 리펠 공주가 물었다.

"그건 그렇고, 용케도 다른 사람들을 설득했네. 비전투원들은 이미 생도르 본국으로 보냈으니 이제 각오를 다진 사람들만 남은 상황이었잖아."

"그건 뭐, 제 나름대로 이유를 대고 영감님과 제노드라 일행의 이름을 내세우니 어떻게든 되더군요."

리펠 공주의 말대로 전선 기지를 포기하자는 이야기를 꺼내자 대부분이 못마땅해했고, 그중에는 자신이 죽을 곳은 이곳이라며 반론하는 사람도 있었지만 내가 어떤 제안을 하며 약간 협박함으로써 반쯤 억지스럽게 납득시켰다.

오랫동안 전선 기지에서 마물과 계속 싸워왔다는 긍지나 나라를 위해서라면 목숨이 아깝지 않다는 사람들의 마음이 이해가 안 되는 건 아니다.

하지만 죽음을 두려워하지 않는 긍지를 지닌 전사라면 좀 더 만족스러운 전투에서 죽음을 맞이했으면 한다는 생각이 들었다. 여기에서 계속 싸워봤자 한계가 보이지 않는 물량에 밀려서 그냥 죽기만 할 테니까.

"이봐, 형님. 마음 단단히 먹고 우리 모두가 돌격해보는 건 어떨까? 지금은 할아버지나 베이올프뿐만이 아니라 제노드라 씨 일행도 있잖아."

"저도 좀 전에 이야기를 대충 들었습니다. 마물을 조종하는 자가 있는 거죠? 이 정도 전력이라면 그 상대를 노리는 일격이탈 전법도 충분히 가능할 것 같은데요."

"나도 그 생각을 해보긴 했어. 하지만 아직 그 방법을 쓰기는 일러."

영감님 같은 전력이 있는 지금이라면 람다 일행…… 또는 모습이 드러나지 않은 흑막을 노린 일점돌파도 가능하긴 할 것이다.

하지만 원래는 생도르의 문제이기도 하니 우리들만의 힘으로 해결하는 건 뭔가 아닐 것 같다.

"이름난 대국이 자기 나라의 문제를 외부인의 힘으로 해결했다……는 건 생도르도 탐탁지 않아할 거야. 돌격할 거면 적어도 생도르 왕에게 보고 정도는 해야겠지."

"아, 그렇구나."

"그렇긴 하겠군요. 죄송합니다, 생각이 좀 짧았습니다."

"꼭 그렇지만도 않아. 우리가 딱히 어떤 나라를 섬기는 것도 아니고, 원래는 신경 쓸 필요도 없는 거니까. 하지만 물러나려는 이유는 한 가지 더 있어. 가짜가 아니라 진짜 람다를 끌어내기 위해서야."

최근 며칠 동안 마물 말고 나타난 것은 진짜의 사본 같은 람다 하나뿐이었다.

전선 기지는 람다에게 통과점에 불과하고, 전력이 충분하니 모습을 드러낼 필요는 없겠지만 그 너머에 있는 생도르 본국은 그렇지 않다.

애초에 그 녀석의 목적은 복수이고, 사람의 길을 벗어났을 뿐만이 아니라 여러 가지를 희생하면서까지 생도르를 멸망시키려하고 있다. 그 정도로 집착하고 있으니 생도르가 침공당하는 모습을 반드시 보러 올 것이다.

"생도르를 직접 공격할 때라면 녀석도 모습을 드러낼 거야. 전력이 충분하다 해도 노려야 할 상대 가까이에 있는 게 나을테니까."

"그래도 안 나타나면 어떻게 할 건데?"

"그렇게 되면 레우스와 베이올프가 말했던 것처럼 돌격해야지. 우리와 지원자들이 일점돌파로 람다 일행…… 마물을 조종할 수 있는 녀석을 확실하게 해치운다."

지상에서 공격하는 게 힘들다면 제노드라 일행의 등에 타고하늘로 돌파하는 수단도 있으니 그렇게까지 승산이 없는 도박은 아닐 것이다.

그렇게 앞으로의 흐름이나 예상되는 것들을 간단하게 설명한나는 에밀리아가 어느새 내준 홍차를 마신 다음 이야기를 마무리 지었다.

"……뭐, 그런 관계로 준비를 마친 부대부터 차례대로 생도르로 출발하고 있으니 이곳도 금방 조용해지겠지."

"알겠습니다. 그럼 짐 정리는 제가 해둘 테니 시리우스 님께서는 느긋하게 식사를 해주세요."

"그런 건 나중에 나눠서 하면 돼. 우리는 아침까지 남을 생각이니까."

"잠깐, 철수 원호까지 맡을 생각이야? 뭐, 전력을 생각하면 당신들이 제일 적합하긴 하겠지만."

"저기, 부대 철수는 오늘 밤 안에 끝나는 거지? 그럼 아침까지 남을 이유는 뭔데?"

"아, 내일 포진을 확인하기 위해서야. 혹시 영감님과 제노드라 일행을 경계해서 람다가 나타날 가능성이 있거든."

사실 람다와 한 번 더 이야기를 하고 싶기에 그 녀석과 만날 수 있는 기회를 될 수 있으면 놓치고 싶지 않다. 줄리아가 위기에 처했을 때도 노릴 수 있었을지 모르겠지만, 그때는 너무 바빠서 그럴 상황이 아니었으니까.

그렇게 설명했는데도 딱히 따지는 사람이 없었기에 나는 멋대로 계획을 정한 것을 사과하고 고맙다는 인사를 한 다음, 영감님과 베이올프를 돌아보았다.

"자, 까다로운 이야기는 이쯤 해두지. 조금 늦어졌지만, 영감님과 다시 만난 걸 축하하도록 할까."

"그래! 특히 할아버지는 진짜로 오랜만에 만났으니까."

나는 기지로 돌아온 것과 동시에 회의실로 갔기에 느긋하게 이야기할 틈도 없었는데, 이미 처음 만나는 사람들끼리 인사를 마쳤기에 소개해줄 필요는 없을 것 같다.

그래서 영감님과 베이올프가 어떻게 만난 건지 물어볼까 생각하고 있자니 고기를 먹고 있던 영감님이 컵을 들어 올리며 떠들기 시작했다.

"으음…… 부족하군! 술이다! 술을 가져오거라!"

"그거 벌써 세 잔째잖아? 우리는 딱히 상관없는데 말이지, 다른 사람들은 못 먹으니까 할아버지도 참으라고."

최근 닷새 동안은 마물과 계속 전투를 벌였기에 전선 기지의 병사들은 술을 거의 입에 대지 못했다.

그 사실을 알고 있을 텐데도 술을 내오라고 한 것뿐만이 아니라 아무렇지도 않게 벌컥벌컥 들이키고 있는 영감님의 정신은 강철보다 튼튼한 것 같다.

"에밀리아가 맛있게 요리해준 고기가 있는데 술이 부족하다니, 대체 무슨 일이냐! 애송이들아, 어서 내오거라!"

"왜 나한테 시키는데."

"거역해봤자 소용없어요. 술은 안쪽에 있나요?"

"아니, 두 사람을 번거롭게 할 필요는 없지. 금방 내오도록 하마."

레우스와 베이올프가 어이없어하면서 일어서려 하자 일을 마치고 온 건지 줄리아가 나타났다.

영감님의 목소리가 커서 술이 부족하다는 이야기도 들었는지, 데리고 온 친위대에게 식당 안쪽에서 술을 가지고 오라고 지시를 내리고 있었다.

"으음…… 에밀리아, 이 아가씨는 누군고?"

"아까 밖에서 자기소개를 했잖아? 줄리아야."

"그랬나? 아니, 나는 에밀리아에게 물었다. 애송이는 입 다물고 있거라."

"이 분은 생도르의 제1왕녀이신 줄리아 님이세요."

"왕녀라고?"

줄리아가 왕족이라는 사실을 알자마자 영감님이 대놓고 불쾌해했다.

하지만 당연한 건지도 모르겠다. 영감님은 나를 만나기 전에 생도르에 머물렀던 시기가 있었고, 당시의 나태하고 거만한 귀족들 때문에 단련시켜주던 제자가 죽었으니까.

하지만 그런 바보 같은 녀석들은 영감님이 떠난 뒤에 왕위에 오른 당대 생도르 왕이 거의 다 쓸어낸 모양이다.

무엇보다 줄리아는 당시 상황과는 상관이 없으니 그녀를 싫어할 이유가 없다고 말해보았지만, 이 영감님 상대로는 논리가 통하지 않았다.

영감님이 흥미가 없다는 듯이 고기를 먹기 시작했는데도 줄리아는 굴하지 않고 차분한 표정으로 말을 걸었다.

"강검 공…… 아니, 당천 공. 인사가 늦어 죄송합니다만, 저희에게 힘을 빌려주셔서 진심으로 감사드립니다."

"모른다. 나는 그저 검을 휘두르러 왔을 뿐이다."

"그래도 당신의 검으로 인해 많은 목숨을 구할 수 있었습니다. 모두를 대표해서 감사드립니다."

"멋대로 해라. 나는 지금 고기를 먹고 있으니 더 이상 방해하지 말거라."

듣는 척도 하지 않는다는 게 바로 이런 상황일 것이다. 고맙다는 말을 그렇게까지 쌀쌀맞게 내치는 영감님의 어른스럽지 못한 태도도 너무 심하다. 하지만 줄리아는 전혀 신경 쓰지 않는지 고개를 크게 숙인 뒤에도 계속 말을 걸었다.

"저는 당시의 상황에 대해 잘 알지 못합니다만, 예전에 우리나라의 어리석은 자들이 당신께 했던 짓에 대해 저희 아버님께서 사과하고 싶다고 하셨습니다. 혹시 시간이 되신다면 아버님이나 가신들을 만나주실 수 없을까요?"

"흥, 마음이 내킨다면 말이지."

"지금까지는 생도르의 왕녀로서 말씀드렸습니다. 그리고……한 명의 검사로서 당신께 전하고 싶은 게 있습니다."

"검사라고?"

"제게 검을 가르쳐주셨으면 합니다! 하아아아아아아아아앗——!"

너무나도 갑작스러운 행동이었기에 보고 있던 모두가 넋이 나갔다.

줄리아가 소리를 지르며 등에서 빼낸 검을 영감님의 정수리를 향해 내려쳤기 때문이다. 놀라지 말라고 할 수가 없다.

물론 검이 닿기 직전에 멈췄기에 안심했지만, 실례라고 할 수준을 넘어선 문제일 것이다.

"주, 줄리아?! 당신 대체 뭐 하는 거야!"

"물론, 검을 배우기 위해서지. 당천 공 같은 경우에는 어설프게 말을 늘어놓는 것보다는 살의를 담아 베는 게 나을 거라는 이야기를 레우스에게 들었다."

"아니, 그렇게 말하긴 했는데 말이지?!"

줄리아는 레우스에게 강검 이야기를 이것저것 들었기에 그때

들었던 내용을 실천에 옮긴 모양이었다. 영감님 같은 경우에는 어설픈 말보다는 행동…… 아니, 공격을 하는 게 더 기뻐할 것 같긴 하지만, 설마 진짜로 그럴 줄은 몰랐다. 그녀의 본능이 그렇게 만든 건지, 그만큼 레우스를 믿고 있는 건지는 모르겠지만 아무튼 영감님 못지않게 터무니없는 여자다.

다른 사람이 보기에는 갑자기 칼로 베려 했으니 최고로 무례한 짓이겠지만, 영감님은 꿈쩍도 하지 않고 눈앞에 있는 검을 바라보고 있었다.

"뭐야? 놀라서 아무 말도 못 하는 거야?"

"얼간이 같은 녀석! 닿기 직전에 멈출 것이 뻔했기에 어이가 없었을 뿐이다. 그리고 아가씨는 검에 살의를 좀 더 담아야지!"

"네! 죄송합니다!"

혼나는 이유가 이상하다는 점은 태클을 걸지 않겠다.

미안해하면서도 후회하지는 않는 것 같은 대답을 듣고, 들고 있던 고기를 물어뜯은 영감님은 조용히 줄리아를 노려보았다.

"살의도 어설프고 검을 내려치는 방식도 어설프군. 그런데…… 흐음, 아가씨는 어디서 검을 배웠는고?"

"전부 제 방식입니다. 여러 검사와 검을 맞부딪히고 제게 필요한 기술을 연마해 왔다고 생각합니다."

"그럼 검을 휘두르는 이유는 무엇인고?"

"즐겁기 때문입니다! 검사로서 길을 나아가며 검술 실력을 갈고닦아 강해지는 것이 무엇보다 즐겁습니다!"

"……흥. 왕족이라는 건 마음에 들지 않는다만, 꽤 재미있는 아가씨로군."

비슷한 사람들끼리 서로 싫어한다는 동족 혐오란 말이 있지만, 이 두 사람 같은 경우에는 잘 들어맞는 모양이다. 죽이려 들어야 더 사이좋게 지낼 수 있을 거라는 우리의 이론이 맞는 것 같긴 하다. 여전히 이 영감님의 독특한 감성은 신기하다.

영감님이 좀 전까지 보이던 불쾌한 표정을 없애고 왠지 시원스러운 미소를 짓게 되었는데, 줄리아가 하고 싶은 말은 아직 남은 모양이었다.

"그리고 왕족이라는 게 신경 쓰이시는 모양입니다만, 그 점은 문제가 없습니다. 저는 언젠가 왕족이라는 신분을 버리고 한 명의 여자로서 레우스에게 시집갈 테니."

"잠깐만 기다려, 줄리아. 그런 건 함부로 버리면 안 돼!"

"아니, 아니, 이미 전부 정해져 있다는 듯이 말하지 말라고!"

"애송이, 여자에게 한눈팔 틈이 있다면 검을 휘두르거라."

"시끄럽다고, 할아버지! 여자를 소중히 여기는 건 당연하고, 좋아하게 되면 부부가 되는 게 당연하잖아. 누나도 형님의 부인이 되었으니까!"

"뭐라고오?!"

"앗?!"

레우스가 실수했다는 듯이 입을 다물었지만, 이미 늦었다.

에밀리아가 내 부인이 되었다는 사실을 알자마자 영감님이 들고 있던 컵을 쥐어서 뭉개며 소리쳤다. 척 보기에도 위험한 분위기라는 것을 느낀 사람들이 동요하기 시작한 와중에 경험을 통해 누구보다 먼저 움직인 레우스와 베이올프가 내 앞으로 손을 뻗으며 소리쳤다.

"도, 도망치세요! 검을 뽑기 전에!"

"형님?! 젠장, 내가 일격을 막아낼 테니 그동안 도망쳐!"

"………흥!"

두 사람이 나를 지키기 위해 끼어들었지만, 뜻밖에도 영감님은 등에 메고 있던 검을 쥐었다가 멈추고는 마음에 들지 않는다는 듯한 표정으로 다른 고기를 집어 들었다.

너무나도 뜻밖인 그 행동으로 인해 레우스와 베이올프가 믿기지 않는다는 듯이 영감님을 바라보고 있었다.

"뭐냐, 뭘 그리 한심한 표정으로 보고 있는 게야? 애송이, 너희가 베이고 싶으냐?"

"아니, 그래도…… 안 그래?"

"네, 분명히 날뛰실 것 같아서요."

"시끄럽다! 나를 이길 수 있는 남자이니 인정할 수밖에 없지."

"애초에 에밀리아의 육친도 아닌 사람이 그렇게까지 참견하는 것도 이상한 것 같지만 말이지."

리펠 공주가 정론에 가까운 태클을 걸었지만, 영감님의 귀에는 들리지 않은 모양이었다.

영감님은 말로는 인정해도 역시 진심으로 납득하진 못한 것 같다. 화풀이를 하듯이 고기를 계속 먹어대는 영감님에게 레우스가 물었다.

"그럼 말이지, 만약에 형님 말고 다른 남자가 누나하고 결혼하고 싶다고 하면 어떻게 할 거야?"

"그래. 나와 싸워서 100번 이긴다면 생각해볼 수도 있다."

100번 이겨도 허락해주는 게 아니라 생각해보는 것뿐이구나.

너무나도 가혹한 조건에 레우스는 복잡한 표정을 지으며 혼자서 고개를 끄덕이고 있었다.

"······형님이 데리고 가지 않았다면 누나는 계속 독신으로 살았을지도 모르겠네."

"레우스. 당신이 그렇게 생각하지 않는다는 건 이해하고 있지만, 약간 실례가 되는 말처럼 들리네요."

"죄송합니다!"

"으하하핫! 에밀리아에게 혼났구나. 한심한 애송이로고."

"애초에 할아버지 때문인 것 같은데요?"

"으윽?!"

마치 부모님에게 혼나는 어린애 같다. 하지만 그렇게 한심한 모습을 보고도 줄리아의 눈에는 실망한 기색이 전혀 보이지 않았다.

"동경하는 사람의 이런 모습을 보고도 아무렇지 않아?"

"그렇지 않아. 누구나 쩔쩔매는 사람은 있는 법이니까. 그리고 방금 같은 경우에는 내 장래의 새언니를 강검 공께서 이렇게 마음에 들어 하신다는 사실을 알았으니 기쁠 정도지."

"긍정적이구나······."

"으으······ 동요한 내가 이상한가?"

"마리나는 오히려 주위 사람들을 너무 신경 쓰는 거야. 레우

스 같은 남자애는 말이지, 있는 그대로 대해주는 게 제일 매력
적으로 보이는 법이니까."

"네, 네!"

영감님은 몇 년 만에 다시 만났는데도 벌써 친숙해지고 있구나.

다루기가 까다로운 게 문제이긴 한데, 베이올프도 영감님에게
휘둘리는 게 익숙해졌으니 마냥 나쁜 것만은 아니겠지.

그리고 모처럼 와준 제노드라 일행을 방치해 둔 건 실례겠지
만, 지금 그들은 치즈와 말린 고기에 정신이 팔려 있으니 다 먹고
나서 말을 거는 게 나을 것 같다.

그리고 잠시 후, 내놓은 요리를 거의 다 먹었을 무렵에 철수
준비를 하고 있던 수왕이 키스와 알베리오를 데리고 우리 앞에
나타났다.

"이런 상황인데도 여전하군. 식당에 들어오기 전부터 목소리
가 들리던데."

"부끄럽습니다. 뭐, 떠들썩한 사람이 늘어나기도 했고, 무엇
보다 사람이 줄어들어서 조용해졌으니까요."

병사들만 따져도 수천 명이 주둔해 있던 전선 기지도 이미 인
기척이 드문드문 느껴지는 정도가 되었다.

식당은 우리가 있기 때문에 떠들썩하지만, 한 발짝만 나가도
인기척이 거의 없어서 적막한 분위기가 느껴질 것이다.

"준비가 끝나면 떠날 생각이었다만, 그 전에 너희와 이야기를
해두고 싶어서 말이다."

"끝나셨군요. 그럼 배웅을."

"그럴 필요 없다. 어차피 그쪽에서 금방 만날 테고, 전장에서 가장 크게 활약했던 그대들은 느긋하게 쉬어야지. 그런데…… 그쪽에 계신 분이 소문으로 듣던 강검 공인가?"

"나는 당천…… 으음?"

여전히 식사를 하고 있던 두 사람…… 중 한 명인 영감님은 수왕의 시선을 눈치채고 고개를 들었다. 참고로 굳이 말할 필요도 없겠지만, 계속 먹고 있던 다른 한 사람은 리스다.

왕족이라고 해도 딱히 신경 쓰지 않는 영감님도 수왕에게서 느껴지는 강자의 기척을 무시할 수 없었는지 입 안에 들어 있던 고기를 술로 삼키고는 시원스럽게 웃었다.

"호오…… 재미있군. 괜찮아 보이는 늑대와 용뿐만이 아니라 고양이까지 있다니."

"아버지는 고양이가 아니라 사자라고! 바보 취급하는 거냐!"

"진정해라, 키스. 그 유명한 강검 공이 그렇게 느껴주시니 명예로운 일이지. 나도 기회가 있다면 대결을 부탁드리고 싶지만 지금은 그럴 상황이 아니니 말이다."

"정말 그렇다니까!"

원래 영감님은 나나 호쿠토뿐만이 아니라 제노드라 일행과도 지금 당장 싸우고 싶겠지만 에밀리아가 말렸기에 어쩔 수 없이 참고 있는 상황이다.

그런 와중에 수왕의 실력을 느끼고 몸이 근질거려서 어쩔 수 없는 건지, 술을 마시는 속도가 빨라졌기에 키스가 어이없다는 듯이 중얼거렸다.

"당신이 강하다는 건 인정하겠는데 말이지, 그렇게 술을 많이 마셔도 괜찮은 거야? 내일이 아니라 지금 당장 싸우게 될 가능성도 있잖아?"

"이런 물 때문에 검이 둔해지겠나! 이쪽 고양이는 소란스럽군."

"나는 호랑이야!"

호랑이든 사자든 일단은 고양이과니 완전히 잘못된 말은 아니지만, 키스는 한데 싸잡아서 보는 게 싫은 모양이다. 그렇게 화를 내는 키스를 영감님이 적당히 흘려넘기고 있자니 알베리오가 두 사람을 피해 우리에게 다가왔다.

"이야기는 수왕님께 들었습니다. 생도르에서 스승님 일행이 돌아오시는 것을 기다리고 있겠습니다. 마리나, 스승님 일행과 함께라면 걱정할 필요는 없겠지만, 너도 조심하렴."

"그래, 오빠도 조심하고."

딱히 문제가 없다면 한나절도 지나지 않아서 다시 만날 예정이지만, 마리나는 오빠와 함께 가지 않고 우리…… 레우스 곁에 남는 것을 선택했다.

함께 있고 싶은 마음 때문이기도 하겠지만 줄리아도 우리와 남게 되었기에 지금은 그렇게 해야 할 것 같다고 판단한 모양이다. 여담이지만 리펠 공주 일행도 당연하다는 듯이 남겠다고 했기에 좀 전에 리스와 약간 다투기도 했다.

이야기를 계속 나누다 보니 수왕의 신하가 출발하자고 재촉했기에 수왕은 으르렁대는 키스를 달래고 나서 돌아섰다.

"그럼 우리는 먼저 돌아가마. 그쪽에 있는 자들에게 설명은 해두겠다만, 너무 늦지 말도록."

"물론이죠. 애초에 이야기를 꺼낸 게 저니까요."

"훗, 알고 있다면 됐다. 그럼 가도록 할까."

알베리오와 키스를 데리고 식당을 나서는 수왕을 배웅한 다음, 나는 앞으로 어떻게 할 것인지 모두에게 설명하고 나서 일어섰다.

"자…… 다 먹었으니까 슬슬 시작해볼까. 그래도 아침까지는 할 일이 거의 없으니까 다들 적당히 경계하면서 쉬어."

"알겠습니다. 그럼 저는 출발할 준비를 해두도록 하죠."

"아, 그럼 나도 도울게. 부상자가 떠나서 할 일이 거의 없어졌거든."

"잠깐만, 리스. 너는 쉬어야만 해."

최근 닷새 동안 리스는 많은 사람들을 치료하는 요령을 터득한 건지 첫날처럼 피곤한 기색을 드러내지 않게 되었다.

하지만 그럼에도 부상자가 줄어들지는 않았기에 그녀의 부담이 늘어난 건 분명하다. 음지에서 모두를 지탱해준 리스는 쉴 수 있을 때 확실하게 쉬어줬으면 한다.

"리펠 님 말씀이 맞아. 리스가 기운차게 움직일 수 있기에 우리가 열심히 싸울 수 있는 거니까 조금이라도 쉬어."

"응, 알겠어. 그럼 쉬도록 할게."

"우리가 곁에 있을 테니까 푹 자렴. 내가 같이 자줄게."

"그러면 오히려 못 자게 되니까 그러지 마. 언니는 너무 세게 끌어안으니까."

여전히 사이가 좋은 자매와 시종들이 침실로 향하자 식사를 마친 제노드라 일행이 말을 걸었다.

"시리우스, 우리 도움은 필요 없나?"

"으음, 이렇게 맛있는 것을 잔뜩 먹여줬으니 말이다. 먹은 만큼은 일하마."

"그쪽 힘은 나중에 필요할 것 같아. 그러니까 이 근처에서 마음대로 지내도록 해."

"그런가. 그럼 이 건물을 돌아볼까? 인간이 만든 것을 보는 것도 나쁘지 않지."

"여전히 특이한 녀석이로군. 그럼 나는 좀 자도록 하마. 마물과 싸운 것보다 여기까지 계속 날아온 게 더 귀찮았으니."

제노드라에게 들은 이야기에 따르면 원래 원군으로 올 용족은 제노드라와 삼룡이뿐이었는데 메지아가 직접 가겠다고 나선 모양이었다.

내게 빚을 갚겠다는 이유라고 하는데, 나는 그의 형을 해쳤기에 빚 같은 건 없다고 생각한다. 메지아에게는 그렇게 말했는데도 의리가 있다고 해야 하나, 성실한 용족이다.

그리고 다루기가 제일 까다로운 영감님은 남은 요리와 술을 다 먹고 나서야 만족한 모양이었다. 배를 두들기며 힘차게 일어섰다.

"휴우…… 만족스럽구나. 어디, 소화도 시킬 겸 검이라도 휘두를까. 애송이, 상대하거라."

"형님이 쉬라고 했잖아? 그리고 소동이 끝날 때까지 다른 사람하고 되도록 싸우지 말라고 누나가 그랬잖아."

"에밀리아가 싸우지 말라고 한 건 늑대나 용이지 애송이들이 아닐 텐데. 그리고 훈련용 검을 쓰면 죽지도 않을 테니 가볍게 하면 문제가 없겠지."

"당천 씨 같은 경우엔 목검으로도 그냥 죽일 수 있지 않나요?"

실제로 체험해서 그런지 베이올프가 죽은 듯한 눈빛을 보이며 태클을 걸었다.

몇 번이고 말했지만 논리 같은 게 통할 리가 없는 영감님은 큰 소리로 웃으며 두 사람의 멱살을 잡고 훈련장으로 향했다.

"모의전이라면 나도 부탁하고 싶군! 강검 님의 검을 몸소 느끼고 싶습니다!"

""""줄리아 님?!""""

"좋다! 거기 있는 모두가 함께 덤비거라!"

""""저희도?!""""

줄리아와 친위대 몇 명도 휘말리게 되었지만 내가 아무런 말도 하지 않고 배웅하고 있자니 정리하고 있던 에밀리아가 쓴웃음을 지으며 물었다.

"말리지 않으시나요?"

"저렇게 되었으니 멈추지 않을 거야. 영감님이 조금이라도 얌전해지면 좋겠는데."

원래는 지치는 건 피해야 할 상황이겠지만, 영감님이라면 상관없을 거라는 생각이 든다. 한나절 가까이 계속 검을 휘둘렀는데도 피로 같은 건 전혀 느껴지지 않았으니까.

하지만 레우스와 다른 사람들을 내버려 둘 수는 없으니 나중에 상황을 살펴보러 갈 필요가 있을 것 같다.

나는 에밀리아의 머리를 쓰다듬으며 마음을 차분하게 만들어주고는 앞으로 해야 할 일에 문제가 생기지 않을지 다시 한번 생각해 보았다.

그리고 각자 작업을 하기 위해 일단 해산하게 되었고, 모두와 헤어진 나는 방벽 바깥으로 나가 마물들의 시체가 굴러다니는 전장을 걷고 있었다.

이른 아침이 된 뒤 적 중에 람다가 보이지 않으면 곧바로 철수하게 되는 흐름이기에 야습당하지 않는다면 그냥 쉬어도 되겠지만, 아무것도 하지 않는 건 좀 그랬기에 함정을 설치하고 있었던 것이다.

나는 방벽을 따라 걸으며 일정한 간격마다 멈춰서 마석을 땅바닥에 심어 넣었다.

"이 위치에도 설치해둘까."

이 마석에는 예전에 엘리시온 학교에서 신세를 진 교사, 마그나 선생님이 개발한 골렘을 만들어내는 마법진이 새겨져 있다.

매직 마스터인 학원장의 그늘에 가려지곤 하지만 그의 적성속성인 토속성 마법과 기술은 매우 뛰어났고, 아마 토속성만 놓고 보면 학원장조차 뛰어넘을 것이다. 흙뿐만이 아니라 철로도 골렘을 만들어낸 적이 있었으니까.

그런 마그나 선생님이 만든 골렘용 마법진을 나는 신작 간식 시식권 1년 분량과 맞바꾸어 배웠다. 그의 명예를 위해 보충 설명하자면, 결코 간식을 위해서만이 아니라 나라면 악용하지 않을 거라며 믿어주었기 때문이다.

"다른 사람들을 지키기 위해서니까, 사양하지 않고 쓰도록 하죠."

하지만 일반적인 골렘보다 성능이 좋다고 해도 그 대규모 무리 상대로는 계란으로 바위 치기일 것이다. 그래도 어느 정도 시간을 벌 수 있고 적의 숫자도 줄일 수는 있으니 낭비는 아니겠지만.

전선 기지에서 제일 높은 탑 위에 자리를 잡은 호쿠토가 주위를 감시하고 있기에 작업에 집중할 수 있는 상황인데, 중간에 뭔가 생각난 나는 바로 작업을 멈추고 주변을 조용히 바라보았다.

"죽음의 냄새……인가."

화속성과 풍속성 마법으로 어느 정도 청소가 되긴 했지만 이 정도로 많은 사람과 마물이 죽어가는 냄새라니…… 아니, 분위기에 약간 영향을 받은 건지도 모르겠다.

많은 사람들을 죽이며 별명이 영웅이나 사신 같은 것으로 자주 바뀌었던 전생을 떠올리며 작업을 계속하고 있다가, 멀리 있던 호쿠토가 반응한 것과 동시에 내가 지시를 내렸다.

"기다려, 호쿠토."

호쿠토가 움직이지 않는 것을 확인하고 나서 돌아보자 갑자기 땅바닥에서 솟아난 무언가가 근처에 있던 마물의 시체를 휘감기 시작했다.

보아하니 마물을 먹고 양분으로 삼은 건지 시체를 완전히 먹어치운 그것의 형태가 서서히 바뀌기 시작했고…….

"……좀 더 일찍 나타나줬으면 했는데."

"제가 당신의 형편에 맞춰줄 필요가 있을까요?"

얼마 전, 줄리아를 습격한 람다의 모습으로 변했다.

온몸이 식물로 이루어져 있다는 점으로 보아 저번에 줄리아를 습격한 존재와 똑같을 가능성이 크기에 자폭을 경계해야 할 상대지만, 그래도 내 말에 반응을 보이고 있으니 대화는 가능할 것이다.

전선 기지 안에 있던 사람들이 기척이나 냄새를 통해 람다의 존재를 눈치채기 시작하는 와중에 나는 차분한 말투로 람다에게 말을 걸었다.

"그렇긴 한데, 네게 꼭 물어보고 싶은 게 있었거든. 불평 정도는 할 수 있지."

"그런 건 제 알 바가 아니고 저는 당신과 할 이야기가 없습니다……라고 생각했습니다만, 그럴 수 없는 상황이라서요."

생도르를 멸망시키려 하는 람다와 그것을 막으려 하는 나, 양쪽의 생각이 평행선이기에 대화의 여지는 없다.

하지만 나와 마찬가지로 람다도 하고 싶은 이야기가 있는 건지 공격을 가할 기색이 없는 것 같았다. 다른 사람들에게 나서지 말라고 '콜'로 몰래 말하고 있자니 람다가 한숨을 쉬며 전선 기지를 올려다보고 있다는 걸 눈치챘다.

"그건 그렇고, 이렇게까지 대담한 행동에 나설 줄은 몰랐습니다. 설마 전선 기지에서 모든 병사들을 철수시킬 줄이야."

"원래 세워두었던 일정을 앞당겼을 뿐이야. 대담하다고 할 정도는 아니지."

"아뇨, 그렇게 어리석은 데다 죽고 싶어 하는 녀석들이 순순히 물러난 시점에서 저는 믿기지 않습니다. 그 지장이라 불린 노인도 긍지가 어쩌고저쩌고 하면서 비슷한 생각을 가지고 있었으니 당신이 한 짓이겠죠? 훌륭한 화술을 지니고 계시는군요."

한때 생도르를 섬겼기에 그들의 성격을 잘 알고 있는지 진심으로 감탄하는 모양이었다.

몸이 식물로 이루어져 있는데도 사람다운 감정을 확실하게 표현할 수 있는 게 정말 신기하지만, 그런 생각은 나중에 하기로 했다.

"칭찬하는 것 같은데, 그런 말을 하려고 일부러 온 건가?"

"물론 아니죠. 저는 교섭을 하기 위해 왔습니다."

"교섭……이라고."

그냥 따져보면 교섭이 아니라 뭔가 다른 의도가 있어서 나타났을 거라고 생각해야 할 것이다.

하지만 방금처럼 마물의 시체를 먹고 나타날 수 있다면 건물 안으로 숨어들거나 만만한 상대와 접촉해서 내부를 붕괴시키는 것도 가능했을 것이다. 사람이 거의 남지 않은 지금 같은 전선 기지에 그런 책략을 쓸 이유는 없기에 교섭하러 왔다는 것만은 사실일 것 같다.

"싫다고는 하지 않겠다만, 그런 일을 저질러놓고 이제 와서 교섭하겠다고? 그에 맞는 이유가 없다면 간단히 응하진 않을 텐데."

"그렇겠죠. 하지만 이번에 제가 교섭할 상대는 시리우스 공……당신 개인입니다."

분노나 초조함 같은 감정을 전혀 드러내지 않았던 람다도 나 개인에게 볼일이 있다고 말했을 때만은 분위기가 전혀 달랐다. 이미 인간을 그만둔 존재지만, 말투에서 진지한 마음만은 느껴졌다.

"솔직히 저는 당신의 힘을 너무 얕보고 있었습니다. 원래는 이미 함락되어 있었어야 할 전선 기지를 오늘까지 계속 지켜냈으니까요."

"나 혼자만의 힘이 아니야. 모두가 필사적으로 계속 싸워왔기에 지켜낼 수 있었던 거지."

"하지만 그런 그들을 당신이 남몰래 받쳐주었고, 그런 당신이 가장 중요한 존재라고 생각합니다. 그러니 당신 개인에게 부탁하는 것이죠. 부디 그 어리석은 나라에 가담하는 걸 그만두셨으면 합니다. 애초에 어째서 그렇게까지 하면서 다른 나라를 위해 싸우는 거죠?"

"이것저것 이유가 있긴 하지만, 주된 이유는 너잖아."

작전에 방해가 된다면 우리를 나라에서 추방하기만 하면 되었을 텐데, 피아를 인질로 삼아서 중진의 암살까지 의뢰했으니까.

전부 네가 뿌린 씨앗이라고 확실하게 말해주었지만, 람다는 여전히 시원스러운 표정을 지으며 고개를 젓기만 했다.

"제가 잘못했다는 건 인정하겠습니다만, 이제 충분하지 않나요? 겨우 엘프 목숨 하나 때문에 제가 오랫동안 짜온 계획이 망가진 것뿐만이 아니라 이렇게까지 예정이 틀어졌으니 수지가 안 맞는데요."

"피아의 가치를 멋대로 정하지 마라. 그러니까 결론이 뭐지? 우리를 제거하기 힘드니 손을 떼라는 건가?"

"아뇨, 골치 아프긴 하지만 불가능하진 않습니다. 하지만 더 이상 제 계획이 틀어지는 건 싫거든요."

"공교롭게도 나는 이미 보복 같은 게 아니라 나 자신의 의지에 따라 이 싸움에 참가하고 있다. 불가능하지 않다면 신경 쓰지 말고 공격하시지. 뭔가 이유를 대면서 우리와 싸우는 걸 피하려 하는 모양인데, 설마 강검과 상룡종들을 보고 겁을 먹은 건 아니겠지?"

상대방의 반응을 떠보기 위해 한 말이긴 하지만, 이번에 가세한 전력은 차원이 다르니 농담으로 한 말은 아니다.

그와 동시에 도발하는 의도까지 담긴 말을 듣자마자 람다는 안타까워하는 감정을 나타내려는 듯이 크게 한숨을 내쉬었다.

그 여유…… 결코 허세는 아닐 것이다.

역시 상대 쪽 전력은 아직 충분히 남아있다고 생각해야 하나.

"당신의 생각이 이해가 안 되는군요. 어째서 위험한 상황이라는 것을 몸소 깨닫고 괴로워하면서도 싸우려 하는 것이죠? 당신은 이 나라와 아무런 상관도 없을 텐데."

"그 이유를 대답하기 전에 내가 물어보고 싶은 게 있어. 이 표식을 본 적 없나?"

그렇게 질문하며 '라이트'로 불빛을 만들어낸 나는 품속에서 꺼낸 종이에 적힌 표식을 람다에게 보여주었다.

그것이 꽃잎과 나이프를 조합시킨 불길해 보이는 표식⋯⋯ 스승님이 만들어낸 마도구의 각인이라는 사실을 눈치채자마자 람다는 약간 동요하는 모습을 보였다.

"⋯⋯그게 어쨌다는 거죠?"

"이건 마도구를 만든 사람을 나타내는 표식이야. 사실 이 표식을 새긴 사람은 나를 키워준 스승님이기도 하거든."

"제자? 설마 그럴 리가⋯⋯ 아니, 당신의 이질적인 힘을 생각하면⋯⋯."

"믿을지 말지는 상관없어. 아무튼 그 스승님에게 들은 이야기인데, 그 사람은 예전에 마물을 조종할 수 있는 마도구를 만든 적이 있다더군."

조종한다고 해도 마물의 의식에 약간 간섭해 특정한 곳에서 멀어지게 하거나 유도하는 액막이 같은 물건인데, 분노하거나 굶주린 상태에서는 효과가 없었다고 한다. 게다가 연료로 쓰게 되는 마석의 소모가 심하고 애초에 스승님이 마물로부터 도망치는 성격이 아니었기에 그 마도구는 시험 제작품을 만들기만 하고 끝냈다는 모양이다.

다시 말해 그 마도구⋯⋯ 새겨진 마법진을 개량한 물건을 이번에 사용한 게 아닐까, 나는 그렇게 생각하고 있다.

그렇게 형편 좋은 마도구를 만들 수 있는 건지 의문이 들긴 하지만, 이유가 어찌 됐든 열의를 품고 있는 한 사람의 기술은 계속 진보하는 법이기에 불가능하다고 딱 잘라 말할 수는 없을 것이다.

"네가 무고한 죄를 뒤집어쓰고 마대륙으로 추방당한 뒤로도 그곳에서 살아남았다는 건 어느 정도 이해할 수 있지. 하지만 살아남았으면서도 곧바로 복수하러 오지 않았다는 점이 의문이었어. 그리고 이것저것 생각해본 결과, 네가 스승님의 마도구를 찾아서 연구하고 있었거나 누군가가 하고 있었던 연구를 이어받았다는 생각이 든 거지."

"…………."

"물론 연구뿐만이 아니라 대규모로 실험도 했을 거야. 예를 들어 대규모 마물 무리를 조종해서 아드로드 대륙에 있는 마을을 습격시킨다……든가."

약 1년 전, 내 제자 중 한 명인 알베리오가 살던 마을…… 파라드와 그 이웃 마을인 로마니오를 대규모 마물 무리가 습격한 사건이 있었다.

람다의 동료로 추정되는 자의 소행이었지만, 그 사건의 진짜 목적은 마을의 괴멸이 아니라 이번 사건을 대비한 실험으로 추측된다.

"전부 내 상상이지만 완전히 엇나가지는 않았을 거야. 뭐, 이것저것 말하긴 했는데, 내게 가장 중요한 건 너희가 스승님의 마도구를 이용했는지 여부다."

"제가 가지고 있다고 하면 어떻게 할 겁니까? 만약에 그걸 이용했다면?"

"파괴해야겠어. 스승님이 만든 물건이 하찮은 일에 이용당하는 건 그냥 넘어갈 수 없거든."

"하찮다……고요. 당신 같은 사람이 보기에는 복수 같은 건 하찮긴 하겠죠."

"그렇지 않아. 미리 말해두지만 나는 복수를 하지 말라고 하는 게 아니라고."

세계는 가혹하기에 복수를 양분으로 삼아야만 살아갈 수 있는 사람이 생겨버리는 법이다. 그렇기 때문에 나는 완전히 부정하지 않는다.

애초에 람다가 이 정도로 비뚤어져버린 것은 생도르에 살던 일부 사람들이 오만했기 때문이다. 그것도 본인뿐만이 아니라 그가 진심으로 사랑했던 가족의 목숨까지 빼앗았으니 복수당하는 것도 어쩔 수 없다고 할 수 있다.

다시 말해 전부 생도르 쪽의 자업자득이겠지만…….

"오랫동안 성안에서 암약했잖아. 너를 추방한 사람들은 전부 파악하고 있겠지? 그런 녀석들만 노렸다면 나도 이렇게까지 개입하려 하지는 않았을 거야."

정확한 숫자는 모르겠지만, 람다를 추방한 주범은 관계자까지 다 합쳐도 그렇게 많지 않을 것이다.

그럼에도 불구하고 그렇게 얼마 안 되는 사람에게 복수하기 위해 칼날을 들이대기는커녕, 사정조차 모르는 생도르 국민들 모두를 휘말리게 만드는 건 잘못이라고 할 수밖에 없다.

"네 행동은 복수 같은 게 아니라 그냥 분노를 쏟아내기만 하는 학살이야. 그 앞뒤가 맞지 않는 행동…… 다시 말해 하찮은 일에 스승님의 마도구를 사용한다는 걸 용납할 수 없으니 내가 너와 싸우는 거지."

"그런 이유로 목숨을 거는 게 더 하찮은 것 같은데요."

"자신을 속이고 싶지는 않고, 할 수 있는 일을 있는 힘껏 하기 때문에 살아있다는 걸 실감할 수 있는 거지. 이유를 한 가지 더 말하자면, 네가 폭주하는 걸 그냥 내버려 두면 무자비하게 가족을 빼앗기는 자들이 잔뜩 생겨버리기 때문이다. 예전에 람다가 그랬듯이 말이야."

"……그래서요? 그런 정론을 내세우면 제가 이제 와서 멈출 거라 생각한 겁니까?"

"생도르 왕은 너를 추방한 녀석들을 전부 내놓아도 상관없다고 했고, 원한다면 자신의 목조차 내놓을 각오를 한 것 같더군. 그걸로 납득할 순 없나?"

"못 합니다."

그 이후로도 전선 기지로 향하기 전에 진행한 회의에서 화제로 나온 생도르 쪽의 양보 조건을 말해보았지만, 람다의 반응은 탐탁지 않았다.

내가 포기하지 않겠다는 걸 확인하자 용건이 없어졌는지 그는 이야기는 끝이라는 듯이 등을 돌렸다.

"그렇죠, 마지막으로 말씀드립니다만, 아무리 강한 전력을 얻어봤자 소용없습니다. 당신들이 며칠 동안 계속 쓰러뜨렸던 마물은 마대륙 전체로 따지면 극히 일부에 불과하니까요."

"그렇겠지. 그럼 내가 한 가지 제안을 하겠는데, 이제 번거로운 지구전은 그만두고 단숨에 승부를 내는 게 어때?"

지금까지 주고받았던 이야기와는 전혀 달리 일방적인 제안을 하자 람다도 당황하며 돌아보았다.

하지만 당연한 반응일 것이다. 상대방의 유리한 부분을 버리라고 하며 자신에게만 형편 좋은 말을 하는 거니까.

"농담……은 아닌 것 같군요. 당신이 그렇게 한심한 말을 할줄은 몰랐습니다."

"딱히 일대일로 싸우자는 건 아니야. 양쪽의 모든 전력을 내보내고 이곳보다 후방…… 생도르가 보이는 평원에서 맞붙자는 거지. 양쪽 다 있는 힘을 다해 결판을 내자고."

"예전에 강검은 싸움에 미친 검사라 불렸는데, 당신도 그런 사람이었나요?"

"그 영감님은 검술 실력을 갈고 닦기 위해 싸움을 원할 뿐이야. 한 가지 이유를 덧붙이자면, 나는 루카와 히르간에게 빚이 있거든."

내가 생각해도 알아채기 쉬운 도발이라는 건 알고 있지만, 람다 일행을 전선으로 끌어낼 확률을 조금이라도 올리기 위해선 이것저것 시험해 보더라도 손해는 아닐 것이다.

역시 그 제안만으로는 부족할 것 같았기에 나는 다음 수를 쓰기 위해 마련해 두었던 자그마한 나뭇가지를 람다에게 던졌다.

람다는 공격인 줄 알고 그 나뭇가지를 경계했지만, 곧바로 그게 평범한 나뭇가지가 아니라는 사실을 눈치챘는지 엄청난 기세로 그것을 낚아챘다.

"이, 이건?!"

"식물을 다룬다면 이름 정도는 들어본 적이 있지 않나? 그건 성수라 불리는 나무의 가지다."

"성수라고?!"

반응을 보니 식물을 다룬다면 성수에 흥미를 보일 거라는 생각이 들어맞은 모양이다.

마치 오랫동안 찾아다니던 물건을 손에 넣은 것처럼 람다는 놀라움과 기쁨이 뒤섞인 듯한 감정을 보이며 성수의 가지를 정신없이 바라보고 있었다.

"이게…… 성수? 이런 조각에 불과한 것이 엄청난 활력을 지니고 있군. 이걸 대체 어디에서?!"

"성수와 만난 적이 있거든. 참고로 그 나뭇가지를 만들어낸 게 이거다."

정확히는 스승님에게 받은 성수제 나이프가 만들어낸 나뭇가지지만, 담겨 있는 마력과 신비성은 진짜와 마찬가지다.

평소에는 눈에 띄기 때문에 억눌러두었던 마력을 해방시킨 스승님의 나이프를 보여주자 람다는 깜짝 놀라 굳어 있었다.

"이건 성수의 일부로 만든 나이프다. 그 나뭇가지와는 격이 다른 물건이지."

"아, 아아……."

"이걸 원하는 모양이지? 그렇다면 내 제안을 받아들이도록 해. 미리 말해두지만 너무 쓸데없는 책략만 꾸며댄다면 이걸……."

"그걸…… 그걸…… 내놔라아아아아———!"

총력전을 받아들이지 않는다면 나이프를 파괴하겠다……. 그렇게 협박하며 흥정을 하려 했는데, 람다의 반응은 예상을 뛰어넘었다.

마치 짐승 같은 소리를 내는가 싶더니 땅바닥에서 일제히 돋아난 수많은 덩굴을 내게 뻗은 것이다.

스승님의 나이프를 노리고 있긴 하지만, 내 몸도 쉽사리 꿰뚫을 위력이 있을 것 같았기에 경계하고 있자니…….

"시리우스 님!"

"으랴아아아아아아아아———!"

전선 기지의 옥상에서 뛰어내린 남매가 날아드는 덩굴을 검과 마법으로 전부 갈라버리고, 나를 지키려는 듯이 막아서고 있었다.

대기하고 있으라고 했을 텐데, 적의 태도가 갑자기 바뀌자 참지 못한 모양이다. 하지만 상대방이 제정신을 잃고 대화를 나눌 상태가 아니게 되었기에 나를 지키려 한 판단은 잘못되지 않았을 것이다.

"이야아아아아아아아아압———!"

예전에도 그랬듯이 소리를 지르며 하늘에서 떨어져 내린 영감님은 다시 덩굴을 만들어내려 하던 람다에게 사정없이 검을 내리쳤다.

낙하의 기세와 영감님의 완력으로 인한 참격이 엄청난 충격파를 만들어냈고, 베기만 한 것이 아니라 주위 일대가 산산조각나 있었다. 말릴 틈도 없었다는 게 바로 이런 상황일 것이다.

나는 너무 지나쳤다고 불평하려 했지만, 정작 영감님이 아직 경계를 늦추지 않고 있다는 걸 눈치챘다.

"으음…… 해치운 것 같지 않구나."

"해치우지 못했다니, 저긴 이제 아무도 없잖아?"

"시끄럽다! 내가 살아있다고 하면 살아있는 게야!"

이미 람다는 흔적조차 남아있지 않지만, 실제로 영감님의 감은 맞았다.

주위를 소나처럼 조사하는 '서치'를 발동시켜보니 좀 전까지 가짜가 있던 발치 깊숙한 곳, 충격파가 닿지 않을 정도로 깊은 땅속에서 적의 반응이 느껴졌던 것이다.

람다는 본체…… 핵 같은 것이 있으며 자신을 본뜬 분신을 만들어내는 게 가능한 존재라는 사실을 가르쳐준 적도 없는데, 이 영감님은 본능으로 쓰러뜨리지 못했다는 걸 눈치챈 모양이었다. 정말 터무니없는 영감님이다.

약간 늦게 베이올프도 왔고, 영감님이 검을 상단 자세로 겨누며 레우스와 베이올프에게 명령을 내렸다.

"그런가…… 아래인가! 애송이들아, 구멍을 파거라! 내가 직접 베러 가주지!"

"팔 도구 같은 건 없는데."

"그러니까 땅속에 있다는 거죠? 당천 씨의 기술로 지면을 통째로 날려버리면 될 것 같은데요."

"너희들, 좀 진정해. 일단 상대방이 어떻게 나올지 기다려야 해."

마음만 먹으면 다시 우리를 공격할 수도 있을 텐데, 묘하게 얌전한 게 신경 쓰인다.

상대방의 위치는 파악하고 있기에 만에 하나를 대비해 마력 탄환을 때려 넣을 수 있게끔 준비하고 있자니 갑자기 식물 알뿌리 같은 존재가 땅을 헤집으며 나타났고, 영감님이 소리쳤다.

"으하하, 어리석은 놈 같으니! 어슬렁어슬렁 내 앞에 나타날 줄이야!"

"왠지 할아버지가 적 같네."

"할아버지, 검은 움직이지 마세요."

"으음?!"

알뿌리의 크기는 성인 남자의 머리 정도였고, 수많은 촉수와 사람의 입 같은 게 달려 있었다. 아무리 봐도 이상한 존재였지만 적의가 느껴지지 않았고, 영감님도 얌전해졌기에 반응을 기다렸더니 알뿌리의 입으로 보이는 곳에서 목소리가 들렸다.

『휴우…… 강검이라는 이름에 걸맞은 훌륭한 일격이었습니다. 덕분에 냉정해졌군요.』

"꽤 당황한 모양인데, 그게 네 정체냐?"

『네. 영양분만 있으면 제 분신을 얼마든지 만들어낼 수 있는 멋진 육체죠.』

재빨리 해치워야 하는 존재겠지만, 이 정도 상대가 일부러 약점을 드러낼 것 같지는 않으니 함부로 덤비는 건 위험할 것이다.

게다가 내 제안을 전해주러 돌아가지 않으면 곤란하기 때문에, 영감님 정도까지는 아니어도 지금 당장 덤비려 할 것 같은 레우스를 달랬다. 그때 처음 맞선 적을 앞두고 긴장한 베이올프가 중얼거렸다.

　"사람의 몸을 버렸다는 이야기는 들었지만, 설마 이 정도일 줄은 몰랐네요. 가짜가 이 정도라면 진짜 람다는 어떤 모습인 걸까요."

　『뭔가 착각하고 계신 모양인데, 저는 진짜 람다입니다. 정확히 말하자면 여럿 존재하는 것들 중 하나……라고 해야 할까요.』

　"여럿 존재하는 것들 중 하나? 잘 모르겠는데, 너, 가짜 아냐?"

　"잠깐만, 레우스. 이 녀석은 상식으로 생각하지 않는 게 나을 거다."

　방금 들은 내용으로 추측했을 때, 생겨난 분신이 모체인 람다 본체와 이어진 채 서로 연락을 주고 받는 개체군…… 전생의 산호 같은 군체인 건가?

　그렇게 생각하면 이렇게 우리 앞에 모습을 당당하게 드러낸 것도 이해가 된다. 우리가 저 알뿌리를 해치운다 해도 람다에게는 전혀 문제가 없을 테니까.

　"어찌 됐든, 람다와 똑같은 존재가 여럿 있다는 생각은 틀린 게 아니었군. 그건 그렇고 오늘은 꽤 말이 많은데, 그렇게 자기 비밀을 떠들어대도 괜찮은 건가?"

　『알려져도 문제는 없습니다. 아니, 오히려 이 사실을 생도르에 전해주셨으면 할 정도군요. 지금까지 싸워왔던 건 마대륙에 있는 마물들 중 극히 일부이고, 당신들을 여러 람다가 노리고 있다고요…….』

우리가 아무리 발버둥 치더라도 결코 지지 않을 거라는 자신감과 실력이 있는 모양이다. 실제로 람다는커녕 그의 심복인 루카와 히르간의 진짜 실력을 본 적이 없다.

그렇게 생도르에 공포를 부추기기 위해 람다가 나타났다는 건 이해가 되는데, 그 말은 즉…….

"전해주긴 할 텐데, 내 제안을 받아들인 거라고 생각해도 되는 건가?"

『네, 그렇게까지 말씀하시니 온 힘을 다해 공격해드리도록 하죠. 제 계획을 이렇게까지 방해하신 당신에 대한 경의, 그리고 그걸 손에 넣기 위해서도요.』

"알았다. 마지막으로 한 가지만 더 묻겠는데, 너는 어째서 성수를 원하지? 이미 나라조차 멸망시킬 수 있는 힘을 지니고 있는데 더 강한 힘을 원하는 이유가 뭐야?"

『……하루만 시간을 드리겠습니다. 이틀 뒤 이른 아침이 당신들뿐만이 아니라 생도르의 최후입니다.』

다시 폭주할 뻔했는지, 람다는 스승님의 나이프를 의식하지 않으려는 듯 담담하게 말하고는 땅속으로 파고들었다. 그렇게 욕심내면서도 순순히 물러간 이유는 지금 같은 상황에서 나이프를 손에 넣는 건 불가능하다고 판단했기 때문일 것이다.

그리고 람다의 기척이 완전히 멀어지자 약간 불만스러운 표정을 지은 레우스와 베이올프가 검을 집어넣으며 내게 물었다.

"시리우스 씨, 정말 그 녀석을 가게 두어도 되는 건가요?"

"뭔가 잔뜩 있는 것 같으니 그 녀석도 쓰러뜨리는 게 나았을 텐데."

"둘 다 진정하세요. 그걸 보내주지 않으면 시리우스 님의 제안이 상대방에게 전달되지 않잖아요?"

"그런 거야. 방금 나타났던 녀석이 본체와 연결되어 있다면 전달되었을지도 모르겠지만, 만에 하나를 대비해야지."

그 알뿌리는 땅속을 빠르게 이동했는데, 스스로 움직였다기보다는 휘둘리는 듯한 움직임으로 느껴졌다. 아마 람다 본체에서 뻗어 나온 덩굴에 이어져 있고 머나먼 곳에서 온 걸지도 모르겠다.

"아무튼, 이제 지구전이 아니라 단기 결전으로 넘어갈 수 있을 것 같아. 거절당할 가능성도 컸지만 이 나이프 덕분에 히르간과 루카도 나타나겠지."

"그런데 람다는 어째서 성수님의 물건을 욕심냈던 걸까요? 좀 전에 보였던 그 집착은 복수랑은 또 다른 무서운 느낌이 들던데요."

"둘러대긴 했지만, 적어도 우리에게 바람직한 건 아닐 것 같아. 질 수 없는 이유가 한 가지 더 늘었네."

람다에게 건넨 성수의 가지는 시간이 지나면 스스로 부서지게 되어 있고, 애초에 영감님의 일격으로 인해 산산조각 났으니 문제는 없을 것이다.

아무튼 교섭은 성공했으니까 이제 여기서 작업은 할 필요가 없을 것 같다.

새로운 정보가 들어와서 모두와 공유할 필요도 생겼기에 일단 기지 안으로 돌아가자고 일행들에게 말한 다음, 나는 영감님을 원망스러운 눈초리로 바라보았다.

"정말, 결과가 괜찮게 나오긴 했지만 너무 지나쳤다고. 생각 좀 하고 검을 휘둘러."

"결국 베어야 하는 건 맞지 않냐."

"뭐든지 순서가 있는 법이라고. 그런데…… 어째서 그런 포즈로 굳어 있는 거야?"

"에밀리아가 그렇게 하라고 했으니까."

에밀리아가 말리긴 했지만, 굳이 검을 내리치던 도중에 멈출 필요는 없을 텐데.

그리고 그 위치라면 차라리 들어 올리는 게 더 편할 텐데, 떨리기는커녕 자세가 전혀 흔들리지 않은 점은 역시 대단하다고 해야 하나.

"그 녀석은 이미 떠난 것 같으니 슬슬 내려도 되겠나?"

"별로 한동안은 그대로 있어."

"알겠어요. 할아버지, 조금만 그대로 계세요."

"흐음, 팔 단련도 될 것 같으니 상관없겠지. 그러니 애송이도 해라!"

"지금은 좀 봐주라고……."

벌은커녕, 자신의 단련으로 받아들이는 영감님에게 풀 죽는다는 말은 없는 모양이다. 게다가 레우스와 베이올프까지 휘말리게 될 것 같았기에 우리는 곧바로 기지 안으로 돌아갔다.

그런 다음 전선 기지로 돌아와 남은 사람들을 식당으로 모은 나는 좀 전에 있었던 일에 대해 자세히 설명했다.

참고로 람다가 나타나자 줄리아는 제일 먼저 뛰쳐나오려 했지만 친위대가 말려서 참고 있었던 모양이고, 지금은 람다가 한 말을 듣고는 굳은 표정을 짓고 있었다.

"큭…… 그 정도의 존재가 일부인 데다 진짜가 여럿 있다고? 눈앞에서 보지 못했다면 도저히 믿을 수 없었을 이야기로군."

"그뿐만이 아닙니다. 그 녀석은 우리와 싸우는 걸 피하려는 낌새를 보이긴 했지만, 강검 공이나 제노드라 일행을 두려워하는 기색은 전혀 없었습니다. 다시 말해 그 말에 맞는 실력을 지니고 있다는 증거겠죠."

강검과 맞먹는 실력자라는 내 말을 듣고 줄리아와 함께 남았던 친위대 중 일부가 매우 당황했다. 평소에 줄리아를 보고 지냈기에 강한 자가 익숙한 것 같지만, 역시 강검은 격이 다른 모양이다.

"가, 강검 공조차?"

"그런 상대에게 우리 힘이 통할까?"

"하지만 다음 싸움은 생도르 코앞에서 벌어진다. 물러날 데가 없으니 우리의 모든 힘을 쏟아부을 수밖에 없겠지."

"하지만 만약에 람다의 힘이 우리뿐만이 아니라 강검 공을 뛰어넘는다면……."

앞날을 알 수 없는 상황이기 때문에 안 좋은 생각만 드는 건지 잠시 침묵이 깔렸다.

람다에게 우리의 힘이 통하지 않을 가능성을 완전히 부정하지 못하는 데다 화제로 언급된 영감님이 묘하게 조용했기 때문이다. 이럴 때일수록 그렇게 쓸데없이 큰 소리로 웃으며 무거운 분위기를 날려줬으면 하는데…….

"……크어어."

"이거, 자는 거 아냐?"

"오랫동안 이야기를 나누면 항상 이렇죠."

좀 전까지 그렇게 떠들어놓고, 마치 스위치를 전환한 것처럼 자고 있었다.

뭐, 이 영감님 같은 경우에는 상대방이 어쩌고저쩌고 이야기를 나누는 건 따분해서 견딜 수가 없을 것이다. 이야기를 나눌 시간이 있다면 얼른 싸우는 게 훨씬 빠를 거라고 생각할 것 같다.

조용한 건 좋지만, 모두의 사기가 떨어지는 건 별로 바람직하지 못하다. 바로 영감님을 깨워야 하나, 그렇게 고민하고 있자니 좀 전까지 눈을 감고 생각에 잠겨 있던 리펠 공주가 내게 물었다.

"한 가지만 묻고 싶은데, 어째서 온 힘을 다해 공격하게 만든 거야? 람다를 끌어내기 위해서라고는 해도 약간 지나쳤다고 해야 하나, 당신치고는 극단적인 것 같은데."

교섭하기에 따라서는 모든 전력이 아니라 일부만 끌어낼 수 있었지 않을까, 리펠 공주는 그렇게 말하고 싶은 모양이다.

실제로 성수에 대해 집착하는 마음을 이용하면 람다만 끌어낼 수 있을지도 모르고, 저기에서 자고 있는 영감님처럼 일부러 위험한 길을 선택할 필요가 없을지도 모른다.

그럼에도 불구하고 모든 전력을 토해내게끔 한 이유는…….

"제일 우선시해야 할 목표는 람다지만, 확실하게 해치우고 싶은 자가 따로 있기 때문이죠."

"그러고 보니 람다에게 지혜를 내려준 흑막이 있을지도 모른다고 했었지."

"그것도 그렇긴 한데, 제가 노리고 있는 건 히르간입니다."

히르간은 람다의 동료이자 강검과 동등하거나 그 이상의 힘을 지니고 있다는 검사다.

레우스의 검을 맨손으로 막아낸 걸 보아 그 말이 농담이 아니라는 점은 틀림없을 텐데, 여자를 보고 자신의 것으로 삼으려고 나설 정도로 욕망에 충실한 남자이기도 했다. 실제로 내 부인인 에밀리아에게 마수를 뻗치기도 했다.

지금 같은 상황에서 히르간의 이름이 나올 줄은 몰랐는지 레우스와 줄리아가 의아하다는 듯이 고개를 갸웃거리고 있었다.

"히르간? 그 남자가 강적이라는 건 인정하겠다만, 람다보다 우선시해야 할 상대일 것 같지는 않군."

"아니, 그 녀석은 반드시 쓰러뜨려야 할 상대일 거야. 줄리아의 머리카락을 난폭하게 잡기도 했고, 누나들을 노린 녀석이니까."

"뭐라고?!"

자고 있는 줄 알았던 영감님이 갑자기 깨어났다 싶었는데 레우스의 멱살을 잡고는 다그쳤다.

너무 갑작스러운 상황이라 모두가 당황했지만, 자신에게 화를 내는 게 아니라는 사실을 이해한 레우스가 냉정하게 영감님을 달래기 시작했다.

"진정하라고, 할아버지. 딱히 누나들이 무슨 짓을 당한 건 아니니까."

"더러운 눈으로 에밀리아를 본 것 아니냐! 일단 물어보자. 그 잘 모르는 얼간이는 어떤 녀석이지?"

"히르간 말이야? 음…… 일단 열받는 녀석이지."

"……생도르에서는 영웅이라 불리는 검사지만, 모든 여자가 자신의 것이라고 착각하는 남자야."

히르간은 람다 때문에 마음이 파괴된 엘프 여자를 매우 난폭하게 다루었다. 물론 그뿐만이 아니라 영웅이라 불리면서도 남몰래 많은 여자들에게 성적으로 손을 댄 죄가 있는 남자다. 나중에 알게 된 사실인데, 람다뿐만이 아니라 일부 귀족들이 연줄을 만들기 위해 솔선해서 아름다운 여자들을 바치고 있었으니 정말 웃어넘길 수가 없다.

그런 녀석이 에밀리아를 노렸다는 사실을 알게 된 영감님은 레우스의 멱살을 놓아주면서 미소를 지었다. 평소처럼 호쾌한 웃음소리가 아니라 지옥 밑바닥에서 들릴 것처럼 낮게 깔린 목소리를 내면서.

"그러냐…… 그러냐. 그 얼간이는 팔과 다리뿐만이 아니라 손가락부터 베도록 하지."

"잠깐만. 나도 벨 거니까 조금은 남겨주라고."

"제 몫도 부탁드립니다."

"당신들, 정말……."

그렇게 비슷한 사람들끼리 주고받던 이야기를 들은 리펠 공주도 머리를 감싸 쥐고 있는 모양이었다. 하지만 영감님이 내뿜은 살기로 인해 친위대들의 약한 마음도 날아가 버렸으니 나쁜 결과만은 아닐 것이다.

이야기가 다른 곳으로 빠졌기에 헛기침을 한 번 한 리펠 공주는 궤도를 수정하려는 듯이 다시 질문했다.

"물어보고 싶은 게 또 있어. 줄리아하고 똑같은 질문이긴 한데, 히르간을 그렇게까지 신경 쓰는 이유가 뭐지?"

"위험도는 람다가 더 높겠죠. 하지만 일이 잘 풀려서 람다를 쓰러뜨렸다 하더라도 마물을 조종하는 지식이나 마도구가 남는다면 그걸 악용하는 자가 나타나서 더 심각한 상황이 될지도 모릅니다."

"아, 그래서 히르간이구나. 그 남자라면 전 세계의 여자를 손에 넣으려고 할 것 같아."

람다의 목적은 어디까지나 생도르의 파멸이며, 세계 정복이 아니다.

만에 하나, 생도르만 멸망한다면 파괴 활동을 중단할 가능성도 있다. 그렇기 때문에 욕심 많은 자가 그 기술이나 지식을 이어받지 않게끔 상대방이 모든 전력을 토해내게 만들고 박살 낼 필요가 있는 것이다.

"다른 측근인 루카도 잊으면 안 되겠죠. 람다를 쓰러뜨리면 그 여자는 복수하기 위해 수단을 가리지 않게 될 것 같으니까요."

"응, 람다가 다쳤을 때 엄청 사나웠으니까. 심정은 이해가 되긴 하는데, 그렇게 갑자기 화를 내는 사람은 처음 본 것 같아."

"그 루카라는 사람은 인족과 용의 혼혈이라고 들었는데, 골치 아픈 상대인가요?"

"강할 것 같긴 한데, 아직 잘 모르겠어. 그런데 화가 났을 때가 진짜 대단해서 말이지, 누나가 화났을 때하고 비슷할 정도로 무섭…… 헉?!"

베이올프가 묻자 무심코 말실수를 해버린 레우스가 식은땀을 흘렸지만, 생각에 잠겨 있던 에밀리아는 듣지 못한 모양이었다.

아무 말도 하지 않는 누나를 보고 레우스가 안도의 한숨을 쉬는 와중에 리스가 쓴웃음을 지으며 계속 말했다.

"그런데 이야기를 듣고 보니 에밀리아하고 비슷한 부분이 있긴 하네. 시리우스 씨에게 무슨 일이 생기면 에밀리아도 엄청 화를 내니까."

"그만큼 소중한 주인을 둔 자인 거겠죠. 저와 마찬가지…… 아니, 그 이상의 시종일지도 모르겠네요."

루카는 람다가 위험에 처한다면 자신의 목숨조차 쉽사리 내버릴 것 같은 의지를 보였다. 그런 주군에 대한 절대적인 충성심은 시종으로서 가장 중요한 점이기도 하기에 에밀리아도 뭔가 느낀 바가 있는 모양이었다. 딱히 쓰러뜨리는 걸 망설이는 것 같지는 않았지만, 나중에 이야기를 좀 해둘 필요가 있을지도 모르겠다.

"뭐, 이유는 이것저것 있긴 하지만, 역시 가장 큰 목적은 지구전이 아니라 단기 결전을 벌이기 위해서죠. 지금까지 벌인 전투를 통해 방어전으로는 이길 수 없다는 사실을 알게 되었으니까요."

"그래…… 이해가 되네. 그렇다면 이제 이 기지에 남아있을 이유가 없는 거지?"

"네. 하지만 만에 하나를 대비해서 좀 더 상황을 살펴본 뒤에 생도르로 돌아가려 합니다. 먼저 출발한 사람들도 아직 도착하지 않았을 테니까요."

다음 습격이 이틀 뒤라면 아직 여유가 있고, 우선 수왕이나 카이엔 같은 사람들에게 먼저 설명한 뒤에 돌아가는 게 나을 것 같다.

그리고 제노드라 일행에게 태워달라고 하면 마차로 한나절 정도 걸리는 거리도 한 시간 정도 만에 돌아갈 수 있을 테고.

"이봐, 형님. 그 녀석이 온 힘을 다하겠다고 하면서 이틀 뒤로 날짜를 잡은 이유는 뭘까? 온 힘을 다할 거라면 쉬지 않고 곧바로 공격해도 될 텐데."

"나도 그 생각이 들었는데, 상대방도 준비할 필요가 있을지도 몰라. 그렇게 큰 규모의 마물을 간단히 운용할 수 있다면 우리와 교섭 같은 것도 하지 않았을 테고."

"음~, 신경 쓰이긴 하지만 잠깐은 차분히 쉴 수 있다는 거지? 다들 피로가 쌓였을 테니 하루라도 쉴 수 있다는 건 정말 다행이야."

"돌아가더라도 회의나 준비를 해야 할 테니 그렇게 푹 쉬진 못하겠지만 말이지."

전선 기지와 생도르의 상황은 수시로 보고를 주고받고 있고, 최신 정보에 따르면 생도르의 통제와 전력이 착실하게 갖춰지고 있는 모양이었다.

하지만 싸울 준비가 충분하더라도 내가 제안한 작전을 얼마나 받아들여 줄지가 문제다. 싸움에 긍지를 지닌 전선 기지의 병사들과는 달리 생도르의 중진들은 나라의 앞날이나 백성들을 생각해야만 하니 다른 의미로 설득하는 데 시간이 걸릴 것 같다.

"그렇다면 지금 당장이라도 푹 쉬세요. 잠깐 눈을 붙이는 정도라도 시리우스 님께서는 주무실 필요가 있을 거예요."

"기운이 넘치는 것 같지만 피로가 쌓였다는 걸 알 수 있어. 피아 씨하고 카렌에게 그런 얼굴을 보여주면 안 되니까."

"알았어."

이제 방침은 정해졌고, 에밀리아와 리스에게 더 이상 혼나고 싶지는 않으니 오늘은 이제 얌전히 쉬어야겠다.

"멍!"

"호쿠토 씨뿐만이 아니라 저와 당천 씨도 불침번을 설 테니 푹 쉬……."

"에잇! 에밀리아가 말리지만 않았어도 그 얼간이 녀석을 베러 갔을 터인데. 휘두르기 연습도 하지 말라고 하니…… 나는 잔다!"

"……제가 불침번을 설 테니 푹 쉬시죠."

"……무리하지 않는 정도로만 부탁해."

여차하면 본능적으로 깨어나 날뛸 테니 영감님은 내버려 두더라도 문제가 없을 것이다. 적진에 멋대로 쳐들어가는 것도 에밀리아가 타일렀으니 괜찮을 것 같다.

그래서 모두의 호의를 받아들여 쉬기로 했는데, 부인 중 한 명인 피아와 제자인 카렌의 이야기를 들으니 자연스럽게 미소가 번졌다. 겨우 며칠 떨어져 있었을 뿐인데 밀도 높은 나날을 보내서 그런지 묘하게 두 사람이 그립게 느껴진다.

마도구로 몇 번이나 연락을 주고받았기에 두 사람이 생도르성에서 무사히 지내고 있다는 사실은 이미 확인했다.

분명히 자상하게 감싸주는 듯한 미소로 맞이해줄 피아와 이미 잠들어 있을 카렌의 자는 얼굴을 떠올리며 나는 식당을 나섰다.

몇 시간 뒤, 해가 뜨기에는 아직 이른 시간대에 깨어난 나는 재빠르게 몸단장을 마치고 에밀리아가 만들어준 에리나 샌드위치를 먹으며 옥상에서 바깥 경치를 바라보고 있었다.

최근 며칠 동안은 어두워서 먼 곳이 보이지 않아도 어둠 너머에서 마물들의 기척이 계속 느껴졌는데…….

"……이렇게 조용한 밤은 오랜만이네."

"네. 하지만 이게 평범한 거겠죠."

지금은 마물들의 울음소리나 소음이 들리지 않아서 지금까지 겪었던 습격이 마치 거짓말이었던 것처럼 조용하다.

우리가 물러나는 걸 방해하기는커녕 마물들을 멀리 떨어뜨려

둔 것으로 보아, 람다는 내 제안을 받아들인 모양이었다.

"저 너머에서 람다가 준비를 하고 있는 걸까요?"

"그렇겠지. 그건 그렇고…… 실력이 더 늘었네, 에밀리아."

"후후. 시리우스 님께서 해주시는 요리에는 못 미치지만, 이 것만큼은 지지 않을 거예요."

다양한 방면으로 미지수인 람다도 이제 온 힘을 다해 부딪히는 것만 남았다.

어머니가 자주 만들어주던 에리나 샌드위치를 다 먹고 에밀리아의 머리를 쓰다듬은 나는 용의 모습으로 기다리던 제노드라 일행을 보았다.

"갈까. 결전의 땅에서 기다리도록 하지."

"네!"

《선택받은 자들》

람다와의 교섭을 무사히 마치고 전선 기지에 남아있을 이유가 없어진 우리는 제노드라 일행의 등에 타고 생도르로 향하고 있었다.

우리의 집인 마차는 메지아에게 옮겨달라고 했다. 눈 깜짝할 새에 생도르에 도착할 것 같긴 하지만, 갑자기 거대한 용이 날아오면 병사들도 제대로 대처하지 못할 가능성이 크기에 도시를 지켜주는 방벽이 보이면 그 앞에 내려야 할 것이다.

어디쯤 착지해야 할지 지상을 바라보고 있자니 제노드라가 무언가를 눈치채고는 내게 가르쳐 주었다.

『시리우스, 저건 무엇인가? 도시 밖인데도 불이 꽤 많다만.』

"그거야! 아마 그 불로 착륙할 장소를 표시해두었을 테니까 그 앞쪽에 내려줘."

『알겠다.』

방벽에서 약간 떨어진 곳에 발견해달라는 듯 화톳불이 잔뜩 타오르고 있으니 그 너머로는 들어가지 않는 게 좋을 것 같다. 내 지시를 따라 제노드라가 땅을 거의 울리지 않고 지상에 착지했고, 다른 사람들을 태운 메지아와 삼룡이들도 뒤따라 착지했다.

어두워서 잘 보이지 않았지만 거대한 무언가가 다가왔다는 사실은 눈치챈 모양이었다. 방벽 정문에 있던 경비병들이 당황하는 움직임을 보였지만, 제노드라의 등에서 제일 먼저 뛰어내린 줄리아가 자신의 존재를 알리려는 듯이 소리쳤다.

"다들 당황할 필요는 없다. 내가 돌아왔다!"

"이, 이 목소리는…… 줄리아 님이다!"

"줄리아 님! 돌아오시는 걸 기다리고 있었습니다!"

그녀를 확인하기 편하게끔 내가 '라이트'를 발동시켜서 줄리아의 모습을 드러내자 파수병들이 곧바로 경계를 풀고는 안심한 것처럼 그녀의 이름을 부르기 시작했다.

그와 동시에 그곳의 대장으로 보이는 남자가 달려왔기에 줄리아가 상황에 대해 간단히 설명했고, 대장은 놀라면서도 곧바로 방벽의 문을 열게끔 부하에게 명령을 내렸다.

"곧바로 문을 열 터이니 기다려 주십시오. 그런데 그쪽에 계신 분들은 누구십니까?"

"우리에게 힘을 빌려줄 든든한 동료다. 통과시켜다오."

"네!"

이미 사람의 모습으로 변하긴 했지만 용족의 외모를 보고 경계할 만도 한데 줄리아가 한마디 하자 전부 지나갈 수 있을 것 같다.

그리고 우리는 병사들의 주목을 받으며 열린 정문을 지나, 카이엔이 미리 준비해둔 마차를 타고 생도르 성으로 가게 되었다. 중간에 줄리아가 어떤 제안을 했다.

"아직 해가 뜨기 전이지만, 카이엔이 돌아와 있다면 아버님 같은 사람들도 일어나셨을 것이다. 성으로 돌아가면 곧바로 회의실로 가게 될 텐데, 시리우스 공은 먼저 가족을 만나보는 게 어떤가?"

"마음은 감사하지만, 보고를 우선시해야 할 것 같습니다."

좀 전에 '콜'로 돌아간다는 사실을 전해두었으니 그렇게까지 서두를 필요는 없다.

사실은 당장 피아와 카렌을 보러 가고 싶긴 하지만 람다와 교섭해버린 이상 내가 설명할 의무가 있을 것이다.

남매는 회의실로 데리고 갈 테니 피아에게 설명하는 역할은 리스에게 맡길까 생각하고 있는데, 내 대답이 마음에 들지 않았는지 줄리아가 진지한 표정으로 고개를 저었다.

"아니, 시리우스 공은 약간 늦게 오는 게 좋겠어. 작선을 위해서라고는 해도 적인 람다와 교섭한 것으로 인해 감정적으로 나올 자들도 있을 테니 내가 미리 어느 정도 설명해두는 게 나을 것 같다."

"……알겠습니다. 호의를 받아들이도록 하죠."

"뭐, 원래는 우리 때문에 생긴 문제다. 시리우스 공은 좀 더 자신과 가족분들을 우선시해줬으면 좋겠군. 나중에 사자를 보내도록 하지."

줄리아가 한 말이 맞긴 하다. 상황에 따라 우선시해야 할 것들이 따로 있겠지만, 그렇다고 해서 가족을 소홀히 하는 건 바람직하지 못하다. 어린애도 있으니 더더욱 그렇다.

곧바로 레우스에게 말을 거는 줄리아에게서 눈을 돌린 나는 성이 있는 쪽을 바라보며 기다리고 있을 가족들을 떠올렸다.

"피아는 일어난 것 같은데, 카렌은 아직 자고 있겠지."

"좀 전에 피아 씨에게 마법으로 전달하셨죠? 그쪽 상황은 여쭈어보지 않으셨나요?"

"얼굴을 보고 제대로 이야기하고 싶어서 양쪽 다 무사하다는 것 말고는 이야기를 거의 안 했어. 마지막에는 조심히 돌아오도록 해……라고, 마치 어머니처럼 말하던데."

"후후, 진짜 어머니가 될 테니까. 피아 씨하고 카렌을 얼른 보고 싶네."

생각해보니 피아와 어른이 되어서 다시 만난 뒤로 이렇게 떨어져서 지낸 건 처음인지도 모르겠다.

그녀의 배 속에는 내 아이가 있으니 앞으로는 최대한 곁에 있으면서 몸과 마음의 부담을 줄이게끔 해야겠다.

그런 이야기를 하던 동안 성에 도착했고, 친위대를 데리고 간 줄리아와 헤어진 우리는 리펠 공주 일행과 제노드라 일행, 그리고 영감님과 베이올프를 데리고 두 사람이 있는 방으로 향했다.

카렌이 자고 있을 것 같아서 최대한 소리가 나지 않게끔 방문 쪽으로 다가갔는데, 우리가 왔다는 걸 눈치챈 피아가 문을 열고 맞이해 주었다.

"……어서 와."

"……그래, 다녀왔어."

부드러운 미소로 맞이해준 피아의 모습을 보고 안심하고 있자니 갑자기 피아가 두 팔을 벌려서 나를 감싸듯이 끌어안았다. 그러고 보니 출발하기 전에 돌아오면 부드럽게 끌어안아 주겠다고 했었지.

조금 창피했지만, 그녀의 체온과 심장 고동을 느끼고 있자니 신기하게도 마음이 차분해졌다. 이 세계에는 내 고향이 없는 거나 마찬가지인데도 마치 집에 돌아온 것 같은 기분이다.

"다른 사람들도 어서 와. 자, 꼬옥, 안아줄게."

"다녀왔습……어흡?! 조, 좀 살살 부탁드릴게요."

"아핫, 다녀왔어. 피아 씨는 아무 일도 없었던 모양이네."

"그래. 지금은 없지만, 그 제1왕자님이 이것저것 열심히 해줬으니까."

생도르의 제1왕자…… 생제르가 피아와 카렌을 돌봐주겠다고 했는데, 그녀의 말을 들어보니 약속을 확실하게 지켜준 모양이다.

개인적인 욕심으로 피아에게 다가오려 하는 사람들이나 카렌, 히나에게 손을 대려 하는 녀석들을 모조리 쫓아내 줬다고 한다.

지금쯤 그는 회의실에 아버지와 함께 있을 것 같으니 나중에 고맙다는 인사를 해야겠다. 그때 리스와 레우스까지 안아준 피아가 영감님과 베이올프에게 다가갔다.

"당신은 그러니까…… 베이올프지?"

"네, 네! 이런저런 일이 있었습니다만, 겨우 따라잡았습니다. 앞으로는 저도 신세를 지겠습니다."

"그래, 잘 부탁해. 그리고 이쪽에 계신 영감님이 좀 전에 이야기를 들었던 강검이고."

"나는 일기당천이다. 강검 같은 건 모른다!"

"말은 이렇게 하지만, 할아버지가 강검 맞아. 그건 그렇고 피아 누나, 마리나를 봐줘. 여러모로 커진 것 같지 않아?"

"그게 무슨 소리야. 그렇게 조잡하게 설명하지 말라고."

출발하기 전과 비교하면 사람이 많이 늘어나 버렸기에, 각자 이야기를 나누며 다시 만난 것을 정겨워하고 있었다. 그 와중에 나는 방에 있을 카렌을 찾았다.

그런 내 모습을 눈치챘는지 피아가 입가에 집게손가락을 가져다 대며 방 안쪽을 가리켰다. 그쪽에는 옆방 침대에 앉아 책을 읽고 있는 카렌이 보였다.

호오, 이런 시간까지 일어나 있다니 신기하네. 그런데 모두가 돌아왔는데 묘하게 반응이 약하다 싶어서 다가가 보니…….

"으, 으음……."

카렌은 책을 펼쳐둔 채 잠들어 있었다.

아니…… 가끔씩 고개를 젓는 걸 보니 겨우 깨어 있긴 한 것 같은데, 이제 언제 잠들어도 이상할 게 없다. 그래서 우리가 왔는데도 반응을 보이지 않았던 거구나.

"다녀왔어, 카렌. 다들 무사히 돌아왔다고."

"으아…… 아지익……."

"어머, 잠이 와서 누군지도 모르는구나. 안아주는 게 어때?"

피아의 설명에 따르면 '콜'을 통해 우리가 돌아온다는 사실을 알게 된 카렌은 잠들지 않고 우리를 맞이해주기 위해 필사적으로 졸음과 계속 싸웠던 모양이었다.

그 노력에 자연스레 미소가 나왔다. 카렌은 내가 부드럽게 안아 들자 눈치를 챈 건지 졸린 눈으로 내 얼굴을 빤히 바라보았다.

"……선……생님?"

"그래, 선생님이야. 착하게 지내고 있었어? 카렌."

"……어서……와요."

"다녀왔어. 자, 모두 돌아왔고 인사도 했으니까 이제 자도 돼."

"응……."

머리를 쓰다듬어 주니 안심했는지 카렌은 눈을 감고 편안한 숨소리를 내며 잠들었다. 옆쪽 침대에는 람다가 두고 간 소녀……히나도 잠들어 있었기에 그 옆에 카렌을 살며시 눕혀주었다. 그러는 사이 좀 전까지 들리던 사람들의 목소리가 거의 들리지 않게 되었다. 피아가 주위 소리를 막는 마법을 써준 모양이었다.

"나중에 같이 자주도록 해. 말은 안 했지만 당신들이 가고 나서 쓸쓸해 보였으니까."

"그래. 할 일을 얼른 마치고 또 이것저것 가르쳐 줘야지."

마지막으로 한 번 더 카렌의 머리를 쓰다듬은 나는 피아와 미소를 주고받은 다음 조용히 그곳을 떠났다.

그 후 피아에게 전선 기지에서 일어난 일에 대해 설명하고 앞으로 어떻게 할지 이야기하려던 참에 방문을 노크하는 사람이 있었다. 보아하니 우리를 데리러 온 사자인 것 같았는데, 나타난 사람은 회의실에 있을 줄 알았던 생제르였다.

"이봐, 다들 있나? 아버지가 부르는데."

"알겠습니다. 그런데 어째서 생제르 님께서 오신 거죠?"

"그래. 심부름이라면 다른 사람에게 맡겨도 될 텐데, 왜 당신이 온 거야?"

"시끄럽네. 내가 오면 안 되나?"

우리가 없는 동안 사이가 좋아져서 지금은 술친구가 된 모양인 피아와 생제르는 서로 거리낌 없이 대하는 것 같았다.

보아하니 직접 나서서 우리를 부르러 온 것 같은데, 설마 이나라의 제1왕자가 심부름꾼 같은 일을 하려 하다니. 어떤 반응을 보여야 할지 약간 곤란해하고 있던 와중에 방으로 들어온 생제르가 뭔가 찾는 듯이 주위를 둘러보고 있다는 걸 눈치챘다.

"그런데, 꼬맹이들은 어디 있어?"

"걱정할 필요 없어. 모두가 돌아와서 안심하고 푹 자고 있으니까. 자는 얼굴을 보고 갈래?"

"아니, 잔다면 됐어. 깨면 불쌍하잖아."

"꼬맹이들이라는 게 카렌과 히나인가?"

"맞아. 이 사람, 이러쿵저러쿵하면서도 카렌하고 히나가 신경 쓰여서 어쩔 줄 모르거든."

"그, 그 눈초리는 뭐냐! 꼬맹이 주제에 참고 있는 모습이 마음에 들지 않았을 뿐이야!"

생제르는 주위 사람들의 시선을 느끼고 소리를 질렀지만, 안타깝게도 전혀 무서운 느낌이 들지 않았다.

피아가 해준 이야기에 따르면 그는 시간만 나면 세 사람을 보러 온 모양이고, 아이들과 놀아주거나 카렌의 부탁으로 성의 도서실로 안내해 주면서 마치 어린이집 선생님처럼 돌봐준 모양이었다.

전선 기지로 가기 전에는 파트너라고 생각했던 람다에게 배신당하고 분노와 후회로 인해 괴로워하고 있었는데, 지금 생제르는 표정과 분위기가 매우 부드러워져 있었다. 시간이 지나서 차분해지기도 했겠지만, 천진난만한 아이들을 상대해주던 동안 마음에 여유가 생긴 덕분일 것이다.

"나는 됐으니까 얼른 가자고. 너무 늦게 가면 그 녀석들의 잔소리가 늘어날 거야."

"바로 가죠. 그럼 다녀올 테니 다들 쉬고 있어."

"응. 다녀와."

"나도 좀 쉬도록 할게. 리스가 마법으로 몸을 씻어주는 것도 좋지만, 슬슬 뜨거운 물에 몸을 담그고 싶네."

교대로 불침번을 서면서 쉬긴 했지만, 전선 기지에서는 푹 쉬었다고 할 수가 없으니까.

람다가 공격해오는 이틀 뒤…… 아니, 이미 날짜가 바뀌었으니 내일 아침까지 푹 쉬고 싶지만 아직 해야 할 일이 많으니 관계자들에게 얼른 설명을 마쳐야겠다.

얌전히 기다려준 생제르와 함께 나는 남매와 원군의 대표인 제노드라를 데리고 회의실로 향했다.

그리고 생제르와 함께 회의실에 도착하자마자 다양한 감정이 뒤섞인 시선이 일제히 우리에게 쏠렸다.

용족인 제노드라에 대한 흥미나 긴장도 있었지만 시선 중 대부분은 내게 쏠렸고, 분노나 당황스러움 등 별로 바람직하지 못한 감정이 사정없이 날아들고 있었다. 뭐, 내가 멋대로 한 행동을 생각하면 당연하겠지만.

그런 수많은 시선을 적당히 흘려넘기면서 의자에 앉아있던 수왕과 카이엔에게 목례를 하고 지정된 자리에 앉자, 상석에서 팔짱을 끼고 있던 생도르 왕이 우리를 힐끔 보고는 입을 열었다.

"다 모였나. 그럼 회의를 계속하도록 할까."

"잠깐만 기다려 주십시오. 강검 공께서 안 계시는 것 같습니다만, 어디 계신지요?"

곧바로 영감님이 없다는 점을 신하가 지적하자 생도르 왕이 어떻게 된 거냐는 듯한 눈초리로 바라보았다. 나는 고개를 저으며 영감님의 생각을 전했다.

"강검 라이오르는 이런 자리에 나오지 않겠다며 거절했습니다."

"비, 비상사태인데?! 적어도 얼굴 정도는 비춰야 하는 것 아닌가?"

"자신은 앞에 나서서 검을 휘두를 뿐이니 이야기를 들어봤자 소용이 없다……고 하더군요. 또 옛날 생각이 나서 날뛰고 싶어질 거라고도 했습니다."

"""…………."""

이곳에 관계자가 있는지는 모르겠지만, 예전에 생도르의 귀족들이 영감님의 분노를 산 적이 있다는 사실은 알고 있는지 더 이상 참견하는 사람은 없었다.

그렇게 조용해지자 생도르 왕이 회의를 진행하려는 듯 다시 이야기를 꺼냈다.

"자, 일단 상황을 확인하지. 줄리아와 카이엔의 보고를 정리해보니 전선 기지는 완전히 포기하게 된 모양이로군."

"네. 죄송합니다, 아버님."

"알았으니까 이제 고개를 숙이지 마라. 지금은 후회보다는 앞날을 생각하자."

"물론이죠!"

예전의 생도르였다면 현재 상황을 파악하지 못하고 떠들어대기만 하는 멍청이가 있었을지도 모르겠지만, 지금은 그런 녀석들이 다 쓸려나간 건지 줄리아와 카이엔을 책망하려는 사람은 없었다.

"폐하, 생각해야 할 것들이 많습니다만, 우선 좀 전에 줄리아님께 들은 내용에 대해 이야기를 나누어야겠습니다."

"그렇겠지. 그렇지 않아도 궁지에 처했는데, 시리우스 공은 대체 무슨 생각인가?"

"이유가 있는 것 같다만, 우리를 납득시킬 수 있는 거겠지?"

그 대신 나를 보는 눈초리가 따갑다.

줄리아가 미리 말해두지 않았다면 이야기를 꺼내자마자 소리를 지르거나 책임을 지라며 매도했더라도 이상할 게 없었을 것이다.

하지만 멋대로 행동한 건 사실이고, 비난당할 거라는 건 예상하고 있었기에 잔소리를 받아들일 생각이었는데. 애초에 줄리아는 어디까지 설명한 거지?

그런 점에 대해 물어보니 내가 람다와 교섭해서 녀석들을 전선으로 끌어냈다는 것 말고는 자세히 말하지 않은 모양이었다.

"이건 시리우스 공이 생각한 방법이니 자세한 내용은 당신이 말해야 한다고 생각했다. 참고로 내가 시리우스 공의 생각에 동의했다는 사실은 확실하게 말해두었다."

"네가 납득했다는 건 알겠으니 좀 조용히 있어라. 이봐, 시리우스 형씨. 딱히 불만은 없는데, 일단 네 생각을 여기서 전부 털어놔 줬으면 하거든."

미리 전해두겠다고 했으면서 설명이 부족했던 느낌도 있지만, 줄리아도 나름대로 나를 존중해서 행동한 모양이었다.

하지만 얼른 설명하라며 생도르 왕이 재촉했기에 나는 전선기지에서 설명했던 내용을 다시 한번 말하게 되었다.

마물을 조종하고 있는 장본인…… 람다나 흑막으로 보이는 자를 쓰러뜨리지 않으면 마대륙에서 밀려드는 마물의 증원이 끊이지 않을 거라는 것.

그리고 마물을 조종하는 지식과 기술이 존재한다면 람다뿐만이 아니라 욕망에 충실한 히르간과 복수에 불타오를 것 같은 루카도 확실하게 처리해야 하고, 그러지 못하면 생도르뿐만이 아니라 세계가 위기에 처할지도 모른다는 가능성…… 등등. 생각나는 최악의 사태에 대해 나는 담담하게 이야기했다.

"……그렇기 때문에 적이 모든 전력을 쏟아내게끔 온 힘을 다해 덤비라고 도발했습니다. 그리고 다행히 람다가 제 제안을 받아들여 주었기에 내일 아침에 전신 기지 쪽 평원에서 정면으로 맞부딪힐 예정입니다."

"이유는 알겠다만, 우리가 나가서 싸우는 건 너무 지나친 것 아닌가?"

"무슨 심정이신지는 알겠습니다. 원래는 견고한 방벽을 살려서 싸워야겠지만, 그래선 전선 기지에서 벌였던 전투를 반복할 뿐일 테니까요."

지키는 쪽이 유리하다 해도 적은 그것을 뛰어넘는 병력……마물을 보유하고 있다. 그 대규모 무리를 상대로 지구전을 벌이다가는 활로를 찾아낼 수가 없다.

그 점에 대해서는 날마다 보고했던 내용을 통해 이해하고 있는 것 같지만, 시간을 벌면서 전력을 충분히 갖추었고 강검과 용족들이 동료로 들어와서 그런지 일부 사람들은 보수적인 생각이 강해진 모양이었다.

"하나 똑같은 결과가 나오진 않을 터인데? 근처의 병사들도 소집해서 장비를 갖추었고, 며칠만 더 버티면 아비트레이에서 원군도 도착할 것이다. 그렇지 않소? 수왕님."

"으음. 대군이기 때문에 정확한 시간은 모르겠지만 조만간 도착하겠지. 그러나 내 의견을 솔직하게 말하자면 우리나라의 군대가 가세하더라도 수비에 전념한다면 마찬가지일 거요."

"수왕님까지 그런 말씀을 하시다니. 적이 그 정도란 말인가."

"아니. 적이 강대하다면 더더욱 정면으로 맞부딪히는 건 피해야 할 텐데. 강검과 거기 계신 용족들이 힘을 빌려준다면 좀 더 효율적으로 운용해야 하지 않겠나."

싸움에 긍지를 지닌 전선 기지 사람들은 곧바로 찬성해 주었지만, 현장을 보지 않은 성 안의 문관들은 반대하는 모양이었다.

그들 같은 경우에는 싸움이 끝난 뒤의 경제도 생각해야만 하는 입장이니 수비의 이점을 버리면서까지 돌격한다는 수단은 최대한 피하고 싶을 것이다.

피해를 조금이라도 줄이고 싶다는 마음은 이해가 되나 그런 말을 하고 있을 상황이 아니라고 딱 잘라 말하려던 순간, 조용히 상황을 지켜보고 있던 제노드라가 한숨을 쉬며 입을 열었다.

"미안하다만, 내가 좀 끼어들도록 하지. 우리가 여기 있는 것은 친구인 시리우스가 불렀기 때문이지 이 나라를 구하기 위해서가 아니다. 그러니 시리우스 말고 다른 자의 지시를 받을 생각이 없다는 걸 미리 선언해두마."

"""뭐라고?!"""

"호오, 하하하! 용 형씨가 한 말이 맞긴 하지. 너희들, 아까부터 지킨다는 말만 하고 있는데, 다른 쪽으로 뭔가 좋은 생각은 없나?"

"그, 그건……."

"이 정도 상대로 간단히 책략이 생각날 상황도 아니고……."

"그러니까 생각하는 중이라는 거지? 그럼 뭐든지 따지려고만 하지 말고 좀 더 생각하고 나서 입을 열어라. 그리고 형씨가 하고 싶은 말은 아직 안 끝난 것 같거든."

제노드라의 말을 듣고 일부가 동요했지만, 생도르 왕이 잘 달래주었다. 그와 동시에 눈빛으로 얼른 하라고 재촉했기에 나는 목례하며 계속 말했다.

"정면으로 덤비는 게 위험하긴 합니다. 하지만 목표인 람다 일행이 보이더라도 어슬렁어슬렁 앞으로 나올 거라는 보장은 없어요."

"그러니 힘이 남아있는 동안 정면돌파로 녀석들의 목을 치자는 건가?"

"네. 그러려고 제노드라 일행의 힘을 빌리게 되었습니다만, 지금 우리 쪽에는 강검 라이오르도 있습니다. 결코 무모한 방식은 아니겠죠."

하늘의 마물은 제노드라 일행에게 맡길 수 있고, 지상에는 엄청난 힘을 자랑하는 영감님이 있다.

승산이 별로 없는 도박이 아니라는 걸 눈치채고 표정이 밝아진 사람도 생겼지만, 역시 아직은 부정적인 사람이 많았다.

그런 그들을 바라보고 있던 생도르 왕은 좀 전부터 한마디도 하지 않고 있던 아들을 힐끔 보고 나서 내게 날카로운 시선을 던졌다.

"그렇군, 형씨가 무슨 말을 하려는 건지는 알겠어. 그런데 벽을 버리면서까지 돌격하는 건 희생만 늘리는 바보 같은 선택이라는 생각은 안 드나?"

"그렇게 생각하더라도 어쩔 수 없죠. 하지만 지금은 그런 바보 같은 행동을 할 필요가 있을 겁니다."

"어째서 손해를 늘리는 행동을 할 필요가 있는 거지?"

"이렇게 된 이상 확실하게 말씀드리죠. 세계에 이름난 생도르가 외부인의 힘만으로 궁지에서 벗어난 나라가 되더라도 상관없는 겁니까?"

람다가 나라를 파괴하려는 이유는 일부 사람들이 거만하게 행동한 것에 대한 복수 때문이다.

다시 말해 자업자득으로 일어난 사건인데도 우리 같은 외부인의 힘만으로 해결해버리는 건 너무 한심하지 않은가? 대체 무엇을 위한 나라이며 무엇을 위한 전력이냐고 국민들의 불신감이 쌓일지도 모른다.

"이미 일이 너무 커졌으니 정보 통제 등으로 둘러대는 건 불가능에 가까울 겁니다. 그렇기 때문에 일부 전력뿐만이 아니라 모두 함께 나서는 자세를 국민들에게 보여주어야 하지 않을까요?"

"흥, 뜨끔할 정도로 날카로운 정론이군."

"우, 우리도 그 정도는 알고 있다!"

"하나 그리 간단히 정해도 될 문제가……."

"……그러니까 말이야, 너희하고 같이 바보짓을 해줄 녀석들을 모으고 있다는 거지? 인원은 다 모였나?"

그때, 판단하기를 망설이는 문관들의 말을 가로막으려는 듯이 갑자기 생제르가 말을 꺼냈다.

다른 목소리에 묻혀버릴 듯한 혼잣말이었는데도 그의 목소리는 신기하게 모두의 귀에 닿았고, 정신을 차리고 보니 모든 사람이 조용히 생제르를 주목하고 있었다.

"그게 말이죠. 전선 기지에서 싸웠던 분들은 모두 동의해주셨습니다만, 확실하게 람다를 쓰러뜨리려면 전력이 좀 더 필요할 것 같습니다."

"그럼 나도 네 계획에 참가하도록 하지. 줄리아만큼은 아니지만, 검술 실력은 어느 정도 자신이 있다."

"무슨?! 그럴 수는 없습니다!"

"아직 계승 의식을 마치지 않았다고는 해도 다음 왕이 되실 분이 전선에 나서다니요!"

"그럼 더더욱 나서야지! 이런 사태일수록 모두의 선두에 서서 이끌고 싸우는 게 왕 아니야?"

나타난 것만으로 상황을 수습한 아버지만큼은 아니었지만, 지금 생제르는 분명히 왕으로서의 위엄을 내뿜고 있다. 그 증거로 그의 기세에 삼켜져 따지려는 자가 나타나지 않고 있다.

람다에게 배신당한 분노와 후회를 뛰어넘고 정신적으로 크게 성장한 건지 겨우 두세 마디 말로 상황을 정리하기 시작한 생제르. 그걸 본 생도르 왕은 감정을 억누르는 목소리로 아들에게 물었다.

"기세는 좋은데, 네가 해야 할 일이 뭔지는 알고 있나?"

"그래, 살아 돌아오라는 거지? 걱정할 필요도 없어. 아버지보다 훌륭한 왕이라고 인정받기 전까지는 죽을 생각이 없으니까."

"그러냐, 그럼 됐다. 네 마음대로 해라."

"괘, 괜찮으시겠습니까?!"

"전장에서는 무슨 일이 벌어질지 모릅니다! 게다가 이번 적은 전선 기지에서도 막지 못했던 대규모 무리입니다."

"그러니까 그렇지. 지키고 있어봤자 물량으로 밀릴 테니 이 작전은 그렇게까지 글러 먹은 작전은 아니잖아. 그리고 좀 힘들긴 하겠지만, 이 녀석이 내 후계자로 어울리는지 알아볼 수 있는 최고의 기회 아니겠냐고!"

성격으로 보아 이런 회의 때는 적극적으로 발언할 만한 생도르 왕이 묘하게 얌전하게 있었던 이유는, 후계자인 생제르가 움직일 때까지 기다렸기 때문인지도 모르겠다.

그리고 기대에 부응하듯 아들이 당당한 모습을 보여주었기에 생도르 왕은 이런 상황인데도 만족스러운 듯이 웃고 있었다. 어린 시절부터 지켜봐 왔던 제자를 둔 입장에서 아이의 성장이 자랑스럽다는 기분은 이해가 된다.

"다음에 왕이 될 사람이 나선다면 우리도 온 힘을 다해 나서야겠지. 강검, 용족들과 힘을 합쳐서 한번 시끌벅적하게 싸워보자고!"

"네, 네에…… 폐하께서 그렇게 말씀하시니. 그런데 정말로 괜찮을지요?"

"게다가 나서서 싸운다면 방어하기 위해 마련해 두었던 것들을 쓰지 못하게 될 터인데……."

"젊은 녀석들이 이렇게까지 의욕을 보이고 있잖아. 주절주절 잔소리하지 말고 너희들도 각오를 다져라. 수왕도 싸울 거지?"

"당연하지. 내버려 두면 우리나라의 위협이 될 존재를 방치할 수는 없고, 무엇보다 시리우스 공에게는 신세를 졌다. 함께 싸워달라고 부탁한다면 우리도 기꺼이 힘을 빌려주도록 하지."

시원스러운 미소를 지으며 내 의견을 받아들인 생도르 왕과 수왕을 보고 반대하던 사람들도 각오를 다진 모양이었다. 그로 인해 무겁고 답답하던 회의실의 분위기가 약간 가벼워지긴 했지만, 작전 내용과 포진 등 이야기를 나눠야 할 것들은 아직 잔뜩 있다.

우선 전황에 크게 영향을 끼칠 실력자들의 배치에 대해 이야기하려 했는데, 생도르 왕은 아직 하고 싶은 말이 있는 모양이었다.

"그러니까, 이 돌격부대의 총대장은 생제르…… 너다. 나는 후방에서 아들이 활약하는 모습을 확실하게 지켜보도록 하지."

"뭐어?! 나는 그런 경험이 없으니까 아버지가 하라고. 나는 전선에서 적당히 대장을 맡아서 검을 휘두르면…….."

"바보 같은 녀석. 병을 앓다가 일어난 나더러 전장에 나가라는 말이냐?"

"앓다가 일어나긴! 슬슬 날뛰고 싶다고 투덜대던 주제에 말이야!"

신하들도 생제르의 말에 맞장구를 치듯 고개를 끄덕이고 있었지만, 정작 생도르 왕은 의욕이 없다는 듯이 손을 살랑살랑 흔들었다.

그는 람다의 책략으로 인해 반년 가까이 누워 있었으니 둔해진 몸으로 전장에 나서는 것을 피하려는 것처럼 말했지만, 진짜 의도는 따로 있는 듯했다.

"방금 말했지? 네가 후계자로 어울릴지 보겠다고 말이야. 다음 왕이 될 자가 이끄는 군대로 녀석들을 어떻게든 하고 와라!"

"……그런 거구나. 좋다고! 이번 싸움에서 이겨서 내 이름을 아버지보다 더 떨쳐주겠어!"

"하하, 좋은 마음가짐이야. 그래도 뭐, 전장에 대해 알지 못하는 네게 총지휘를 맡기면 힘들기도 하겠지. 그러니 이 몸이 선물을 주마. 포르트! 카이엔!"

"""네!"""

"현재 맡고 있는 직책에서 물러나 생제르 직속으로 들어가라. 온 힘을 다해 다음에 왕이 될 자에게 충성하도록!"

"""분부를 받들겠습니다!"""

줄리아의 지도를 맡고 있는 포르트와 전선 기지의 총지휘관인 카이엔.

생도르에서 명성만이 아니라 실력까지 뛰어난 두 사람을 아들에게 맡긴 걸 보니 그만큼 기대하고 있다는 것뿐만이 아니라 모든 것을 맡기겠다는 의미도 있을지 모르겠다.

그 사실을 누구보다 잘 알고 있을 생제르는 신하로서 예의를 갖추는 두 사람을 멍하니 보고 있다가 잠시 후 두 손으로 자신의 뺨을 때리며 기합을 넣었다.

"휴우…… 여러모로 부족한 부분도 있겠지만, 나도 필사적으로 해볼 테니 부탁하지. 포르트! 카이엔!"

"맡겨주시길! 저 포르트, 당신의 적을 휩쓸어버리는 창이 되고 모든 것으로부터 지키는 방패가 되겠습니다!"

"이 싸움이 끝나면 완전히 은거할 생각이었습니다만, 새로운 왕을 위해서라면 힘을 써보도록 하지요."

"은거라니, 얼빠진 소리 하지 마라. 너는 참모로서 생제르 님을 승리로 이끄는 것만 생각하면 된다."

"나도 알고 있다네. 젊은 왕을 위해 있는 힘껏 힘쓰도록 하지.

곧바로 돌격부대의 포진을 정해보세나."

한숨을 쉬면서도 의욕이 넘치는 미소를 지은 카이엔은 회의실 가운데에 놓인 지도에 나무로 조각한 말을 몇 개 놓았다.

"이번 돌격부대는 마물 대군을 돌파해서 강적을 해치울 만한 실력과 속도가 필요하지. 그리고 적의 주력들이 각각 따로 배치되어 있을 것을 고려하여 부대를 셋으로 나눌 예정인데, 이 다음은 작전의 입안자인 시리우스 공에게 설명을 부탁하려 하네."

"흐음, 줄리아 님과 다른 사람들을 납득하게 만든 내용이라면 신경 쓰이는군. 곧바로 부탁하네."

"알겠습니다. 에밀리아, 도와줘."

"네!"

전선 기지에서도 설명했듯이 나는 에밀리아의 힘을 빌려 지도 위에 마련된 말을 늘어놓기 시작했다. 방벽 바깥에 펼쳐진 평원에 큰 말을 세 개 놓고, 그 주위에 병사들을 나타내는 작은 말을 몇 개 놓고 나서 설명하기 시작했다.

"이 작전을 간단히 설명하자면 지도에 놓은 말처럼 세 개로 나눈 부대…… 좌익과 우익, 그리고 중앙이 동시에 돌격해서 대군을 돌파하는 겁니다. 그리고 람다 일행을 해치우는 흐름이 되겠습니다만, 그밖에도 우선시해야 할 상대가 있습니다."

"람다 일행 말고도 골치 아픈 존재가 있는 건가?"

"이미 보고를 받으셨겠지만, 주위의 마물을 활성화시키는 능력을 지닌 인공 마물입니다. 아마 마물을 조종하는 힘도 효과 범위가 한정되어서 그런지 그 인공 마물을 중계해서 마물들을 세밀하게 조종하는 것 같습니다."

전장 이곳저곳에 숨어 있는 여러 마물을 이어붙인 키메라(합성마수) 같은 존재를 쓰러뜨리자, 주위에 있는 마물들의 움직임이 흐트러지고 자기들끼리 싸우는 모습까지 보였다. 그래서 전선 기지에서는 키메라를 우선적으로 쓰러뜨려 마물들의 통솔을 무너뜨렸다.

미리 줄리아와 카이엔에게 이야기를 들었는데도 이해를 제대로 하지 못했는지 내 설명을 들은 뒤에도 고개를 갸웃거리는 사람들이 꽤 보였다.

"사람의 손으로 만들어진 마물인가. 믿기 힘든 이야기다만, 어떻게 생긴 마물인지."

"다양한 마물을 억지로 이어붙여서 정체를 알아볼 수 없는 모습이었다. 나도 전선 기지에서 몇 마리 베었다만, 보기만 해도 기분이 안 좋아지는 모습이었지."

"저는 일단 키메라라고 부르고 있습니다. 그 키메라를 최대한 많이 격파하고 람다 일행을 해치우면 무한에 가까운 증원을 막을 수 있을 테니 그때야말로 농성전이 효과를 발휘하겠죠. 자세한 부분은 이제부터 여러분과 이야기를 나누게 되겠습니다만, 일단 이게 돌격 작전의 흐름입니다."

"호오, 나는 그렇게 단순한 방식이 싫진 않지만, 이야기만 들었을 땐 꽤 즉흥적인 작전인 것 같군."

"적의 전력이 미지수이기에, 그 점은 부정하지 않겠습니다. 하지만 이 작전을 가능케 하는 인재가 모여있으니 결코 불가능한 작전은 아닐 겁니다. 각 부대의 연계와 움직임은 작전에 참가할 자들이 확정되고 나서 정하려 합니다만, 우선 제가 각 부대의 핵심이 될 자들의 배치에 대해 제안하도록 하겠습니다."

병사들을 이끄는 대장이 아니라 전력으로서 중요한 자들의 배치에 대해 설명하기 위해 나는 우선 우익 쪽에 놓인 큰 말을 손가락으로 가리켰다.

"우선 이 우익의 중심은 강검 라이오르 공입니다. 단, 그와 함께 갈 병사들의 숫자는 적은 게 좋겠죠."

"어째서지? 늘리는 이유는 알겠다만, 줄일 이유는 없을 텐데."

"강검 같은 경우에는 주위에 있는 아군까지 휘말리게 만들어버릴 가능성이 큽니다. 그 이유는 줄리아 님과 카이엔 님이 잘 알고 계실 테고요."

줄리아와 카이엔에게 사람들이 주목하자 줄리아는 활짝 웃으며 자랑스럽다는 듯이 고개를 끄덕였고, 카이엔은 별로 말하고 싶지 않다는 듯이 헛웃음을 보였다.

그런 모습만으로도 영감님이 얼마나 대단한 건지 전달된 모양이었기에 자세히 물어보는 사람은 아무도 없었다.

"이, 이유는 알겠다만, 그렇게까지 병사를 줄이지 않아도 되지 않나? 병사들을 지휘할 자도 선별해야만 하고."

"물론 그렇죠. 그러니 그쪽에서 부대장을 몇 명 정도 뽑아주셨으면 합니다. 저도 강검을 보좌할 자를 두 명 보낼 테니까요."

영감님은 엄청나게 강하니 마물 무리를 향해 혼자 뛰어들더라도 괜찮을 것 같다.

문제는 영감님이 전장에 맞게 움직여줄지 여부인데, 그런 점에서 가장 적합한 사람이 있다.

"여기에는 참석하지 않았습니다만, 강검과 한동안 여행을 함께 했던 베이올프라는 제 제자가 있습니다. 그리고 다른 한 사람은 여기 있는 에밀리아입니다. 강검은 싸우기 시작하면 주위의 소리를 듣지 못하게 되지만, 에밀리아의 말은 확실하게 알아 들으니까요."

"함께 여행했던 자는 그렇다 치고, 그 아가씨가?"

"강검과 무슨 관계가 있는 거지? 육친이라도 되나?"

"피가 이어지진 않았지만 강검이 에밀리아를 손녀처럼 귀여워하기 때문입니다. 그리고 에밀리아라면 강검의 폭주를 막아주는 것뿐만 아니라 다양한 방면으로 활약해줄 겁니다."

"시리우스 님의 제자로서 당연한 일입니다."

제자이면서도 시종으로서 나를 계속 받쳐준 에밀리아는 주인을 다양한 방면으로 지탱해주는 보좌 능력이 뛰어나다. 그녀라면 냉정하게 전황을 파악하고 영감님을 잘 유도해줄 것이다.

이곳에는 에밀리아를 모르는 사람이 많아서 대부분 그녀를 의아하다는 듯이 바라보고 있었지만, 곧바로 카이엔이 보충 설명을 하려는 듯이 말하기 시작했다.

"에밀리아 공이라면 문제없을 겁니다. 실력뿐만이 아니라 에밀리아 공의 적절한 행동으로 목숨을 구한 병사를 몇 번이나 보았으니까요."

"나도 마찬가지다! 에밀리아 공에게 맡겨두면 문제가 없을 것

이야."

장래의 새언니니까……. 그렇게 말하는 듯이 자랑스러운 표정으로 입을 연 줄리아 덕분에 우익 주력이 정해졌다.

이 세 사람과 함께 갈 병사들은 나중에 정하기로 하고 곧바로 좌익 진지를 가리키며 설명을 이어나갔다.

"그리고 좌익인데, 이쪽은 기동력과 돌파력을 중시한 자들로 선발할 생각입니다. 줄리아 님에 수왕님의 아드님인 키스 님과 저희 레우스, 그리고 그 친구인 알베리오. 이렇게 네 명을 필두로 편성할까 합니다."

전선 기지에 있을 때 가장 위험한 곳에서 계속 싸운 것뿐만 아니라 몇 번이나 적의 대규모 무리를 향해 돌격해서 교란한 네 사람의 연계 실력은 매우 뛰어나다.

무엇보다 각자의 실력도 부족함이 없으니 이 네 명을 한데 묶는 게 제일 나을 것 같다.

"우익의 병사를 줄인 만큼 이쪽에 병력을 많이 배치해야겠죠. 적진을 단숨에 가로지르게 되기에 위험합니다만, 줄리아 님 일행이라면 가능할 거라 생각합니다."

"나도 바라던 바다. 그쪽에서 계속 그렇게 해왔고, 이번에는 돌격에 전념할 수 있으니 마음이 편할 정도지."

"맞아. 그 녀석들을 찾아내서 우리가 베어주자고."

"정말, 여동생과 약혼자가 둘 다 믿음직스럽군. 이번 싸움이 끝나면 결혼해버리라고."

"좋은 말을 하는군, 오라버니. 좀 더 해줬으면 하는데!"

약간 어긋난 남매의 대화를 듣고 약간이나마 웃음소리가 방 안에 울려 퍼졌다.

중요한 상황이긴 하지만 긴장과 집중이 너무 지나치면 시야가 좁아져서 작전에 구멍이 생길 가능성도 있으니 긴장을 푸는 건 바람직한 것 같다.

그 결과, 좌익의 배치에 대해서는 문제가 없을 것 같다고 의견이 일치했기에 곧바로 가장 많은 숫자가 필요한 중앙 부대에 대해 설명하기 시작했다.

"마지막으로 중앙입니다만, 총대장인 생제르 님을 중심으로 수왕님과 포르트 공에게 부탁드리려 합니다. 속도를 추구하기보단 마물을 확실하게 섬멸하는 부대이니 병사의 숫자도 제일 많이 편성해야겠죠."

중앙에 병사를 집중시키는 이유는 확실하게 마물을 섬멸하기 위해서이다. 만약에 잘 풀려서 마물을 조종하는 능력이나 마도구를 무력화한다 하더라도 마물이 사라지거나 도망칠 것 같지는 않기 때문이다.

그러니 적 주력의 격파는 우익과 좌익에게 맡기고 중앙은 조금이라도 마물의 숫자를 줄이는 데 전념한다.

그밖에도 우익과 좌익의 보급과 휴식 장소, 그리고 도주로를 확보한다는 중요한 역할도 있기에 중앙의 규모는 최대한 늘려야 한다.

"이상이 제가 제안하는 포진입니다. 전선 기지에 계셨던 분들은 찬성해 주셨습니다만, 다른 분들께서 보기에 신경 쓰이는 점이 있으신지요?"

"으음…… 카이엔 공이 납득하셨다면 저희가 참견할 점은 별로 없을 것 같군요."

"저도 딱히 없습니다. 그러고 보니 용족 분들은 어디에 배치하게 되는 거지?"

"그쪽은 하늘에서 날아드는 마물에 전념하도록 할 예정입니다. 전선 기지보다 더욱 치열한 전투를 벌이게 될 테고, 지상의 전투가 주력이니만큼 그쪽을 원호하는 건 힘들 것 같지만요……."

"걱정할 필요는 없다. 아무리 숫자가 늘어난다 하더라도 우리의 적이 되지는 못한다."

제노드라가 묘하게 자신만만한 말투인 이유는 전선 기지에 없었던 사람들을 안심시키기 위해서일 것이다.

실제로 그 위엄있는 말을 듣고 안도하는 표정을 지은 사람이 몇 명 보였다.

"단, 좌익과 우익이 놓친 마물이 후방의 방벽을 노릴 가능성도 크기 때문에 정문을 지킬 병사도 남겨야만 합니다. 그것에 대해서는 여러분과 이야기를 나눌 생각이었습니다."

"으음. 모인 병사들의 숫자가 확실해지고 나서 정하고 싶긴 하지만, 우선 모든 병력의 절반은 벽을 지키게 하고 나머지를 돌격부대로 편성하는 게 낫겠지요."

그 이후로 더 자세한 내용을 정한 결과, 절반의 병력에서 에밀리아와 영감님이 있는 우익에 1할, 레우스 일행이 맡을 좌익에 3할, 그리고 중앙에 6할을 배치하게 되었다.

그 내용을 종이에 메모하던 카이엔이 끙끙대는 듯이 중얼거리며 손을 멈췄다.

"각 부대의 진형과 호령은 나중에 정하면 되겠지만, 문제는 병사를 얼마나 모을 수 있을지……일 텐데요."

"강검이 함께 한다는 소식을 알리면 모험자나 의용병을 더 모을 수 있을 겁니다. 상황이 안 좋기는 하지만 흐름은 나쁘지 않습니다."

"의용병? 그러고 보니 주민들의 피난은 어떻게 되었죠?"

마차를 타고 이동하는 동안 광범위 '서치'로 간단히 조사해 보았는데, 생도르 전체의 주민 숫자는 전선 기지로 가기 전과 비교해서 거의 변함이 없는 것 같았다.

이야기를 들어보니 이 상황을 완전히 숨길 수는 없기에 우리가 시간을 버는 동안 대규모 마물 무리가 다가오고 있다는 사실을 국민들에게 설명했다고 하는데…….

"놀랍게도 내 나라에서 나간 녀석은 극히 일부라더군. 그만큼 믿고 있는 건지, 도망칠 곳이 없는 건지는 모르겠지만, 지게 되면 전 세계에 창피를 사고 대참사가 벌어지겠지."

"그 때문인지 백성들 중에서도 의용병이 꽤 모인 모양이야. 그 녀석을 원망하는 녀석이 많다는 건 좀 복잡한 심정이지만……."

"람다가 저지른 악행을 전부 드러내고 완전히 악당으로 만들었으니 말이죠. 늦잠을 주무시긴 했지만 폐하의 말재주가 건재하신 것 같아 다행입니다."

"여러모로 마음에 걸리는 말투다만, 완전히 우리 적이 되었잖나. 그렇다면 끝까지 악당으로 만들어줘야지. 그리고 녀석 때문에 인생을 망친 사람들도 많으니 분노를 쏟아낼 곳도 마련해 줘야 할 것 아니냐."

지켜야 할 백성을 동원하는 것이 비정하게 보일 수도 있겠지만, 여차할 때는 그런 판단을 내려야 하는 것도 왕의 역할일 것이다.

나중에 생겨날 나라의 반발 같은 안 좋은 부분을 전부 자신이 떠안고 생제르에게 왕위를 물려줄 생각까지 하고 있을지 모르겠다.

왕으로서뿐만이 아니라 자식을 위해 움직이는 아버지의 모습에 감동하고 있자니 옆에서 하품을 억누르는 듯한 소리가 들렸다.

작은 소리였지만 마침 이야기가 끊긴 순간이었기에 사람들이 주목했고, 레우스는 급하게 입을 막으며 고개를 숙였다.

"하하하, 역시 졸린 모양이로군."

"미안…… 죄, 죄송합니다."

"신경 쓰지 마라. 지금까지 있는 힘껏 싸웠을 뿐만이 아니라 벌써 새벽이니 말이지. 졸린 것도 당연하다."

생도르 왕은 가볍게 웃어넘기며 레우스를 치하해주고는 회의를 일시 중단하겠다고 말한 다음 나와 줄리아를 보았다.

"이제 우리만 남아도 충분하다. 전선 기지에서 돌아온 너희는 쉬도록 해라."

"아버님, 저는 아직 괜찮습니다. 그리고 생도르의 앞날을 결정할 회의라면 왕녀로서 자리를 비울 수는……."

"시끄러워! 앞으로 나설 너희는 쉬는 것도 싸움일 텐데. 됐으니까 얼른 자라!"

생도르 왕이 엉덩이를 걷어찰 듯한 기세로 소리 지르자 줄리아도 정론이라 생각했는지 입을 다물었다.

앞으로 회의가 어떻게 될지 신경 쓰이긴 했지만, 나도 슬슬 남매를 쉬게 해주고 싶었기에 순순히 고개를 끄덕이고 일어서려 했다. 그 순간, 어떤 사실을 눈치챈 생제르가 내게 물었다.

"잠깐만. 그러고 보니 너하고 그 호쿠토라는 늑대는 어디서 싸울 건데?"

"그렇긴 하군. 전선 기지에서는 후방에서 마법으로 원호만 했지만, 강검과 나란히 서서 싸웠다고도 들었다. 나는 우익으로 갈 줄 알았는데, 설마 후방인가?"

"아, 죄송합니다. 저와 호쿠토는 병사가 필요 없어서 잊고 있었습니다."

미뤄두기로 했다가 깜빡 잊은 것을 반성하며 나와 호쿠토를 나타내는 말을 지도 위에 올리자 회의실에 약간 동요하는 감정이 퍼져나갔다.

그 위치가 중앙 부대 약간 앞쪽, 완전히 독립된 위치였기 때문이다.

"보시면 아시겠지만, 저와 호쿠토는 어떤 부대에도 소속되지 않을 겁니다. 단독으로 전장을 돌아다니며 적 전체를 계속 교란하겠습니다."

이어서 말을 적이 있는 위치로 이동시킨 다음, 끝에서 반대쪽

끝으로 옮기며 계속 설명했다.

간단히 말하자면 나와 호쿠토는 유격부대고, 전장을 돌아다니며 적진을 헤집어놓는 역할을 맡는다는 뜻인데 그 말을 듣고 난색을 표하는 사람이 여럿 있었다.

"줄리아 님과 강검 공이 공격에 전념하는 이상 그런 역할이 필요하다는 건 알겠다. 그래도 너무 위험한 것 아닌가?"

"으음. 적어도 부대를 끌고 가야겠지. 애초에 적의 진형을 무너뜨리더라도 소수로는 큰 영향을 끼치지 못할 테니."

"그런 의견도 이해가 됩니다만, 소수이기 때문에 가능한 수단도 있고, 군대로 움직이기에 그 빈틈을 만들 수도 있는 겁니다."

아무리 숫자가 압도적이더라도 사람을 모방하는 방식으로……다시 말해 진형을 짜서 공격해 온다면 효과적인 방법은 얼마든지 있다.

그래도 1만은 가볍게 넘을 대규모 무리 상대로 한 명과 호쿠토만으로 어떻게 될 거라는 생각은 하기 어렵기에 대다수가 나를 말리려 했지만, 카이엔이 반쯤 억지로 끼어들었다.

"시리우스 공은 마음대로 움직이게 해줘야 할 겁니다. 이렇게까지 우리나라에 힘써준 그가 이제 와서 무의미한 행동을 할 것 같진 않습니다."

"나도 동감이다. 그리고 시리우스 공에게 병사를 딸려주려 해도 그와 호쿠토 공의 움직임을 따라갈 수 있는 자가 없다. 혹시 강검 공과 맞먹는 실력자를 아는 사람 있나?"

나를 따라올 수 있는 사람들은 다른 부대의 주력을 맡고 있기에 적당한 사람을 모아봤자 오히려 걸리적거릴 뿐일 것이다.

내가 꺼내기 껄끄러운 이야기를 카이엔과 줄리아가 대신 말해 주었기에 나는 더 이상 추궁당하지 않았고, 추후에 문제가 생기지 않는다면 나와 호쿠토는 그 위치를 맡기로 했다.

그 이후로 모든 전력의 정확한 산출이 끝나면 부르겠다는 말을 들은 우리는 자리를 떠났고, 모두가 기다리고 있던 방으로 돌아와 회의 내용에 대해 보고했다. 이제 그쪽에서 부를 때까지 마음대로 지내도 상관없다고 한 다음, 좀 전부터 신경 쓰여서 견딜 수가 없었던 화제로 전환했다.

"그래서, 저건 대체 무슨 상황이야?"

"그게, 우리도 아직 잘 모르겠어. 시리우스 씨가 돌아오기 조금 전에 물어보긴 했는데, 판단을 내리기 힘드니까 조금 기다려 달래."

방으로 돌아오자마자 삼룡이가 부른 제노드라까지 포함해서 용족 모두가 침대에서 잠들어 있는 카렌과 히나를 진지한 눈빛으로 바라보고 있었다.

생도르로 돌아오기 전에 히나에 대해서는 가볍게 설명했고, 그때는 딱히 신경 쓰지 않았던 것 같은데 실제로 만나보니 뭔가 눈치챈 건지도 모르겠다.

다 큰 어른이 어린애 두 명을 빤히 바라보고 있는 상황이라 말려야 하는 건지도 모르겠지만, 딱히 해칠 것 같지는 않았다. 그러니 나도 얌전히 상황을 지켜보고 있는 건데, 슬슬 설명 정도는 해줬으면 좋겠다.

"처음에는 카렌이 잠들어 있는 모습을 보고 웃기만 했는데 히나를 보고는 갑자기 분위기가 바뀌었거든."

"응. 특히 메지아 씨가 이상한 것 같아."

그런 이야기를 나누던 동안 결론이 나온 모양인지 제노드라가 왠지 복잡한 듯한 표정을 지으며 돌아와서 설명해 주었다.

"설명이 늦어 미안하구나. 확실한 증거를 얻기 위해 일단 우리끼리 이야기를 나눌 필요가 있었다."

"엄청 진지한 것 같던데, 무슨 일이야?"

"으음. 시리우스가 예상한 대로 저 히나라 불리는 어린아이는 용족의 피를 이어받은 모양이다. 있을 수 없는 일이라 하고 싶다만, 이렇게 눈앞에 존재하는 이상, 인정할 수밖에 없겠지."

그들은 히나를 만져보지는 않았지만, 가까이 다가가면 용족의 감각으로 알아볼 수 있는 모양이었다.

애초에 용족은 아이가 매우 태어나기 힘든 종족이고, 유익인 말고 다른 종족과는 결코 아이가 생기지 않는다. 그 이유에는 강한 유전자나 상성 같은 까다로운 사정이 있는 것 같다.

그렇기 때문에 인간이면서도 용족의 피를 이어받은 히나는 기적이라 해도 이상할 게 없는 존재이기에 항상 냉정한 제노드라조차 동요한 모습을 감추지 못했던 모양이다.

숨을 크게 내쉬며 냉정한 모습을 되찾으려 하는 제노드라에게는 미안하지만, 나는 가장 신경 쓰이는 점을 얼른 알아두고 싶었기에 질문했다.

"먼저 한 가지만 물어보지. 용족들은 히나 같은 존재를 용납할 수가 없나?"

"아니…… 그렇지 않다. 아무리 모습이 다르다 하더라도 우리의 피가 흐른다면 동포가 틀림없겠지."

"그거 다행이네. 이번 소동이 잠잠해지면 이 아이를 제노드라네 마을에 맡겨야겠다고 생각했거든."

"으음. 용족의 힘은 함부로 바깥에 내보내도 될 것이 아니니 그것이 가장 올바른 판단일 게다."

본인이 원하는지 여부는 아직 모르겠지만, 거절당하진 않을 것 같아서 다행이다.

이제 히나도 괜찮겠다며 안심하고 있자니 삼룡이들이 이쪽으로 돌아왔는데, 메지아만은 혼자 침대 옆에서 떠나지 않았다는 사실을 눈치챘다.

아이들이 잘 깨지 않는다고는 해도 너무 그렇게 곁에 있으면 깨어나 버릴 가능성이 있기에 말을 걸려 했더니 제노드라가 조용히 고개를 저으며 말렸다.

"잠깐이라도 상관없다. 저 녀석은 내버려 두게."

"무슨 이유라도 있어? 이상할 정도로 진지한 것 같은데."

"저 어린아이로부터 메지아와 비슷한 기척이 느껴진다. 나조차 그렇게 느꼈으니 본인이 느끼기에는 육친 같을 것이다."

"윽?! 메지아의 친척이라면…… 그런 건가."

애초에 어째서 용족의 피를 이어받은 아이가 바깥세상에 있는 걸까?

예상치 못한 우연이 겹쳤다든가, 몇 대를 거슬러 올라가면 용족과 관계가 있었던 돌연변이라든가, 선조 회귀 같은 증상이라고 생각하긴 했는데, 메지아를 보니 여러모로 짐작이 가는 게 있었다.

몇 년 전, 엘리시온 학교에서 내가 처치한 메지아의 형⋯⋯ 고라온.

복잡한 경위로 인해 고라온은 용족이면서도 바깥세상에 나온 것뿐만이 아니라 대륙을 건너와서까지 마구 날뛰었기에 어딘가에서 아이를⋯⋯ 남겼을 가능성도 충분히 있다. 뭐, 그 녀석의 잔인한 성격으로 보아 일부러 아이를 남겼을 것 같지는 않으니 젊은 날의 실수 등으로 인해 본인이 알지 못한 채 태어났을 거라는 느낌이 든다.

그렇게 이런저런 억측이 떠오르긴 했지만, 지금은 더 이상 히나의 태생에 대해 신경 써봤자 소용이 없어 보였다.

왜냐하면 복잡한 표정을 지으면서도 가족을 자상한 눈초리로 바라보는 메지아를 보니 충분할 것 같다는 생각이 들었기 때문이다.

"히나를 거둘 상대는 정해진 것 같네."

"그렇지. 녀석 말고는 적임자가 없을 것이다."

이제 히나의 마음에 달렸는데, 그건 그녀가 깨어난 뒤에 생각하도록 해야겠다.

그 뒤를 이어 우리가 전선 기지에 있는 동안 해결했⋯⋯다고는 확실하게 말할 수 없지만 이미 끝난 문제에 대해 이야기를 하게 되었다.

"피아, 그러고 보니까 그 엘프는 어떻게 됐어?"

"그래. 금방 가지고 올게."

그 엘프란 람다 일행의 실험에 이용당해 마음이 망가져서 산 채로 인형처럼 변해버린 엘프 여자다.

람다 일행의 배신이 판명되었을 때, 그녀는 버림받는 듯이 방치된 것뿐만 아니라 중요 참고인이 될 것 같은데도 의사소통을 전혀 할 수가 없었기에 우리가 전선 기지로 갈 때는 안전을 위해 지하 감옥에 있었다.

일단 생도르 왕이 그녀의 신병을 맡아주겠다는 약속을 해주었기에 우리가 싸우고 있는 동안에 피아가 이것저것 시도해 본 모양이지만, 결국 그녀의 의지가 돌아오지는 않았다.

그런데 스승님에게 받은 성수 가지로 만들어진 활…… '아르셰리온'의 힘을 사용했을 때 효과가 있었는지 '콜'로 양쪽 상황을 서로 보고할 때 피아가 가르쳐 주었다.

『분노…… 아니, 원통함이라고 해야 하나? 아무튼 람다 일행에 대해 분한 마음 같은 걸 느꼈어.』

그런 잔류사념을 아르셰리온을 통해 느낀 모양이었다.

물론 싸우는 동안에 나이프가 된 스승님에게 의논해 보았지만, 육체를 흡수해서 똑같이 생긴 엘프를 만들더라도 쌓아온 개인의 기억까지는 재현할 수 없다고 했다.

내 '스캔'을 통해 수술처럼 직접적인 치료를 해봤자 소용이 없다는 사실도 알아냈고, 그 가혹한 현실로 인해 피아는 며칠 동안 계속 고민한 결과 어떤 결단을 내렸다. 그리고 나는 그것을 받아들이고 그녀에게 모든 것을 맡겼다.

그 결과…….

"이게 지금 그 엘프야. 적어도 이름 정도는 알고 싶었는데."

피아가 가지고 온 아르셰리온에서 살짝 뻗은 짧은 가지 하나. 그것이…… 이름도 모르는 엘프의 모습이었다. 미리 이야기를 듣긴 했지만 실제로 성수 가지와 동화된 하나의 목숨을 보고 있자니 복잡한 심정이었다.

정말 이래도 되는 거였을까? 뭔가 다른 방법이 있지 않았을까……. 에밀리아와 다른 사람들이 그렇게 생각하며 슬퍼 보이는 표정을 짓자 피아가 망설임을 끊으려는 듯이 말하기 시작했다.

"계속 그런 모습을 드러내고 있는 것도 싫었을 테고, 그럴 바엔 차라리 그 엘프의 마음과 함께 싸우자고 생각했던 거야. 그리고 말이지, 엘프가 보기에는 성수님과 한 몸이 될 수 있는 건 매우 명예로운 일이거든. 그러니까 다들 이 아이를 축복해줘."

그녀는 이제 대답조차 할 수 없으니 이건 그저 자기만족에 불과하고, 자기합리화 같은 거나 마찬가지다.

하나 그럼에도 피아는 그녀에게서 느낀 유일한 미련을 조금이라도 풀어주고 싶다는 생각에 자신의 무기에 깃들여 함께 싸우기를 선택한 것이다.

그런 그녀의 마음을 짊어진 피아는 결의가 깃든 눈으로 나를 보았다.

"그러니까 다음 싸움에는 나도 참가할 거야. 멀리서 마법과 활로 원호만 하는 거면 문제가 없겠지?"

"없다고는 말할 수가 없지만…… 어쩔 수 없겠지. 무리하지는 말고."

좀 전에 피아를 '스캔'으로 조사해보니 임신 초기 단계에서 약간 흐트러졌던 몸 상태는 많이 회복되었기에 거칠게 날뛰지만 않으면 괜찮을 것 같다.

여기까지 와서 물러나달라고는 할 수가 없었기에 적어도 후방 원호만 하는 것을 조건으로 허락해 주었다.

"지금까지 쉬고 있었으니 원호는 맡겨줘. 아…… 그런데 카렌하고 히나는 어떻게 하지?"

"어쩔 수 없겠네. 두 아이는 우리가 봐줄게. 그래도 빚 하나 진 거야."

리스를 지켜봐 준 것도 그렇고, 정말 리펠 공주 일행이 있어줘서 다행이다.

뭐, 마지막으로 빚을 하나 졌다고 말한 게 약간 겁나긴 하지만 아무튼 이제 우리도 전투에 집중할 수 있을 것 같다.

"좋아. 부르러 올 때까지 자세한 것들을 정하도록 할까. 내일 전투 말인데……."

"잠깐만, 형님. 그럴 거면 라이오르 영감님을 깨우자고."

"내버려둬. 저 영감님 같은 경우에는 이것저것 말하는 것보다 마음대로 하게 내버려두는 게 제일 나을 거야."

"잘 알고 계시는군요. 시리우스 씨."

정신을 차리고 보니 어려운 이야기는 질색이라며 안쪽 방 침대에서 코를 골면서 자고 있는 영감님은 무시하라고 하자 베이올프만 혼자 감격스럽다는 듯 고개를 끄덕이고 있었다.

　그 이후로 우리는 쉬어가면서 계속 회의를 해나갔고, 대충 정리된 다음에 눈을 붙이기로 했다.

　그리고 아침이 찾아와, 방에서 계속 준비를 해나가던 우리에게 카이엔이 보낸 사자가 와서 어떤 의뢰를 했다.

　몇 시간 뒤에 전쟁에 참가해 돈을 벌기 위해 생도르에 남아있던 모험자와 용병들을 모을 테니 강검을 데리고 와달라는 내용이었다.

　"일부는 이미 떠나버렸습니다만, 이 나라에는 아직 외부인들이 많이 남아있습니다. 하지만 그들 중에는 적이 전선 기지를 돌파할 정도의 규모라는 사실을 모르는 자도 있으니 그 사실을 알게 되면 나라를 떠날 사람도 생기겠죠."

　"그렇군. 그런 녀석들을 끌어들이기 위해 강검 라이오르라는 이름을 빌리고 싶다는 건가?"

　"네. 강검 공과 함께 싸울 수 있다는 사실을 알게 되면 많은 사람들이 전투에 참가하고 싶어할 겁니다. 하지만 그들이 강검 공의 존재를 이야기만으로 믿을 것 같지는 않으니 사람들 앞에서 그 힘을 보여주셨으면 합니다."

　생도르가 고향이라면 모르겠지만, 다른 나라의 감언이설을 있는 그대로 받아들이는 모험자나 용병은 별로 없을 테니까.

서 있기만 해도 박력이 충분한 영감님에게 부탁하는 것도 이해가 되긴 하는데, 영감님의 본성을 알고 있는 우리는 걱정이 되었다. 그걸 대변하는 듯이 베이올프가 끼어들었다.

"저기, 잠깐 괜찮으실까요. 그 사람이 힘을 드러내 버리면 전력을 모으기는커녕 오히려 깎여나갈 텐데요?"

"네? 그게 무슨⋯⋯."

"다시 말해서 부상자가 대량으로 생길 거라는 뜻이지."

뭐라고 해야 하나⋯⋯ '내게 덤비거라!'라고 하면서 모의전을 계속 벌일 테고, 자칫하다가는 모인 사람 모두를 쓰러뜨려 버릴 가능성도 있다.

그러니 베이올프가 그런 걱정을 할 만도 하지만, 그건 영감님 한 명에게 모두 맡길 경우이니 문제는 없을 것이다.

"그러니까 영감님을 돌봐줬으면 좋겠어, 에밀리아."

"제게 맡겨주세요."

"그리고 레우스하고 베이올프도 같이 가줘. 상황에 따라서는 살짝 검을 맞부딪힐 필요도 있을지 모르니까."

"그래!"

"알겠습니다. 두 분께서 계셔주시면 든든하죠."

이 세 사람이라면 영감님이 날뛰려 해도 완전히 말릴 수 있을 것이다.

그러니 침대에서 자고 있던 영감님을 깨워서 설명하려 했는데, 영감님은 우리가 말을 걸기도 전에 일어나 있었다.

"어라? 할아버지, 일어나 있었어?"

"당연하지. 계속 자면 검을 휘두를 시간이 줄어들잖나."

영감님이 콧김을 거세게 내뿜으며 애용하는 검을 들고 밖으로 나가려 했기에 세 사람을 보내고 설명도 부탁했다.

성격이 까다롭긴 하지만 에밀리아만 있으면 거절하지는 않을 테니 이제 맡겨두더라도 문제는 없을 것 같다.

몇 시간 뒤.

생도르 성벽 앞에 있는 광장에서 장비와 옷차림이 다양한 모험자와 용병들이 모여 있었다. 그들 앞에는 자그마한 단상이 마련되어 있었고, 그곳에는 설명 담당인 부대장 한 명과 강검 영감님, 그리고 은랑족 남매와 베이올프가 있었다.

그 광경을 성벽 위에서 지켜보고 있는데, 대충 봐서 모인 사람은 500명 정도 같네? 이런 상황인데도 이렇게 많이 모인 걸 보니 그만큼 나라가 크고 보상도 기대할 수 있을 거라 여겨지는 모양이다.

각자 사정은 다르겠지만 이 정도면 많은 전력을 확보할 수 있을 것 같다. 하지만 부대장의 설명을 듣고 마물의 규모를 알게 되어 겁을 먹은 사람, 강검이라는 이름을 듣고 놀라거나 수상쩍어하는 사람도 있어서 간단히 해결될 것 같지 않은 소동이 벌어졌다.

"이봐, 이봐. 전선 기지를 돌파한 대규모 무리에 강검이라고? 대체 무슨 상황이야?"

"강검이라니, 혹시 저 영감님이?"

"범상치 않아 보이기는 하는데, 가짜겠지. 적당한 영감을 데리고 온 거 아냐?"

팔짱을 낀 채 떡 버티고 서 있는 영감님을 수상쩍어하는 대화가 오가는 와중에 팔짱을 푼 영감님이 취한 행동은 매우 단순했다.

"흐으읍!"

뽑아든 검을 내려친 것이다……. 다시 말해 그냥 휘두르기다.

하지만 그 한 번의 휘두르기가 무시무시한 풍압을 날려, 주위에 있던 나무들을 거세게 뒤흔든 것뿐만이 아니라 모여 있던 사람들 일부까지 날려버렸다.

"내일, 나는 마물을 베러 간다! 따라오고 싶다면 마음대로 하거라!"

이어서 배 안쪽까지 울릴 정도로 크게 소리친 다음, 영감님은 검을 집어넣고 다시 팔짱을 꼈다. 설명하기 귀찮다고는 해도 도움을 청하는 것 같지는 않은 태도였지만…….

"""오오오오오오오오오오오————!"""

싸움에 몸을 담고 있는 자들이기에 그것만으로도 충분했던 모양이다.

영감님의 목소리 못지않은 환호성이 솟구쳤고, 모인 사람들 거의 모두가 어린애처럼 들떠서 의욕을 불태우고 있었다.

"대, 대단해! 이게 강검인가!"

"좋았어! 나는 당신을 따라갈 거라고!"

"돈도 받을 수 있고, 강검과 함께 싸웠다는 평가도 얻을 수 있다니……. 나쁘지 않은 이야기야."

아무리 그래도 너무 간단한 것 같지만 그만큼 강검이라는 이름이 유명하고, 영감님의 검이 대단했기 때문인 것 같다.

그건 그렇고 영감님의 장점을 잘 살린 방식이라고 감탄했는데, 분명 에밀리아가 세운 작전이겠지. 실제로 검을 휘두른 다음에 영감님이 칭찬해달라는 듯이 에밀리아를 보았으니까.

하지만 그중에는 타산적인 생각만으로 움직이는 녀석들도 있을 것이다. 부대에 배치할 때는 선별할 필요가 있겠다는 생각을 하고 있자니 갑자기 영감님이 모험자들에게 말하기 시작했다.

"알겠나! 애송이들! 나와 함께 행동하는 이상, 여기 있는 에밀리아 말을 들어야 한다!"

"에밀리아라니, 그 여자 말이야? 어째서 그런 꼬맹이 말을……."

"네노옴! 에밀리아의 이름을 함부로 부르지 마라!"

""""히이익?!""""

"할아버지, 저는 딱히 상관없어요. 아니, 억지로 그렇게 시킬 필요도 없고요."

"아니! 이 녀석들에게는 누구를 따라야 할지 가르쳐야 한다!"

내일 전투 때는 에밀리아의 지시에 따라 싸우라고 설명해 두어서 그런지 영감님도 나름대로 생각하고 한 말인 것 같다. 통제를 생각하면 잘못된 발언은 아니겠지만, 너무 제멋대로 구는 것처럼 보일 텐데.

그냥 생각했을 땐 초면인 젊은이의 지시를 들으라고 강요하면 불평이 한두 마디 정도는 나올법도 하지만, 결과적으로 그런 반론은 나오지 않았다.

"설마?! 저 여자, 강검의 손녀인가?!"

"아니, 애초에 강검에게 아이가 있다는 이야기를 들어본 적도 없는데?!"

"하지만 저렇게 소중히 여기는 걸 보니……."

"에잇, 주절주절 시끄럽구나. 아무튼 에밀리아가 하는 말은 내가 하는 말이다. 명심해 두거라!"

보아하니 좀 전에 한 말을 듣고 에밀리아가 영감님의 손녀라고 생각한 모양이다.

정정해봤자 딱히 이득될 것도 없으니 에밀리아는 입을 다물고 있었지만, 영감님은 하고 싶은 말이 더 있어 보였다.

"그리고 미리 말해둔다만, 에밀리아에게 손을 대면 마물보다 먼저 내가 벤다! 단칼이 아니라 팔이나 다리부터 꼼꼼하게 말이다!"

"""…………."""

"아니, 할아버지보다 먼저 내가 벨 거고, 우선 형님에게 허락을 받아야지."

"내가 벨 거다!"

"그러니까 왜 화를 내는 거냐고. 베이올프, 좀 도와줘."

"결국 이렇게 되는군요……."

영감님을 달래기 위해 레우스와 베이올프가 모의전을 벌이기 시작했다. 덕분에 영감님의 살기로 살벌해졌던 분위기도 어느 정도 가라앉은 모양이다.

좀 전보다 더 시끄러워졌지만, 애초에 모의전을 통해 영감님의 실력을 보여줄 예정이었기에 좋은 결과라고 할 수 있을 것이다. 에밀리아도 그 사실을 알고 있는 건지 말리려고 하지도 않고.

쓴웃음을 지으면서 이제 완전히 구경거리가 된 광경을 바라보고 있자니 생제르가 호위 몇 명을 데리고 내가 있는 곳으로 다가왔다.

"여어. 너도 있었구나."

"생제르 님. 무슨 용건이 있으신지요?"

"아니, 잠깐 쉴 겸 강검을 보러 왔을 뿐이야. 묘하게 떠들썩한데, 녀석들을 잘 끌어들였나?"

"아마 괜찮겠죠. 강검이 쓰러지지 않는 한, 그들도 마음껏 힘을 발휘해줄 것 같습니다."

영감님은 분명히 선두에서 적을 계속 쓰러뜨릴 테니 그 뒤를 따르는 자들의 사기가 떨어질 일은 없을 것이다. 그래도 너무 지나치게 기대하지 말라고 못을 박아두고 있는데 아래쪽을 바라보고 있던 생제르의 표정이 이상할 정도로 굳어 있다는 걸 눈치챘다.

긴장과 압박감으로 인해 짓눌려버릴 것 같은 표정, 다시 말해 정신적인 여유가 전혀 없는 표정이었다. 하나 그렇게 되는 것도 당연하다.

"저렇게 시끌벅적하게 날뛰고 있는데 눈을 반짝이는 녀석들투성이군. 나도 저만큼 실력이 있었다면……."

내일, 그는 모든 부대의 총대장으로서 전선에 나가 개전 호령을 내리게 된다.

자잘한 지시 같은 것들은 카이엔과 각 부대장들이 맡기 때문에 생제르는 실질적으로 그냥 기수나 마찬가지다. 첫 호령을 내리기만 하고 끝날 가능성도 있다.

그럼에도 불구하고 자신의 호령으로 인해 많은 사람들이 다치고 목숨을 잃게 되기도 할 테니, 그가 느끼고 있는 압박감은 엄청날 것이다.

"역시 총대장이라는 자리가 무겁습니까?"

"……그래. 이제 와서 내가 뭘 해봤자 달라질 건 없고, 아버지 앞에서는 허세를 부렸지만 갑자기 총대장이라고 하니 말이야."

"그건 당연한 반응입니다. 하지만……."

"나도 알아. 그 녀석을 두들겨 패줄 때까지 나는 할 수 있는 일을 있는 힘껏 할 뿐이지."

친구라고 생각했던 지라드…… 람다의 배신으로 인해 감정에 휘둘리는 상황이었기에 나는 그에게 지금은 람다를 두들겨 패주는 것에만 전념하라고 말한 적이 있다.

그때 한 말을 확실하게 기억하고 있었는지, 허세를 부리면서도 웃는 생제르에게 나도 웃으며 고개를 끄덕였다.

"그러면 됩니다. 지금 당신에게 필요한 것은 자신감이고, 그렇게 자신감이 넘치는 모습을 사람들에게 보여줘야만 합니다. 그것이 왕으로서의 모습이기도 하죠."

생제르는 적에게 휘둘리기만 해서 왠지 믿음직스럽지 못한 인상이 있지만, 그는 그냥 운이 안 좋았고 사람을 잘못 만났을 뿐이다.

람다가 아닌 다른 뛰어난 인재가 곁에 있었다면 그가 왕으로서 훌륭하게 성장해 나갔더라도 이상할 게 없었을 거라 생각한다. 실제로 아버지가 쓰러지고 나서 계속 이어진 역경 속에서도 그는 굴하지 않고 자신의 의지를 계속 관철했으니까.

그런 그의 곁에도 지금은 포르트와 카이엔처럼 뛰어난 사람이 있으니 이 싸움에서 살아남는다면 크게 성장해 나갈 것이 분명하다.

"자신감……이라. 그런 건 아버지를 보면 알겠는데, 이번 상대는 너무 미지수라 카이엔이 머리를 감싸 쥘 정도잖아? 이길 수 있을지 모른다고 회의 때도 그랬잖나."

"하긴 이번 승부는 싸워보기 전엔 알 수가 없죠. 하지만 지금 시점에서 확실하게 말할 수 있는 건 당신과 함께 싸우는 자들 모두가 강하다는 겁니다."

"그건 나도 알아. 너희가 강하다는 건 충분히……."

"아뇨, 그들은 당신이 상상하는 것 이상으로 강합니다. 그런 그들이 가세한 군대는 그야말로 최강이라 할 수 있겠죠."

약간 자의식 과잉 같은 말일지도 모르겠지만, 한 나라의 군대와 더불어 강검, 용족까지 가세했으니 완전히 틀린 얘기는 아닐 것이다.

내 단호한 말투에 생제르는 눈을 크게 뜨고 멍하게 서 있었고, 나는 몰아붙이려는 듯이 딱 잘라 말했다.

"그런 최강의 군대가 당신과 함께 싸울 겁니다. 아무리 적이 강대하더라도 겁낼 필요는 없습니다."

"…………."

"그러니 내일은 성대한 호령을 부탁드립니다. 모두 함께 지금까지 쌓인 울분을 화려하게 토해내시죠."

조금이나마 격려가 되었을까?

전하고 싶은 말을 다 마치자 생제르는 '그렇지……'라며 하늘을 올려다보았고, 잠시 후 갑자기 중얼거렸다.

"……고맙다. 덕분에 기운이 났어."

"그거 다행이네요. 하지만 다른 사람들이 믿음직스럽다고 해도 전하께서는 건강에 유의하셔야 합니다. 적이 날려서 빗나간 화살을 맞거나 그러지 마십시오."

"나도 알아. 그러니 너도 반드시 살아남아라. 제자가 될 생각은 없다만, 네게 좀 더 이것저것 배우고 싶거든. 승리의 술을 마시면서…… 말이지."

"그렇게 되면 기꺼이 함께하겠습니다."

아버지와 닮은 호쾌한 미소를 보인 뒤 떠나가는 생제르를 보내고, 나는 그가 한 말을 떠올리며 눈을 감았다.

"살아남아라……인가. 굳이 말할 필요도 없는데."

제자들은 이미 한 사람 몫을 해낼 정도로 어엿하게 성장했지만 나는 앞으로도 제자들을 지켜볼 것이고, 무엇보다 부인들의…… 가족들의 행복을 위해 살아가야만 한다.

"그건 그렇고 신기하네. 이것도 운명이라는 건가?"

전생의 나는 마지막 일을 해내고 나서 만족하며 죽었지만, 잘 생각해보니 부인처럼 나를 계속 지탱해준 그녀와 그녀의 배 속에 있는 내 아이조차 내버려두고 세상을 떠나버렸다. 지금 생각해보니 정말 한심한 이야기다.

그리고 현재…… 내게는 전생처럼 아이를 가진 부인이 있고, 그뿐만 아니라 전생에서 마지막에 싸웠던 남자와 똑같은 사상을 지닌 상대에게 맞서게 되었다.

지금까지 단련해온 내 실력이 불안하지는 않지만, 전생과 묘하게 비슷한 상황이라 기분 나쁜 예감이 들어서 견딜 수가 없다. 적이 상상을 훨씬 뛰어넘는 전력을 지니고 있을지도 모르고, 예상치 못한 사고가 일어날 가능성도 충분히 있다.

하지만…… 그 이상으로 다른 점이 많다.

제대로 원호도 받지 못하고 그저 홀로 적진으로 뛰어들었던 전생과는 달리 지금은 믿음직한 제자들과 동료들이 있다.

그렇기 때문에 이번만큼은 스승으로서의 활동을 자제하고 예전의 나처럼 싸우기로 결심했다.

똑같은 결말을 다시 맞이할 생각은 없다.

그리고 어떤 사태가 벌어지더라도 반드시 살아남을 것이다.

마지막까지 포기하지 않고 살아남으려 하지 않았던 전생의 나를 뛰어넘는 것이다.

나는 그런 결의를 새롭게 다지며 내일에 대비해 준비를 해나갔다.

규모가 워낙 컸기에 여러모로 고생하면서도 우리는 결전에 대비해 준비를 착착 진행해 나갔다.

　물론 람다가 약속을 어기고 공격해올 가능성도 있었기에 전선 기지 쪽을 경계하며 준비를 했지만, 그 이후로도 급보가 들어오지는 않았고 각 부대의 인원과 배치가 정해졌을 무렵에는 늦은 밤을 맞이하고 있었다.

　중간중간 눈을 붙였기에 딱히 피곤하지는 않았다. 준비를 거의 마친 뒤 마지막으로 확인하기 위해 성 안에서 작전 회의를 하고 있을 때, 전선 기지로 통하는 길에 배치해둔 정찰병에게서 보고가 들어왔다.

　"보고드립니다! 적, 마물 군단이 생도르를 향해 진군 중입니다! 하지만 여전히 속도가 느려서 아직 제2지점을 통과한 직후라고 합니다."

　"아직 그 근처에 있나. 적의 진군 속도와 시간대로 보아……이른 아침에는 평원에서 직접 확인할 수 있겠군요."

　"흥. 그 녀석, 지금까지는 약속을 지키고 있다는 건가."

　보고를 들은 생제르가 묵직하게 혀를 찼다. 그 소리와 함께 잠깐 멈췄던 회의를 재개했다.

　전력의 정확한 숫자가 파악되어 그 배분에 대해 설명하려던 참이었기에 돌격부대의 총지휘관인 카이엔이 다시 이야기하기 시작했다.

"그럼 각 부대의 배치에 대해 다시 확인해두도록 하죠. 우리나라에서 내보낼 수 있는 모든 전력과 수왕 공의 요청으로 오게 된 아비트레이의 원군을 합치니 모인 병사는 1만을 넘었습니다."

솔직히 예상했던 숫자보다 훨씬 많은 것 같다.

보아하니 생도르 주변에 몇 군데 있는 소규모 요새뿐만이 아니라 마을 사람들에게도 알려 의용병을 모은 결과인 모양이었다. 역시 세계에서 가장 큰 나라로 불릴 만하다.

"모인 병사들은 방벽을 지키는 쪽과 돌격부대로 절반씩 나눌 예정이었습니다만, 예상보다 더 많이 모였으니 돌격부대 쪽에 좀 더 많이 배치하겠습니다."

"으음, 그래주면 고맙겠군. 이제 마물을 좀 더 벨 수 있겠어."

"우선 우익의 강검 공과 에밀리아 공. 그리고 베이올프 공을 주력으로 삼는 부대입니다만…… 대장인 라이오르 공은 어디 계신지?"

"저기…… 역시 회의는 귀찮다고 하셔서요. 죄송합니다."

"아니, 아니, 에밀리아 공이 사죄할 필요는 없소이다. 그리고 부하의 보고를 들었을 때 우익은 당신이 부관이나 마찬가지인 것 같으니 에밀리아 공에게 말하면 충분하겠지요."

이런 상황에서도 회의에 참가조차 하지 않으니 화를 내도 이상할 게 없을 것 같지만, 카이엔은 일찌감치 영감님을 다루는 법을 터득한 모양이다. 아니면 그만큼 에밀리아를 신뢰하고 있다는 증거일지도 모르겠다.

에밀리아도 마찬가지로 부관이라는 입장을 받아들이고 진지한 표정으로 고개를 끄덕였다. 그걸 확인한 다음, 카이엔은 정중앙의 받침대에 놓인 지도 위의 말을 손가락으로 가리키며 계속 설명해 나갔다.

"우익은 병사들뿐만 아니라 오늘 아침에 모은 모험자와 용병들까지 합친 혼성 부대입니다. 숫자는 제일 적은 천 명가량입니다만, 수백 명 정도는 더 넣을 수 있을지도 모르겠습니다."

"아뇨, 할아버지…… 라이오르 님의 힘과 돌파력은 차원이 다르니 그 전력은 다른 곳으로 돌려야 할 것 같네요."

"알겠습니다. 그럼 상황에 따라 움직이는 증원부대로 돌려두도록 하지요. 그리고 제가 신뢰하는 부관 경험자를 몇 명 보내드릴 터이니 무슨 일이 생기면 신경 쓰지 마시고 그들에게 말씀하십시오. 반드시 에밀리아 공의 힘이 되어줄 것입니다."

"감사합니다. 그런데 부관분들이 계신다면 제가 아니라 그쪽에 맡기는 게……."

"겸손하실 필요는 없습니다. 에밀리아 공의 힘과 판단력이 얼마나 훌륭한지는 제가 이 눈으로 똑똑히 확인하였습니다. 그리고 강검 공을 움직이실 수 있는 건 당신뿐이니 자잘한 것들은 그들에게 맡기고 에밀리아 공은 마음껏 싸우십시오."

지금까지 활약한 것들을 생각해보면 레우스나 영감님이 눈에 띌 텐데, 에밀리아도 제대로 평가를 받고 있는 모양이다.

에밀리아는 크게 눈에 띄는 활약을 한 적은 없지만 전장에서 몇 번이나 와해될 뻔한 부대를 마법으로 원호하며 많은 병사들의 목숨을 구해냈다. 카이엔이 그 사실을 확실하게 보고한 건지 에밀리아의 위치에 대해 따지는 사람은 없었다.

그리고 에밀리아도 마찬가지로 자신의 입장을 이해하고 있는 것 같았다. 많은 사람들의 목숨을 맡게 된다는 압박감을 받아들이고 진지한 표정으로 고개를 끄덕이며 대답하고 있었다.

"이어서 좌익입니다만, 줄리아 님을 필두로 하는 2천 명의 부대가 됩니다. 우익과 마찬가지로 위험하지만, 그들과 함께라면 부족함이 없겠지요."

"그래. 모두가 있으면 겁낼 건 아무것도 없지. 마음껏 날뛰고 오마."

"그래. 강검 할아버지 못지않게 마구 베어주겠어!"

약 2천 명의 병력으로 이루어진 좌익은 전선 기지에서 활약했을 때와 마찬가지로 젊은이 네 명을 주력으로 삼은 부대다. 우익보다 병력이 두 배 정도 많고, 가장 큰 특징은 부대 중 대부분이 말을 타서 기동력에 특화되어 있다는 점일 것이다.

"그리고 제가 지휘를 맡을 중앙 부대는 생제르 님을 중심으로 수왕님과 포르트를 주력으로 삼은 5천 명의 부대입니다."

"으음. 한 명의 장수로서 온 힘을 다하도록 하지. 포르트 공도 잘 부탁하네."

"넷! 왕의 방패로서 부끄러움 없는 활약을 약속드리겠습니다."

중앙은 마물을 확실하게 섬멸하는 것부터 시작해 수시로 휴식용 거점을 만들거나 우익과 좌익이 위험할 경우에는 원군을 보내고 내부에 끌어들여 보호하는 등, 속도가 느리면서도 할 일이 많아 중요한 부대다.

그렇기 때문에 가장 인원이 많고 그만큼 지휘하기 힘들겠지만, 지휘관으로서만이 아니라 개인의 실력도 강한 수왕과 현역 장군인 포르트까지 있으니 문제는 없을 것이다.

"마지막으로 하늘의 군세는 제노드라 공 일행에게 부탁드리겠습니다. 저희가 대처하기 힘든 하늘은 여러분의 독무대니까요."

"맡겨주게. 하나 숫자가 많을 것 같으니 어느 정도 빠져나가는 마물들이 있을지도 모르네."

"충분합니다. 당신들의 힘으로 인해 깎여나간 뒤라면 저희도 대처할 수 있을 겁니다."

전선 기지에서는 내가 주로 담당했던 하늘의 적을 제노드라 일행에게 전부 떠넘기게 되어 미안하긴 하지만, 이번에 나는 지상에 전념해야 하니 의존해야겠다.

불만 같은 건 전혀 없다는 듯이 믿음직한 미소를 지은 제노드라가 고개를 끄덕이자 각 부대의 확인을 마친 카이엔이 굳은 표정을 지으며 이번 전투의 중요한 점에 대해 설명하기 시작했다.

"각 부대의 대략적인 역할을 말씀드리자면, 우익과 좌익은 적진을 돌파하여 마물들을 조종하는 람다와 부하인 루카, 히르간, 그리고 기타 주력급 적을 격파하는 것입니다. 매우 위험한 역할입니다만, 여러분이라면 반드시 해내 주시겠지요."

"맡겨두거라!"

"네!"

"그래!"

우익과 좌익의 주력을 맡은 젊은이들의 믿음직한 대답을 듣고 카이엔뿐만이 아니라 다른 사람들도 만족스러운 모양이었다. 나이를 감안하면 아직 무거운 짐이라고 해도 이상할 게 없지만, 아무도 싫은 내색을 보이지 않는 걸 보니 그만큼 주위 사람들에게 인정을 받은 것 같다.

"중앙 부대는 좌우와는 다른 의미로 부담이 클 겁니다. 저도 온 힘을 다해 지휘를 맡겠지만, 전부 여러분의 힘에 달려 있습니다. 부디 잘 부탁드립니다."

"으음!"

"""넷!"""

중앙의 주력인 수왕과 포르트를 필두로 경험이 풍부한 각 소대장들이 한목소리로 대답했다. 그 이후로도 자세한 작전과 움직임을 전달한 다음, 회의를 마치고 결전의 땅인 평원으로 떠나려던 참에 회의 중에 거의 발언하지 않았던 생제르가 갑자기 소리쳤다.

"잠깐만 기다려! 해산하기 전에 내가 할 이야기가 있다."

"네, 사양하지 말고 하시지요. 총대장으로서 모두에게 말씀해 주십시오."

"미안하군. 자, 나는 우선 이곳에 있는 모두에게 고맙다는 인사를 하고 싶어. 그렇게 말도 안 되는 짓을 하는 녀석과 함께 싸워줘서 정말 고맙게 생각해."

진지한 표정을 지은 생제르는 회의실에 모인 모두를 보고는 고개를 살짝 숙이며 고맙다고 인사했다.

그런 아들의 모습을 곁에 있던 생도르 왕이 미소를 지으며 조용히 바라보고 있었다. 어떤 입장이라 하더라도 순순히 고개를 숙일 수 있다는 점에 감탄했을 것이다.

생제르가 갑자기 고맙다고 인사하자 당황한 사람도 있었지만, 그 사람들이 차분해지기도 전에 먼저 고개를 든 생제르가 계속 말하기 시작했다.

"전장으로 가기 전에 모두에게 말해두지. 람다는 분명히 내 부하였고, 파트너라고 할 만한 존재였지만…… 이제 친구 같은 건 상관없어!"

이제 와서 무슨 소리를 하나 싶기도 하겠지만, 이렇게 말로 확실하게 증명해두는 것도 중요할 것이다. 실력이나 실적이 부족하고, 확실히 말해 장식이나 마찬가지인 입장이라 해도 지금 생제르는 이 돌격부대의 총대장이니까.

"솔직히 말하자면, 그 자식이 이런 짓을 저지른 건 우리나라의 바보 같은 녀석들 때문이니까 동정할 여지가 없긴 않아. 하지만 그렇다고 해서 내 나라를 파괴하려는 짓을 용납할 순 없다고!"

"""오오……."""

예전 같은 상황이었다면 전쟁에 대해 제대로 알지도 못하는 애송이의 말이라고 비웃음을 샀을 것이다.

하지만 람다 때문에 얼간이들투성이였던 그때와는 달리 여기 남아있는 자들은 왕에게 절대적인 충성을 맹세하고 나라를 위해 몸을 내던질 수 있는 신하들뿐이다.

또한 왕이 혼수상태에 빠진 동안에도 나라를 위해 열심히 뛰어다닌 생제르를 신하들이 인정하지 않을 리가 없었다. 자신감이 넘쳐나며 신기할 정도로 크게 울려퍼지는 생제르의 목소리를 듣고 많은 신하들이 감탄하며 목소리를 냈다.

생제르의 잠들어 있던…… 아니, 람다에게 억눌려 있던 왕으로서의 재능이 깨어난 순간일지도 모르겠다.

왜냐하면…….

"절망을 주는 건지 뭔지 모르겠지만, 우리를 얕보고 있는 그 녀석들을 있는 힘껏 박살 내자!"

"""오오!"""

그가 주먹을 치켜든 것과 동시에 외치자 모두의 대답이 자연스럽게 겹쳤기 때문이다. 목소리만으로 사람을 움직일 수 있는 힘은 왕으로서 중요한 능력일 것이다.

차기 왕, 그리고 총대장에 어울리는 존재로 성장해가고 있는 남자의 모습에 그의 아버지와 마찬가지로 나도 자연스럽게 미소를 드리우고 있었다.

사기가 충분히 올라간 상태로 회의를 마친 우리는 결전의 땅이 될 생도르 앞 평원에 도착했다.

주변에는 화톳불을 잔뜩 피워두었고, 방책과 거점용 천막이 설치된 평원 진지에서 병사들이 바쁘게 오가고 있었다. 나는 이 나라를 지키는 최후의 방벽 위에서 호쿠토와 함께 그 광경을 바라보고 있었다.

하늘을 보니 슬슬 해가 떠오를 시각이었고, 좀 전에 들어온 보

고에 따르면 마물의 도착 시간은 예정대로일 거라고 한다.

"날씨는 좋을 것 같네."

희미하게 보이는 구름의 흐름과 냄새로 보아 비를 맞으며 결전을 벌이는 것은 피할 수 있을 것 같다.

이런 상황에서 이런 말을 하는 것도 좀 그렇지만, 그야말로 결전을 벌이기 딱 좋은 날씨일 것이다.

날씨 확인을 마친 다음 진지에서 바쁘게 오가고 있는 사람들을 바라보고 있자니 다른 곳에서 준비를 하고 있던 피아와 리스, 리펠 공주 일행이 다가왔다.

"정말, 날씨가 쌀쌀하니까 이런 곳에 계속 있으면 에밀리아가 걱정할걸?"

"괜찮아. 옷도 잘 챙겨입었고, 호쿠토가 곁에 있으니까."

"멍!"

바람을 막아줄 뿐만 아니라 적당히 조절한 불꽃을 몸에서 뿜어내 난방기구 같은 역할까지 해주고 있던 호쿠토가 뽐내는 듯이 짖었다.

그대로 자연스럽게 호쿠토를 중심으로 사람들이 모여드는 가운데 내 곁에 선 피아가 평원에서 바쁘게 준비를 하고 있던 사람들을 바라보며 말을 걸었다.

"아까부터 계속 여기 있는 것 같은데, 저 아이들에게 아무런 말도 안 해줄 거야?"

"그래. 필요한 건 이미 말해주었고, 해야 할 일도 알고 있을 테니까. 이제 내가 이러쿵저러쿵 말할 필요는 없어."

천막이 잔뜩 늘어서 있는 곳 중심에는 작전 회의용 테이블이 세 개 놓여 있었고, 각 테이블에 부대장들이 모여 움직임이나 작전에 대해 확인하고 있었다.

그중 하나, 강검을 주력으로 삼은 우익용 테이블에 있는 에밀리아 쪽으로 귀를 기울여 보았다.

『……그렇게 될 테니 결코 저보다 앞으로 나가지 않게끔 주의해 주세요.』

『알겠소이다. 우리도 그에 맞게 움직이도록 하지.』

『대략적인 움직임은 에밀리아 공께 맡길 터이니 자잘한 지시는 우리에게 맡겨주게.』

강검이 불러모은 모험자와 용병들, 생도르의 병사까지 가세해 천 명에 가까운 부대는 각 소대장들을 제외하면 보병만으로 구성되어 있다.

이렇게 넓은 전장에서 싸울 텐데 보병뿐인 이유는 말의 숫자가 부족하고, 영감님이 땅을 디딘 채 싸워야 한다고 말했기 때문이고…… 뭐 여러 가지 이유가 있다.

그런 우익의 작전은 간단히 말해 영감님이 선두에 서서 돌격하고, 다른 사람들이 그 뒤를 원호하며 따라가는 것뿐이다.

작전이고 뭐고 없는 것 같기도 하지만 그만큼 영감님의 돌파력을 중시하는 것이다.

선두에서 달려갈 영감님의 부담이 큰 작전. 그러나 사실 이 부대에서 제일 힘든 사람들은 영감님을 따라갈 사람들이다.

일정한 거리를 유지하지 못하면 영감님의 공격에 휘말릴 테고, 그렇다고 해서 내버려두면 영감님이 쓸데없이 움직이게 되어 그 엄청난 섬멸력을 제대로 살릴 수 없기 때문이다.

그렇기 때문에 영감님을 제어할 수 있는 에밀리아의 판단이 중요하다.

나이든 부대장들은 그 사실을 잘 알고 있는지 자식뻘인 에밀리아에게도 예의 바르게 대해주고 있었다. 카이엔이 믿을 수 있는 자들이라고 할 만큼, 경험이 풍부하고 믿음직스러워 보였다.

『그러고 보니 강검 공은 어디 계신지? 성에서 회의를 했을 때도 그렇고 안 보이십니다만…….』

『좀 전에 휘두르기를 끝내고 저쪽 텐트에서 주무시고 계십니다. 자잘한 부분은 저희에게 전부 맡기신다고 하니 신경 쓰지 말고 진행하시죠.』

『그래요. 끝나면 제가 깨우러 갈 테니까요.』

『그, 그래…….』

강검을 대하는 태도를 보고 부대장들이 깜짝 놀랐지만, 두 사람이 너무나도 자연스러웠기에 아무런 말도 하지 못한 모양이었다.

그 뒤로도 자세한 내용에 대해 이야기를 계속 나누는 에밀리아 일행으로부터 눈을 돌린 나는 레우스 일행이 있는 좌익 테이블 쪽을 보았다.

『줄리아 님. 정말로 이런 작전으로 괜찮으시겠습니까?』

『이 정도 숫자가 갖춰져 있으니 좀 더 꼼꼼한 작전을 실행할 수 있을 것 같습니다만…….』

우익과 마찬가지로 좌익도 적진을 정면으로 돌파해 적의 주력인 람다 일행을 해치우는 것이 목적인데, 도중에 마물을 조종하는 중계점…… 또는 증폭기나 중계 안테나 역할을 맡은 키메라를 노린다는 목적도 있다.

그래도 그 키메라가 어디에 있는지는 실제로 봐야 알 수 있기에 이런 상황에서 함부로 돌격하는 것은 위험하다고 부대장들이 건의하고 있었지만, 줄리아는 고개를 저으며 딱 잘라 말했다.

『아니, 이 싸움엔 속도와 기세가 중요하고, 전술보다는 상황에 맞게 대처하는 능력이 필요하다. 세밀한 전술은 피해야겠지.』

『그렇다고 해서 돌격만으로는…….』

『걱정할 필요 없다. 줄리아 님께서 전술을 버리신 것은 아니다.』

『그래. 너희 말대로 이렇게 규모가 큰 부대가 움직이는 거니까. 최소한의 규칙이나 호령에 대해 이야기를 나누도록 하지.』

평소에 함께 다니는 줄리아의 친위대만 있는 경우라면 몰라도, 다른 부대가 잔뜩 가세한 집단이 되었으니 오히려 전술이 전체의 움직임을 방해해버릴 가능성이 크니까.

그렇게 필요한 움직임과 호령만을 선별해 실제로 가능한지 여부에 대해 이야기를 나누게 되었다. 그 와중에 레우스는 딱히 참견하지 않고 조용히 이야기를 계속 듣고 있었다.

『흐음, 어느 정도는 정리가 된 것 같군. 레우스는 뭔가 할 말 없나?』

『응? 나는 딱히 없어. 사람들을 이끌어본 적도 별로 없고, 내가 할 일은 모두의 앞에 서서 검으로 길을 뚫는 것뿐이니까.』

『너도 일단은 좌익의 대표나 마찬가지잖아. 좀 그럴싸한 말을 해보는 게 어때.』

『그렇게 말해봤자 나는 그것밖에 못 하고, 이럴 때는 잘 아는 사람에게 시키는 게 제일 나을 거라 생각하거든. 그렇게 자잘한 것들을 생각할 시간이 있다면 검을 좀 더 휘둘러서 마물을 벨 거야. 그러면 다른 사람들의 피해도 줄어들겠지.』

왠지 영감님과 비슷한 말을 하는 것 같아서 불안하지만, 적재적소라는 걸 이해하고 있는 것 같으니 그냥 넘어가야겠다.

주눅도 들지 않고 당당하게 말한 레우스를 보고 키스는 불만이 있다고 해야 하나, 부럽다는 듯이 대답했다.

『으으…… 나도 그렇게 생각하긴 하는데 말이지. 그래도 그 좀…… 응?』

『키스는 왕자로서의 입장도 있으니 어쩔 수 없지. 뭐, 이것저것 마음에 걸리는 부분도 있겠지만, 나는 레우스가 레우스답게 움직여주는 게 제일 나을 것 같아. 여러분도 그렇게 생각하시죠?』

알베리오가 동의를 구하려는 듯이 다른 사람들을 둘러보자 각 부대장들이 미소를 지으며 고개를 끄덕이고 있었다.

레우스가 실력뿐만이 아니라 인격까지 인정받은 광경에 만족감을 느끼며 나는 어떤 작업을 하기 위해 그곳을 떠났다.

잠시 후 각 부대의 회의가 끝나자 나는 생도르에서 마련해준 한층 더 큰 천막에 가족들과 내 관계자들을 모았다.

리펠 공주 일행과 알베리오, 마리나, 그리고 줄리아뿐만이 아니라 영감님과 제노드라 일행까지 있기에 대인원이 되었는데, 이런 상황에서 일부러 사람들을 모은 건 싸우기 전에 배를 채우기 위해서였다.

"급하게 만들긴 했지만 양은 충분히 마련했으니 사양하지 말고 더 먹어."

"더 다오!"

"너무 빠르잖아! 아직 다 나누어주지도 않았다고!"

모두가 작전 회의를 하던 동안 준비한 뜨거운 수프를 단숨에 먹어치운 영감님을 보고 어이없어하면서도 야식인지 조식인지 애매한 식사를 느긋하게 해나갔다.

현재 시간을 생각해보면 해가 떠오를 때까지 얼마 남지 않았기에 원래는 전선에서 준비를 하며 긴장감을 유지해야겠지만, 역시 식사를 제대로 해둬야 힘을 마음껏 발휘할 수 있을 것이다. 무엇보다 우리는 이런 상황에서도 평소처럼 지내는 게 어울릴 것 같다.

참고로 성 안에서 자고 있던 카렌과 히나도 불러와서 지금은 반쯤 자는 상태로 식사를 하고 있다. 너무 일찍 깨워서 미안하긴 하지만, 결전이 코앞으로 다가왔기에 모두 함께 식사를 해두고 싶었다.

이제 당연하다는 듯이 부인들과 리펠 공주에게 음식을 받아먹는 카렌 옆에서는 사람의 모습으로 변한 제노드라 일행이 히나를 이것저것 돌봐주고 있었다.

"히나, 이게 마음에 들었다면 우리 몫까지 먹어도 된다. 너는 너무 말랐으니 좀 더 먹도록 하거라."

"……그래도, 다들 먹을 게 없어질 텐데?"

"어린아이는 그런 걸 신경 쓰지 않아도 된다. 그리고 앞으로는 네가 식사 때문에 곤란해질 일은 절대로 없을 것이다."

"……응."

처음에는 제노드라 일행이 무서워서 거리를 두던 히나도 이야기를 나누던 와중에 용족의 무언가를 느낀 모양이었다. 정신을 차리고 보니 제노드라 일행을 무서워하지 않게 되었다.

그런 와중에 특히 신경 쓰이는 건 메지아인지, 좀 전부터 그의 곁에 있는 경우가 자주 보인다. 그…… 부모 오리를 따라가는 새끼 오리 같은 느낌이라고 해야 하나, 아무튼 메지아와 히나의 관계가 순조롭게 풀려가는 것 같아 다행인 것 같다.

그 이후로도 평온한 분위기로 식사를 하게 되었고, 40인분 정도 마련한 특제 수프와 샌드위치가 바닥났을 무렵 에밀리아가 갑자기 모두를 조용하게 만든 다음 나를 주목하게 했다.

"시리우스 님. 출격하기 전에 한마디 해주실 수 있을까요?"

"오, 그렇지. 마지막으로 형님이 한 방 날려줘! 모두의 마음을 들뜨게 해달라고."

"사기를 끌어 올리는 건 내가 아니라 너희들의 역할일 텐데."

말은 그렇게 했지만, 기대를 담은 듯한 모두의 시선이 일제히 쏠렸기에 나는 잠시 생각하고 나서 입을 열었다.

"오늘 싸움은 매우 치열할 거야. 하지만 미리 말한 대로 모두가 힘을 제대로 발휘한다면 반드시 헤쳐나갈 수 있겠지. 그리고 나도 그러기 위해 온 힘을 다해 싸울 테고. 그러니 반드시…… 살아남아라. 다음에는 좀 더 제대로 된 요리를 대접하고 싶으니까."

살아남으라니. 이제 와서 왜 그런 말을 하는 거냐 싶기도 하겠지만, 평소와는 다른 내 목소리를 듣고 다른 사람들도 진지한 표정으로 대답해 주었다.

그리고 마지막으로 한 사람, 한 사람에게 말을 걸고 나니 천막 입구가 열리고 병사 한 명이 들어왔다.

"줄리아 님! 파수병들이 마물을 확인했다는 보고가 들어왔습니다!"

"알겠다. 그럼 다들 가도록 하지."

"그래! 그럼 다녀올게. 마리나. 리스 누나하고 같이 기다리고 있어."

줄리아가 말하자 좌익의 중심인 레우스 일행이 무기를 들고 일제히 일어섰다.

자신만만하게 웃는 레우스를 마리나가 걱정스러운 듯이 바라보고 있었다. 마리나는 레우스에게 갑자기 다가가나 싶더니 품속으로 뛰어들었다.

"나도 알아. 그러니까 오라버니하고 함께 반드시…… 반드시 돌아와야 해!"

"걱정하지 마. 형님하고 마리나가 해준 밥을 좀 더 먹고 싶으니까. 이기는 것뿐만이 아니라 반드시 살아서 돌아올 거야."

이런 상황에서 마리나를 안아주는 게 아니라 머리를 쓰다듬는 건 내 모습을 봐왔기 때문인가?

약간 미안하다고 생각하고 있자니 살며시 레우스에게서 물러난 마리나는 다부진 모습을 보이며 레우스의 가슴팍을 살짝 때렸다.

"응, 해줄게. 물론 줄리아 몫까지."

"그래! 그런데 마리나, 내 품속에는 뛰어들지 않는 거야?"

"어어……?"

"진짜, 이 세 사람은 이상하다니까. 어째서 잘 지내는 건지 이해가 안 돼."

"하하하. 이런 것도 나름대로 즐거워 보여서 좋지 않아?"

알베리오와 키스가 그렇게 말하며 따스하게 지켜보는 가운데, 훈훈하게 이야기하고 있던 세 사람 반대쪽에는 콧김을 거칠게 내뿜고 있는 영감님, 그리고 말리려는 에밀리아와 베이올프가 있었다.

"이제야 왔나! 좋아, 바로 돌격한다!"

"아니, 아니, 아직 멀었어요! 멋대로 움직여서 전투가 시작되면 큰일이라고요."

"맞아요. 위치를 지키고 있다가 생제르 님의 신호가 떨어지고 나서 돌격해주세요."

"으음…… 조금만 베고 오는 것도 안 되나?"

""안 돼요!""

당장에라도 적진을 향해 뛰어들 것 같은 영감님을 보호자 같은 두 사람이 잘 억눌러주고 있는 모양이다. 뭐, 의욕은 충분한 것 같으니 참견할 필요는 없을 것 같다.

마지막으로 히나의 머리를 쓰다듬고 있는 메지아 일행을 보고 나서 일어선 나는 후방 지원을 위해 이곳에 남을 가족들을 돌아보았다.

"그럼, 다녀올게."

""""다녀오세요.""""

"열심히 하고 오라고!"

"다녀오십시오."

"이쪽은 맡겨둬라."

리스와 피아, 카렌, 그리고 리펠 공주 일행의 대답을 들으며 천막을 나서자 멀리 보이는 산 너머로 스며드는 아침 해가 우리를 비추고 있었다.

——— 셰미피아 ———

"그럼, 다녀올게."

아무렇지도 않게, 그야말로 산책이라도 하러 가는 것처럼 가볍게 웃으며 시리우스가 모두를 따라 걸어가기 시작했다.

천막 입구가 열리자 아침 햇살이 그들의 뒷모습을 비추었다. 그걸 바라보고 있던 나는 옆에서 함께 배웅하고 있던 카렌의 머리에 손을 얹었다.

"카렌. 시리우스의…… 모두의 뒷모습을 잘 기억해두렴. 저게 적이 아무리 강대하더라도 맞서 싸우는 영웅들의 뒷모습이란다."

"선생님 등에 뭔가 있어?"

"후후, 아직 네게는 좀 어려운가? 지금은 이해하지 못하더라도 언젠가 이해할 수 있게 될 때가 올 거야. 그러니 저 뒷모습만큼은 확실하게 기억해두렴."

"……응."

정말로 강한 자들을 상징하는 모두의 저 뒷모습을 기억하고 있다면, 나중에 분명히 네 힘이 되어줄 거야.

그러니 마음에 확실하게 새겨두기를 바라며 나는 카렌의 머리를 살며시 쓰다듬었다.

───── 시리우스 ─────

그리고 태양이 세계를 완전히 비추기 시작했을 무렵, 우리는 지정된 위치에서 조용히 그때를 기다리고 있었다.

모두 합쳐 1만이 넘는 부대…… 아니, 이미 군대라고 불러야 할 규모의 사람들이 모인 광경은 그야말로 압권이었고, 게다가 그게 전부 아군이니 그 믿음직한 모습에 누구나 안도의 미소를 드리웠을 것이다.

하지만 지금은 대부분이 불안한 마음과 긴장감에 짓눌린 듯한 표정을 짓고 있다.

왜냐하면, 주위가 밝아져서 먼 곳까지 볼 수 있게 되자 지평선까지 닿을 정도로 많은 대규모의 마물 무리가 사람처럼 진형을 유지하고 있는 모습을 확실하게 볼 수 있게 되었기 때문이다.

"저게…… 뭐야. 이야기를 듣긴 했는데, 진짜로 진형을 짜고 있네."

"저, 저런 거하고 싸우게 되는 거야?"

"에잇, 겁내지 마라! 우리에겐 줄리아 님과 강검 님이 계신다!"

어떻게든 각자 용기를 내고 있는 모양이지만, 눈앞에 펼쳐진 압도적인 광경 때문에 시간이 지날수록 마음이 꺾여버릴 것 같았다.

그럼에도 불구하고 아직 눈싸움만 벌이고 있는 이유는 생제르가 돌격 호령을 내리지 않았기 때문이다.

생제르는 겁을 먹은 게 아니라, 상대방이 일정한 거리를 유지한 채 멈춘 것을 보고 무언가 하고 싶은 말이 있는 게 아닐까 눈치챈 모양이다.

그래도 모두가 긴장한 걸 고려하면 슬슬 움직여야 하지 않을까. 그렇게 생각했을 때, 모습이 보이지 않는 람다의 목소리가 전장에 울려 퍼졌다.

『처음 뵙는 분도 계신 것 같으니 우선 자기소개부터 하도록 할까요. 저는 예전에 이 어리석은 나라에서 지라드라 불린 남자이고, 지금은 이 마물들을 이끌고 있는 람다라고 합니다.』

여전히 상황에 맞지 않게 온화한 목소리지만 오히려 그 때문에 더 공포를 불러일으키고 있었다.

그리고 전장에 있는 모두에게 들리게끔 '에코' 마법을 쓰고 있는데, 마력의 흐름으로 보아 전장뿐만이 아니라 생도르에 살고 있는 일반 시민들에게까지 목소리를 들려주고 있다는 걸 눈치챘다.

『그리고 이미 아시는 분도 계시겠지만, 저희 목적도 다시 말씀 드릴까요. 저는 당신들에게…… 생도르에게 절망과 멸망을 선사하기 위해 왔습니다. 오늘, 생도르는 세계에서 영원히 사라질 겁니다.』

묘하게 설명투인 이유는 선전포고를 하기 위한 것뿐만이 아니라 생도르 전체에 공포를 퍼뜨리기 위해서이기도 할 것이다. 담담한 말투인데도 목소리 군데군데에서 분노와 증오가 따끔따끔하게 느껴졌고, 그 원망스러운 목소리 때문에 지금쯤 생도르 안에서 큰 혼란이 벌어졌을지도 모르겠다.

『나라뿐만이 아닙니다. 이 어리석은 나라에 기생하는 자들…… 해충을 전부 없애겠습니다! 제 분노로 하여금 모든 것을 잿더미로…….』

『주절주절 시끄럽다고! 네가 분노했다는 건 이제 알았으니 그만 좀 떠들어라!』

하지만…… 그 분노를 받아치려는 듯이 생제르 또한 소리쳤다.

너무 급하게 말해서 그런지 처음 부분은 '에코'의 효과가 없었다. 하지만 생제르의 목소리는 전장 전체에 울려 퍼졌고, 정신을 야금야금 좀먹는 것 같았던 공포를 날려버리는 힘으로 가득 차 있었다.

『아까부터 잘난 듯이 떠들어대고 있는데, 그러니까 네가 생도르를 노리고 있고, 우리는 지키기 위해 싸우는 거잖아? 그럼 얼른 덤비기나 해라!』

『예전보다 기운이 넘치시는 것 같은데, 좀 더 현실을 보셔야죠. 겨우 그것만으로 정말로 지킬 수 있습니까? 제 군세는 마대륙에서 한없이 몰려들 텐데요.』

『할 수 있지! 네놈들이 무한이라면, 우리는 영웅과 용, 그리고 강검까지 가세한 최강의 군대니까!』

어제 내가 말했던 게 헛수고가 되진 않은 모양이다.

자신감이 약간 지나친 말투긴 하지만, 이런 싸움에서는 어느 정도 허세를 부리는 편이 사기도 오를 테고, 무엇보다…….

"거짓말이 아니라는 걸 우리가 증명하면 되는 거니까."

"멍!"

중앙 부대의 선두에 서 있던 나와 호쿠토가 시원스럽게 웃으며 고개를 끄덕이는 동안에도 생제르는 더욱 뜨거운 목소리로 계속 말했다.

그 맹렬한 열기에 병사들도 차례차례 이끌리기 시작했고, 생제르에게 호응하듯 소리를 질렀다.

『다시 한번 말한다! 우리는 최강이다!』

"""""""오오오오오오오오오오오오오오오오오오오오오——!!!""""""""

마지막으로 모두의 가장 큰 외침이 울려 퍼진 다음, 생제르가 한쪽 손을 크게 들어 올렸고…….

『가자, 얘들아! 전 부대…….』

그 손을 앞으로 내밀며 개전 호령을 내렸다.

『돌…….』

"우오오오오오오오오오오오오오오——!!!"

『겨어어어어어어어어억———!』

……하지만 사냥감을 앞두고 인내심에 한계가 와버린 어떤 영감님이 완전히 부정 출발을 해버렸다.

그나마 다행인 건 생제르의 목소리가 영감님 못지않게 컸기에 딱히 큰 혼란도 없이 모든 부대가 전진하기 시작했다는 점일 것이다.

약간 맥이 빠지긴 했지만, 그렇게 양쪽의 오기가 맞부딪히는 결전의 막이 올랐다.

영감님의 폭주로 인해 약간 맥이 빠지긴 했으나 생제르의 호령과 함께 싸움의 막이 올랐다.

전선 기지에서 싸웠을 때와는 달리 지키는 것이 아니라 공격하기 위한 부대가 일제히 돌격을 개시했다. 그러나 부대의 편제와 작전에 따라 각 부대의 속도는 크게 달랐다.

따라서 셋으로 나눈 부대 중 기마병이 중심인 좌익…… 레우스와 줄리아가 있는 부대가 제일 먼저 마물들과 부딪힐 예정이었지만, 가장 먼저 공격을 시작한 건 나와 호쿠토였다.

유격부대인 나와 호쿠토가 중앙 부대의 선두보다 더 앞쪽으로 나와 있었기도 했지만, 병사들을 이끌지 않고 호쿠토 등에 타고 있었으니 당연할 것이다.

나는 말을 타고 달려가도 수십 초는 걸릴 거리를 눈 깜짝할 새에 좁힌 다음, 적이 사정거리에 들어오자 호쿠토의 등에서 뛰었다.

"자, 시작해볼까. 미리 정한 대로 부탁한다."

"멍!"

뛰어오른 곳에 있던 호쿠토의 꼬리에 발을 내디딘 나는 예전에도 그랬듯이 캐터펄트 같은 요령으로 하늘을 향해 솟구쳤다.

지상뿐만이 아니라 하늘에서도 공격하기 껄끄러울 정도로 절묘한 높이까지 솟구친 뒤, 지상을 뒤덮고 있는 마물들을 멀리까지 내려다보며 '멀티 태스크'로 사고를 고속화하고 마력을 집중시켰다.

"딱 좋은 높이야, 호쿠토. 적진 깊숙한 곳까지 잘 보이네."

『마물의 포진…… 우선 목표…….』

『각 부대의 이동 루트…… 원호할 곳…….』

『약점…… 적의 행동 범위…….』

멀티 태스크(병렬 사고)로 적 전체를 파악하고 나 자신의 행동을 결정한 다음, 전선 기지에서도 사용했던 마석을 카드 형태로 가공한 물건을 세 장 꺼낸 나는 그것을 주위로 날리고 나서 '스트링'을 뻗어 접속했다.

『알파 접속…… 목표…… 거리, 100…… '스나이프' 조준(록).』

『브라보 접속…… 목표…… 거리, 20…… '개틀링' 일제 발사…… 조준.』

『찰리 접속…… 목표…… 거리, 5…… '매그넘' 6연사…… 조준.』

빛 구슬로 변한 카드에 '스트링'을 통해 지시를 내리고, 돌격 부대의 장애물이 될 만한 원거리 공격 수단을 지닌 마물이나 기마병의 기세를 막을 수 있는 대형 마물을 조준하기 시작했다.

전선 기지에서는 이 방법을 통해 '안티 마테리얼'을 세 발 동시에 날렸지만, 이번에는 개별적으로 지시를 내려 상황에 맞는 마법을 날릴 생각이었다.

이 방식을 통해서야 '멀티 태스크'의 진가를 발휘할 수 있게 되었다는 생각이 들었다. 고속 사고를 통해 가장 적합한 행동을 선택하고 다음 상황을 예상할 수 있다 해도, 결국 내 몸은 하나이기에 행동에 한계가 있었기 때문이다.

그렇기에 지금까지는 필요 이상으로 내 몸의 안전이나 제자의 상황을 확인하는 데 사고를 할애하고 있었다. 간단히 말하자면 능력을 썩혀두고 있던 것이다.

하지만 지금처럼 가상의 팔인 발동체 세 개가 늘어남으로써 그렇게 썩혀두고 있던 부분을 활용할 수 있게 되었기에 나는 진정한 의미로 온 힘을 다해 싸울 수 있게 되었다.

카드를 만드는 수고나 재료로 쓰게 될 고가의 마석을 잔뜩 가지고 있기에 사용이 가능한 수단이긴 하지만, 이것이 결전용으로 아껴두었던 내 비장의 수 중 하나다.

"모든 무장…… 조준 완료(록 온). 일제 발사!"

그리고 모든 조준을 마치자 나 자신과 빛 구슬 세 개에서 다양한 종류의 탄환…… 마법이 일제히 날아갔다.

멀리 있는 대형 마물의 급소를 관통력에 특화된 마력의 탄환으로 꿰뚫고, 집단으로 이동하는 소형 마물을 수많은 탄환으로 쓸어버리고, 근처에 있던 마물들을 일반적인 탄환으로 차례차례 해치워 나갔다. 그 첫 번째 공격만으로 상당히 많은 숫자를 해치웠지만, 전체적으로 보면 극히 일부에 불과할 것이다.

하지만 내가 맡은 역할은 숫자를 줄이는 것이 아니다. 지상으로 떨어질 때까지 일제 발사를 반복한 나는 낙하지점에 있던 마물을 '매그넘'으로 해치운 다음 적진 한복판에 착지했다.

물론 착지와 동시에 사방에서 마물들이 달려들었지만, '샷건'을 연달아 발사해 날려버린 다음 심호흡을 하며 마력을 회복시켰다.

"휴우…… 역시 이렇게까지 많은 숫자의 적에게 포위당한 건 처음일지도 모르겠네."

내가 떨어진 곳은 적진의 선두 집단으로부터 거리가 꽤 떨어진 곳이었던 모양이다. 위치를 대충 지시한 다음에는 호쿠토에게 맡기긴 했는데, 예상했던 것보다 더 많이 날아온 것 같다.

원래라면 집단전임을 고려해 일단 돌아가 적의 선두 집단을 뒤에서 공격하며 아군이 돌격하기 쉽게끔 구멍을 뚫어야 할지도 모르겠지만…… 그럴 필요는 없을 것 같다.

"아우우우우우우우우우우우———."

호쿠토의 포효와 함께 생겨난 거대한 불꽃 파도가 적의 선두 집단을 덮치고 있기 때문이다. 그 열량은 엄청났고, 휩싸인 마물을 단숨에 숯덩이로 만들며 창을 겨눈 채 대기하고 있던 마물들을 차례차례 태워 없앴다.

내 파트너지만 정말 무시무시한 공격 같다. 대규모 무리를 상대하기에는 매우 적합한 공격일 것이다. 저건 호쿠토가 예전에 싸웠던 염랑의 기술인 모양이고, 자신을 불꽃의 파도로 변신시키는 기술이라는 이야기를 호쿠토가 레우스를 통해 해주었다.

그래도 저렇게 불꽃이 강하니 나중에 통과할 아군 부대까지 피해를 입을 것도 같은데, 그런 부분은 이미 대책을 세워두었다.

저쪽은 맡겨도 문제가 없을 거라 생각하며 다시 마력을 집중시켰다. 주위에 있던 마물에게 공격을 시작했을 때, 쓰러뜨린 마물 사이에 숨어 있던 한 마리가 내 뒤에서 엄청난 기세로 달려들었다.

사각이었기에 반응이 약간 늦어버렸다. 내가 그쪽으로 손가락을 내밀려 하자, 그보다 먼저 내 벨트에 달려 있던 나이프가 뛰쳐나가 빨려 들어가듯 마물의 머리에 박혀 숨통을 끊었다.

참고로 나는 날아간 나이프를 좀 전부터 전혀 건드리지 않았다. 건드리지 않았는데도 멋대로 움직여 단번에 마물을 쓰러뜨린 그 나이프는…….

"……이제야 깨어났나?"

『시끄럽네. 이른 아침부터 싸우기 시작한 게 잘못이지.』

성수의 가지…… 스승님에게 받은 나이프다.

원래 스승님의 나이프는 마석과 함께 땅바닥에 꽂아야 이야기를 할 수 있는 존재였다. 그런데 지금 스승님은 땅바닥에 닿지도 않았는데 멋대로 움직이며 나와 이야기할 수 있게 되었다.

딱히 스승님이 진화한 게 아니라 내가 만든 어떤 물건을 사용함으로써 그럴 수 있게 된 것이다.

『흐음~, 나쁘진 않지만 아직 움직이기 껄끄러운 부분이 있네. 나중에 확실하게 지적해 주겠어.』

"급하게 만든 거니까 어쩔 수 없잖아. 그리고 입만 움직이지 말고 제대로 일을 하라고."

해치운 마물에서 빠져나와 공중에 뜬 채로 내 곁으로 돌아온 스승님의 나이프는 자루 부분에 마석과 똑같은 빛을 내뿜는 장식품이 박혀 있었고, 그것은 내 등에서 뻗은 '스트링'과 연결되어 있었다.

자세히 설명하면 너무 복잡하니 생략하겠지만, 몇 번이나 시행착오를 겪으며 만들어낸 그 장식품이 땅바닥…… 흙과 마력을 대신하고 있고, 거기에 '스트링'을 접속시켜서 스승님이 자유자재로 움직일 수 있게 된 것이다. 그래서 스승님의 목소리도 '스트링'으로 이어져 있는 내게만 들린다.

다시 말해 나는 그저 '스트링'을 유지하고 있을 뿐, 스승님이 멋대로 날뛰는 것이다. 나 자신과 마법 발동체 세 개, 그리고 자유자재로 움직이는 스승님의 나이프.

이것이…… 지금 시점에서 내가 보여줄 수 있는 최고의 전투 능력이다.

"바로 이동한다. 너무 똑같은 곳에만 계속 있지 말라고."

『그래. 마스터.』

뭐, 나와 이어져 있어야만 움직일 수 있으니 그런 호칭도 잘못

된 건 아닐 것이다.

그렇게 경의라곤 요만큼도 없는 호칭을 들으며 움직이기 시작한 나는 나이프를 거꾸로 쥔 채 막아서는 마물들을 향해 돌격했다.

"우선 좌익……이지."

기마병이 중심인 좌익의 레우스와 줄리아 일행의 움직임이 예상보다 빨랐기에 먼저 그쪽부터 공략해야겠다.

나아갈 방향을 정하고 능력을 전부 활용하며 마물 무리를 돌파하는 건 꽤 힘들지만, 적진에서 고립되어 있는 이상 멈춰선 시점에서 끝장이다.

그렇기에 나는 걸리적거리는 마물을 마법으로 쓸어버리는 것뿐만이 아니라 스쳐 지나가며 나이프로 목을 베거나 상대하지 않고 피하기만 하는 등, 낭비를 최소한으로 억누르며 체력과 마력을 항상 신경 쓰고 계속 나아갔다.

『'샷건' 계속 사격…… 마력 잔량 50…….』
『브라보, 마력 저하…… 분리…… 3…… 2…….』
『'스나이프' 발사…… '매그넘' 전환…… 순차 발사…….』

하지만 중간중간 마력을 회복할 수 있는 나와는 달리 원본이 마석인 발동체 쪽에는 한계가 있다. 첫 번째 공격으로 날린 '개틀링' 일제 사격으로 꽤 많이 소모된 발동체의 마력이 바닥나려

하자 나는 '스트링'을 움직여 그 발동체를 마물이 가장 많이 밀집되어 있는 곳으로 날렸다.

갑자기 날아온 발동체를 적으로 인식한 건지 마물들이 그쪽으로 몰려든 순간…… '스트링'으로부터 절단된 발동체는 주위에 무시무시한 충격파를 날려 많은 마물을 휩쓸며 소멸했다. 이른바 소형 폭탄 같은 거나 마찬가지다.

그렇게 발동체를 하나 잃었지만, 곧바로 새 카드를 꺼내 보충했다.

카드를 모조리 가져 왔기에 여유가 있긴 하나 이 싸움은 오래 끌게 될 것 같으니 최대한 절약해야겠다.

『아하하하하하하하하! 움직일 수 있으니 즐겁네!』

그리고 움직일 수 있게 된 스승님(나이프). 그야말로 엄청나다는 말밖에 나오지 않는다.

겨우 나이프 한 자루에 불과하지만, 스승님은 세밀한 관절로 인해 유연하게 움직일 수 있는 '스트링'을 통해 내 주위를 자유자재로 날아다니며 마물의 급소를 정확하게 찢어발겨 해치워 나갔다.

베는 것뿐만이 아니라 마물의 몸을 관통하기도 했고, 덩치가 큰 마물 같은 경우에는 몸속으로 파고들어 회전하는 등 큰 목소리로 웃어대며 마음껏 날뛰어대고 있었다. 게다가 그렇게 마구 날뛰면서도 내 움직임을 전혀 방해하지 않았다. 스승님의 기술인지 성수의 힘인지는 모르겠지만, 여러 가지 의미로 무시무시하다.

"좋아, 이 근처는 이제 충분해. 다른 곳으로 가자!"

『아직 저 마물의 내장을 맛보지 못했는데…… 어쩔 수 없지.』

노리던 사냥감 앞에서 불평하던 스승님을 끌어당기자 투덜거리면서도 포기해주었다. 평소에는 내 명령 같은 걸 듣지도 않는 스승님도 지금은 나와 이어져 있어서 그런지 어느 정도는 말을 들어주는 모양이었다.

그런데 마물의 내장을 맛본다니, 얼마나 신이 난 거야? 이 스승님은 피에 굶주린 게 아닐까. 예전에 상상한 적이 있었는데 역시 그 상상이 맞는 것 같다.

그런 식으로 스승님과 시끌벅적하게 날뛰는 동안 좌익 쪽 작업이 대충 끝났기에 이번에는 우익 쪽으로 가기 위해 다시 마물 무리 속으로 파고들었다.

중간에 나오는 다른 위치에서 움직이고 있던 호쿠토를 확인해보았는데, 그쪽에서도 마음껏 날뛰고 있는 것 같았다. 전선 기지에서는 주로 공중전을 벌였기에 거의 쓰지 않던 불꽃 능력을 구사하며 적진 곳곳에 큰 타격을 입히고 있는 모양이었다.

물론 합류해서 호쿠토의 등에 탈 수도 있겠지만, 내가 탄 상태로는 호쿠토의 공격에 제한이 걸려버리고, 무엇보다 전장이 넓기에 이번에는 완전히 따로 행동하기로 했다.

"스승님, 저쪽 집단은 맡길게."

『네가 하라고!』

"그럴 여유는 없어. 통과하는 동안에 끝내라고."

『사람을 정말 마구 부려먹네…….』

"당신은 이제 사람이 아니잖아?"

이유가 뭘까. 약간 방심하기만 해도 치명적인 상황인데 나는 신기할 정도로 들떠 있었다.

스승님과 함께 싸우고 있기 때문일지도 모르겠지만, 그 이상으로 전생이 떠올랐기 때문일 것이다. 제자나 수비를 신경 쓰지 않고 그저 승리를 위해 내달리는 한 명의 전사…… 에이전트로서 움직이던 그 무렵이…….

"돌파한다!"

『그래!』

단련해온 기술과 능력을 아낌없이 발휘할 수 있는 기쁨을 느끼며 나는 홀로 적진을 계속 내달렸다.

───── 베이올프 (우익 부대) ─────

"우오오오오오오오오오오오오오옷────!!"

당천 씨…… 아니, 강검으로서 전장에 선 라이오르 씨는 전투 개시 호령을 기다리지도 않고 앞서나가 버렸습니다.

다행히 생제르 님의 호령과 거의 동시였고 전혀 동요하지 않은 에밀리아 씨가 냉정하게 움직여주었기에, 우리는 한 발짝 뒤늦게나마 돌격하기 시작했습니다.

"으하하하하하하! 마음껏 벨 수 있겠구나! 기다리고 있거라!"

전력의 압도적인 차이를 알면서도 아무렇지도 않게 그런 말을 하니 정말 어이가 없습니다.

우리는 라이오르 씨의 검에 휩쓸리지 않게끔 거리를 두며 쫓아가고 있습니다만, 그분은 마치 말을 타고 가는 것처럼 빨라서 우리가 딱히 속도를 조절할 필요는 전혀 없을 것 같습니다.

"이제 금방이에요. 준비하세요."

에밀리아 씨가 그렇게 말한 것과 동시에 라이오르 씨가 드디어 적의 선두와 부딪혔습니다.

달려가고 있는 우리와는 달리 마물들은 걸어서 다가오고 있는데, 그 람다라는 존재가 조종하고 있는 모양입니다. 보통은 들고 있는 무기를 적당히 휘두르기만 할 마물들이 중간에 멈춰서 창을 일제히 겨누고 라이오르 씨가 덤벼들기를 기다리고 있습니다. 시리우스 씨가 작전이 시작되기 전에 말했던 '창이불'이라는 거겠죠.

이럴 경우에는 뒤에 있는 병사들에게 마법을 날리게 해서 저 창이불을 무너뜨리고 공격해야겠지만, 에밀리아 씨는 아무런 지시도 내리지 않았습니다.

그리고 충격파를 날리는 기술인 '충파'를 쓸 기색조차 보이지 않았던 라이오르 씨는…….

"이야아아아아아아아아아아아아아아아압———!"

필살기도 아닌 그냥 휘두르기로 창뿐만이 아니라 백 마리에 가까운 마물들까지 날려버렸습니다. 지금까지 아무런 원호를 하지 않았던 이유는 이 정도라면 딱히 도움이 필요하지 않았기 때문이겠죠.

그 이후로도 전선 기지에서 보여주었던 검의 폭풍을 일으키며 한시도 멈추지 않고 마물을 계속 베어나가는 라이오르 씨. 약간 뒤늦게 우리도 공격을 시작했습니다.

"강검 공을 따르라!"

"진형을 유지하며 구멍을 넓혀라! 이 기세를 살려 단숨에 무너뜨린다!"

"앞쪽은 강검 공에게 맡겨두면 된다. 확실하게 섬멸하라!"

라이오르 씨가 돌파구를 뚫고 우리는 그 구멍을 넓혀가며 마물들을 섬멸한다.

전투를 시작하기 전까지 딱히 격려를 해주지도 않았는데, 라이오르 씨의 힘이 부대 전체에 영향을 끼친 건지 최근 1년 동안 터무니없는 경험을 해온 저도 놀랄 정도로 부대의 사기가 높습니다.

마법은 최대한 아껴두기 위해서 주로 무기를 이용해 싸우고 있습니다만, 다른 분들의 기세가 정말 대단해서 거의 유린이라고 할 정도로 일방적으로 몰아붙이는 전투를 벌이고 있습니다.

"할아버지, 약간 왼쪽으로! 그리고 오른쪽까지 한꺼번에 부탁드려요!"

"내게 맡기거라! 흐읍!"

그런 와중에 에밀리아 씨는 라이오르 씨에게 지시를 내리며 가끔 다가오는 마물에게 나이프를 휘두르고 있었습니다.

마법이 아니라 무기로 싸우는 에밀리아 씨의 모습은 처음 보았는데, 저도 모르게 넋이 나갈 정도로 훌륭했습니다.

쓸데없는 움직임을 줄이고, 기세를 그대로 살리며 회전……
아니, 춤을 추는 듯이 나이프로 마물의 급소를 찢어발기는 모습
은 빛을 반사하며 나부끼는 은발까지 더해져 아름다웠습니다.
똑같이 시리우스 씨의 제자인 레우스 군이 힘이라면 에밀리아
씨는 기술을 갈고 닦은 모양입니다.

하지만 에밀리아 씨는 싸우면서 지시를 내려야만 하기에 제가
에밀리아 씨를 지킬 수 있게끔 싸우고 있자니 먼 곳을 내다보고
있던 에밀리아 씨가 뛰어가던 속도를 늦추며 소리쳤습니다.

"여러분, 조금만 더 가서 멈출 거예요. '유벽' 준비를 해주세요!"

"네?! 지금요?"

"아, 알겠소. 유벽의 진! 서둘러 준비하라!"

"제3, 제4부대의 마법 부대는 영창 개시! 신호를 기다려라!"

에밀리아 씨가 말한 것은 전투를 시작하기 전에 정해두었던
작전 중 하나로, 일단 부대가 멈춰서 주위의 마물을 섬멸하는
것입니다.

천 명에 가까운 집단이기에 가능한 작전. 큰 방패를 든 병사들
이 전체를 지키듯이 이동하고, 마법을 사용하는 소대가 영창을
시작하는 와중에 에밀리아 씨는 다시 라이오르 씨에게 말을 걸
었습니다.

"할아버지, 잠깐 멈춰주세요. 저쪽에서 마물이 와요."

"왔나! 목이 빠지게 기다리고 있었다!"

묘하게 기뻐 보이는 라이오르 씨가 멈춰 선 것과 동시에, 부대

사람들이 마법을 발동시키자 라이오르 씨 약간 앞쪽의 지면이 부풀어 오르며 길고 높은 벽 두 개가 만들어졌습니다.

저 토벽은 라이오르 씨를 기점으로 부채꼴…… 좌우 대각선 앞쪽으로 뻗어나갔기에 방어적인 측면에서는 거의 의미가 없습니다.

하지만 마물들 대부분이 벽을 따라 다가오게 되기 때문에 자연스럽게 힘이 넘쳐나는 라이오르 씨에게 모여들게 되는 것입니다. 완전히 라이오르 씨에게 다 떠넘기는 작전이지만, 저 사람이 전투 중에 지친 적은 한 번도 없었고, 무엇보다 본인에게 의욕이 넘쳐났으니 문제는 없을 겁니다.

하지만 한 가지 신경 쓰이는 게 있었습니다.

"에밀리아 씨, 어째서 이곳에서 유벽을 쓴 거죠? 마물이 벽을 부술 가능성도 있으니 좀 더 공격해 들어가서 쓰는 게……."

"이 주변에는 골치 아픈 마물들이 뭉쳐 있으니 깔끔하게 청소하지 않으면 진군 속도가 떨어질 거예요. 그리고 주위를 잘 보세요. 근처에 당신이 신경 쓸 만한 마물이 있나요?"

"그건……."

이야기를 듣고 보니 저 벽을 부술 수 있을 만한 대형 마물은 거의 보이지 않았고, 골치 아플 것 같은 중형 마물밖에 없었습니다.

몸집이 큰 만큼 눈에 잘 띄기 때문에 돌입하기 전에는 전장 전체에 군데군데 있는 걸 확인했는데, 어느새 우익 쪽에는 숫자가 많이 줄어들어 있었습니다.

작전을 실행하기 위해 부대가 진형을 갖추는 와중에 숨을 살짝 내쉬고 있던 저는 주위를 꼼꼼하게 관찰하고 있는 에밀리아 씨에게 물어보았습니다.

　"혹시 시리우스 씨의 지시인가요?"

　"아뇨. 이번에 시리우스 님께서는 자신의 싸움에만 집중하신다고 하니 제가 내린 판단이에요. 지금은 불필요하게 말을 걸어서 방해하고 싶지 않으니까요."

　"하지만 정보를 전달하는 것도 중요하지 않나요?"

　"이 정도라면 우리들끼리도 충분히 대처할 수 있고, 그분이라면 전달하지 않아도 이해하실 테니까요."

　어디를 봐도 대규모 마물 무리만 보이지만, 에밀리아 씨의 시선 너머에는 시리우스 씨나 호쿠토 씨가 공격한 것 같은 흔적이 남겨져 있었습니다.

　이미 마물들에게 파묻혀서 그분들의 모습이 보이지 않지만, 계속 전장을 내달리고 있다는 건 분명한 것 같습니다.

　"의도적으로 많이 해치운 마물이나 공격을 통해 진형을 무너뜨린 곳. 모습이 보이지 않아도 시리우스 님과 호쿠토 씨가 움직인 결과는 전장을 보면 알 수 있어요. 간단히 말하자면 그분들께서 가장 적합한 길을 여러 개 만들어주셨고, 저는 그 길들 중에서 선택하고 있는 것뿐이죠."

　"그렇게 말씀하셔도……."

　선택하고 있는 것뿐이라고는 하지만, 현장을 본 것만으로 상대방의 의도를 이해하고 실행에 옮기는 것이 간단할 리가 없습니다.

　서로 신뢰하면서, 거기에 두 사람의 실력과 경험, 감까지 단련되어 있어야만 가능한 일일 겁니다. 강한 유대감이라는 걸 보게 되어 멍하니 있자니 에밀리아 씨가 미소를 지으며 말을 걸어주었습니다.

　"그분과 함께 지내다 보면 당신도 금방 알 수 있게 될 거예요. 자, 할아버지가 어느 정도 정리하면 바로 움직이죠. 언제든 뛸 수 있게끔 마음을 굳게 먹으세요."

　"네!"

　라이오르 씨를 제어할 수 있는 것뿐만이 아니라 지휘관으로서도 정말 믿음직한 여성입니다.

　그런 에밀리아 씨와 함께 싸울 수 있게 된 것을 자랑스럽게 생각하며 저는 다가오는 마물에게 검을 휘둘렀습니다.

───── 알베리오 (좌익 부대) ─────

　2천 명에 달하는 병사들을 이끌게 된 우리 좌익 부대는 마물 무리를 향해 정면으로 돌격하고 있었다.

　살덩이 벽이라는 말이 나올 정도로 마물의 숫자가 많았지만, 정예들만 모인 우리의 돌파력은 대단했기에 마물들이 마치 낙엽처럼 차례차례 쓸려나갔다.

　전선 기지에서도 몇 번이나 본 광경이지만, 이번에는 그때 했던 돌격과는 비교도 되지 않을 정도로 강한 힘을 보여주고 있었다.

부대의 규모가 크기 때문에 당연하겠지만, 그 이상으로…….

"으랴아아아아아아아아아아아아아아——!"

"하아아아아아아아아앗——!"

좌익의 선두를 달려가는 두 사람…… 레우스와 줄리아 님이 나란히 서서 싸우고 있기 때문일 것이다.

물론 전선 기지에서도 함께 싸우기는 했지만, 그때는 기본적으로 줄리아 님이 앞으로 나서고 레우스는 원호를 맡았기에 이렇게 어깨를 나란히 하고 싸운 건 처음이다. 스승님과 강검 공을 쫓아갈 때는 예외였지만 그때는 말 한 마리에 둘이 탔기에 온 힘을 다할 수가 없었을 것이다.

검을 휘두르기 힘들다며 말을 타려 하지 않았던 레우스도 줄리아 님께 빌린 훌륭한 말과 상성이 좋았는지 별로 신경 쓰지 않고 검을 휘두르고 있는 모양이었다.

그런 그보다 약간 뒤쪽에서 전체적인 상황을 자세히 확인하며 따라가고 있자니 내 근처에서 핼버드를 휘두르고 있던 키스가 중얼거렸다.

"정말. 저 두 사람은 어떻게 된 거야?"

"그렇지, 정말 놀랍다니까."

거리가 가까워서 검을 휘두르기 껄끄러울 텐데, 두 사람의 움직임에는 망설임이 전혀 없다.

그리고 저렇게 긴 두 자루의 검이 전혀 간섭하지 않고 서로 빈틈을 메꿔주듯이 휘둘리고 있으니 키스가 그렇게 중얼거리는 것도 당연한 것 같다.

"왠지 전선 기지에서 싸웠을 때보다 더 대단해진 것 같지 않아? 확실히 강해진 것 같은데."

"강해진 것 같은 게 아니라 진짜로 강해진 거야. 아마 스승님과 강검 공이 싸우는 모습을 보았기 때문이겠지."

전선 기지에서 스승님과 라이오르 공이 적진에서 마구 날뛰었을 때, 저 두 사람은 이상할 정도로 진지한 표정으로 그 모습을 지켜보고 있었다.

연달아 치열한 전투를 벌이며 지쳤을 텐데도 그렇게 지켜보는 것이 제일 중요하다는 듯한 행동이었는데…… 그 결과가 지금 같은 상황인 것 같다.

다시 말해 보기만 해서 성장한 것이다. 다른 사람이 이야기를 들으면 농담이라 생각하겠지만, 레우스 같은 경우에는 충분히 그럴 수 있다.

예전에 스승님은 레우스에 대해 이렇게 말했다.

『레우스는 모든 기초를…… 토대를 확실하게 단련시켰어. 그러니 뭔가 계기가 생기면 갑자기 확 바뀔지도 모르고, 레우스는 실제로 몇 번이나 자신의 한계를 넘어왔으니까.』

기간이 짧긴 하지만 나도 스승님에게 훈련을 받았기에 레우스가 얼마나 열심히 노력해왔는지는 잘 알고 있다. 그러니 갑자기 강해진다 해도 크게 놀랍진 않다. 그렇기 때문에 내가 제일 놀란 점은 저런 상태로도 레우스가 스승님에게 맞춰서 움직이고 있다는 점이다.

좀 전에 스승님이 마물 무리 속에서 싸우던 모습을 보았는데, 정신을 차리고 보니 이동해서 보이지 않게 되었다. 하지만 스승님이 있던 곳에 있던 마물들이 어느 정도 쓰러져 있었고, 전장 곳곳에서 그런 흔적이 엿보였다.

미리 이야기를 들었던 대로 적진을 교란하고 있는 모양이었다. 그런데 잘 살펴보니 전부 계획된 움직임이라는 것을 알 수 있었다.

원거리 공격 수단을 지닌 마물을 우선적으로 노리는 것뿐만 아니라 요소를 헤집어서 마물들의 주의를 끌어 부대가 돌격하기 편하게끔 해주는 등, 우리에게 매우 큰 도움을 주고 있다.

하지만 그런 스승님의 활약은 내가 선두에서 약간 뒤쪽······ 부대 전체의 상황이나 주위를 둘러볼 수 있는 여유를 가질 수 있는 곳에 있기에 이해할 수 있는 것이다.

"줄리아, 저쪽에 큼직한 녀석!"

"알겠다! 다들 더욱 깊숙이 쳐들어가자. 잘 따라오도록!"

하지만 레우스는 줄리아 님과 저렇게 화려한 검무를 보이면서도 분명히 스승님의 의도를 눈치채고 움직이고 있다. 이해하지 못하면 눈치채지 못할 적진의 빈틈을 놓치지 않고, 큰 목소리로 부대의 진행 방향을 지시하고 있다.

그 재빠른 판단 덕분인지 키메라를 노리기 위해 적진 안에서 나아갈 방향을 몇 번이나 바꾸었는데도 부대의 피해는 예상했던 것보다 적었다.

"왼쪽!"

"으음, 저거로군!"

그리고 좌익을 이끌고 있는 사람은 줄리아 님인데도 정신을 차리고 보니 레우스가 이끌고 있는 것처럼 되었다. 부대 단위로 전투를 벌이는 건 별로 경험이 없다며 전투가 벌어지기 전에는 작전 회의에 거의 참견하지 않았던 레우스지만, 지금은 부대를 이끄는 것이 당연하다는 것처럼 모두가 그의 뒷모습에 끌리고 있었다.

검술 실력만으로는 결코 도달할 수 없는 신뢰나 실적 같은 다양한 요소가 한데 얽혀 사람들을 끌어당긴다……. 그런 부대를 이끄는 장수로서의 빛을 레우스는 내뿜고 있었다.

그리고 보니 레우스의 아버지와 할아버지는 마을의 우두머리였다고 그에게 들은 적이 있다. 2대에 걸쳐서 그랬으니 레우스에게 그런 재능이 있더라도 이상할 건 없을지도 모르겠다. 질투할 생각도 들지 않는 눈부신 성장이었지만, 다시 볼 정도로 성장한 건 그뿐만이 아니었다.

""오른쪽이다!""

레우스를 보고 줄리아 님도 스승님의 의도를 이해하기 시작한 건지 어느새 두 사람의 목소리가 겹쳐지기 시작했고, 거의 동시에 말을 달리는 방향을 바꾸게 되었다.

그럼에도 줄리아 님은 레우스보다 앞으로 나가려 하지 않고 어느 정도 거리를 유지하며 함께 검을 휘두르고 있었다. 그 광경은 그야말로 둘이서 하나라는 말을 체현하는 듯한 모습이었다.

"정말 호흡이 잘 맞는 사람끼리 뭉치면, 2인분을 뛰어넘는 힘을 발휘하는구나."

"흥…… 중간에 교대할 생각이었는데, 저러면 끼어들 여지가 없잖아."

두 사람의 엄청난 모습에 자신의 능력 부족을 한탄하고 있는 키스도 본인은 눈치채지 못한 것 같지만 마찬가지로 크게 성장한 것 같다.

호전적인 성격이긴 하지만, 아비트레이의 왕자로서 사람들을 지키기 위해 항상 최전선에서 터무니없는 짓만 하던 그가 두 사람을 방해하지 않게끔 물러선 것뿐만이 아니라 언제든 원호해 줄 수 있는 거리를 자연스럽게 유지하고 있으니까.

물론 키스와 마찬가지로 나도 할 수만 있다면 두 사람과 나란히 서서 싸우고 싶다. 하지만 확실히 말해 지금 내 실력으로는 부족하고, 억지로 끼어들어봤자 방해만 될 것이다. 내 미숙함이 분하긴 하지만, 지금의 내게도 할 수 있는 일은 충분히 있다.

주위를 둘러보다가 오른쪽 끝에 있는 부대를 확인한 나는 근처에 있던 각 부대장들과 전령에게 지시를 내렸다.

"2번대의 부담이 큰 것 같습니다. 서둘러 교대해주세요!"

"알겠소!"

"3번대 여러분, 준비되셨나요?"

"이제야 나설 차례가 온 겁니까. 저희는 언제든 갈 수 있습니다!"

"알겠습니다. 그럼 제2부대, 후퇴해 주세요! 제3부대, 앞으로!"

다른 나라 사람인데도 불구하고 내게 지휘권 일부를 맡겨준 줄리아 님과 모두를 위해, 그리고…… 장래의 매제가 될 레우스를 위해서라도 온 힘을 다할 것이다.

"줄리아, 아직 싸울 수 있지?"

"물론이다! 레우스와 검무를 펼치는 건 한없이 할 수 있지!"

그러니까…… 너희는 앞만 보고 뛰어라.

두 사람이 계속 빛나는 한 우리는 한없이 쫓아갈 테고, 그 뒤를 계속 지킬 테니까.

──── 세미피아 (중앙 부대) ────

생도르의 운명을 걸고 벌이는 싸움이 시작된 와중에 나는 중앙 부대의 중심에 있는 망루 위에 있었다.

마차를 개조해서 만든 그 망루는 이동이 가능해서 이걸 타고 있으면 어디에서나 전장을 내려다볼 수 있으니 정말 편리하단 말이지. 나름대로 높게 만들었기에 발치가 때때로 흔들리는 게 문제이긴 하지만, 어느 정도 타다 보면 익숙해지겠지.

그 망루에는 나 말고도 이 부대의 총대장인 생제르와 중앙 부대의 사기를 한몸에 맡고 있는 카이엔도 타고 있었고, 두 사람은 전진하기 시작한 각 부대를 진지한 표정으로 지켜보는 중이었다.

"드디어 시작되었구나. 그런데 두 사람은 정말 여기 있어도 되겠어? 최전선에서 멀리 떨어져 있긴 하지만 안심할 수는 없는 거리인데."

"지금은 어디에 있으나 마찬가지잖아? 그리고 녀석이 온 이상, 제일 뒤에서 한심하게 웅크리고 웅크리고 있을 수는 없지."

"믿음직스럽긴 하지만 아랫사람들을 곤란하게 만드는 총대장이네. 당신은 그래도 상관없겠지만, 총지휘관인 당신까지 여기에 있을 필요는 없지 않아?"

"전체를 보고 판단하는 게 지휘관이긴 합니다만, 앞으로 나서서 전장의 분위기를 몸소 느끼는 것도 때로는 필요한 법입니다."

실제로 후방 방벽 위에 있는 게 더 안전할 테고 이 망루보다 높으니 전장을 둘러보기에도 충분할 텐데, 그도 레우스처럼 직감 같은 걸 중요하게 생각하는 사람인 모양이네.

그런데 카이엔 같은 경우에는 다른 이유도 있는 것 같다. 자기가 알고 있는 걸 일부러 소리 내어 말하는 경우가 몇 번 있는 걸 보니 다음에 왕이 될 생제르에게 이것저것 가르쳐주기 위해서인 것 같다.

왠지 시리우스 같다고 생각하면서 마음속으로 쓴웃음을 짓고 있자니 어떤 부대보다 빠르게 움직인 시리우스와 호쿠토가 마물들에게 공격을 시작하고 있었다.

"오오…… 대단하다는 이야기는 들었지만 저건 예상을 뛰어넘었군. 백랑은 저런 상급 마법에 필적하는 불꽃을 다룰 수 있는 건가?"

"대단하긴 하지만, 저건 호쿠토가 너무 특수한 거야."

커다란 불꽃의 파도로 변신해 창을 겨누고 있는 마물들을 차례차례 태워 없애는 호쿠토의 엄청난 모습을 본 생제르가 깜짝 놀라고 있었다.

돌격 시에 거슬릴 창 부대가 사라진 것을 확인한 카이엔은 중앙 부대의 최전선을 날카로운 시선으로 보며 중얼거렸다.

"이제 포르트 쪽의 부담이 줄어들었겠지요. 피아 공, 준비는 되셨습니까?"

"그래, 이미 발동시켰어."

"알겠습니다. 모든 부대, 계속 전진하라!"

적의 숫자를 줄인 건 좋지만, 저렇게 강한 불꽃을 써댔으니 한동안 다가갈 수 없을 정도로 뜨거운 열기가 남겠지. 아마 그냥 서 있기만 해도 목에 화상을 입을 정도로.

하지만 내가 마법으로 바람을 몰아쳐서 열기를 날려주면 아군이 저곳을 통과할 때쯤에는 식을 것이다. 하는 김에 몰아친 열풍으로 마물들을 공격할 수도 있으니 가끔 시리우스가 말하는 일석이조일 거야.

그 열풍으로 인해 마물들이 쓰러지기 시작하고 에밀리아와 레우스가 있는 양익이 적진으로 돌입해서 날뛰기 시작했을 무렵, 천천히 전진하던 중앙 부대도 드디어 마물들과 부딪혔다.

지평선까지 뻗은 마물 무리를 봤을 땐 마음이 꺾일 만도 하지만…….

"흐으읍!"

"하아아아아아아아앗———!"

거대한 도끼를 한 번 휘두를 때마다 대량의 마물을 날려버리는 수왕의 호쾌한 모습과, 자기 키와 비슷할 정도로 거대한 방패로 모든 공격을 막아내고 창으로 반격해 마물의 몸에 차례차례 바람구멍을 뚫어나가는 포르트의 활약. 그로 인해 부대의 사기는 떨어지기는커녕 오히려 올라간 것 같네.

수왕의 실력은 저번에 아비트레이 성에서 봤으니 알고 있긴 했는데, 포르트 역시 그 못지않은 실력자로 보인다.

자신보다 몇 배나 더 큰 오우거의 주먹을 정면으로 가볍게 받아내고는 그 오우거를 창으로 찌른 채 휘둘러서 주위의 마물까지 휩쓸고 있으니까.

예전에 시리우스는 어떤 작전 때문에 포르트를 포획하려 했다.

여러 겹으로 설치한 함정을 이용해 포획에 성공하긴 했지만, 시리우스는 그때 이렇게 말했지. 만약에 포르트가 호신용 검이 아니라 애용하는 무기를 사용했다면 절대로 사로잡지 못했을지도 모른다고…….

"장군이라 할 만하네. 레우스가 싸워보고 싶어할 만하겠어."

"보좌 역할도 싫어하진 않지만, 원래는 싸움 쪽이 특기인 남자니까요. 최근에는 울분이 쌓여 있는 것 같았으니 힘을 마구 발휘하는 모양입니다."

카이엔은 이런 상황에도 가벼운 말투지만, 그의 지시는 전부 예리하고 정확하구나.

대군들끼리 전투를 벌이게 되면 곳곳에서 예상치 못한 움직임이 발생할 텐데, 모든 부대를 효율적으로 움직여서 차례차례 성과를 내고 있으니까.

"포르트 부대, 방패의 진! 수왕 부대가 돌아서 파고들게 하라!"

예를 들어 간단히 무너뜨리기 힘든 중형 마물들이 뭉쳐있을 경우, 포르트가 있는 부대가 견고하게 수비하며 발목을 잡고, 그 좌우로 전진한 수왕의 부대가 측면을 찌르는 것과 동시에 포르트의 부대가 공격에 나선다……. 다시 말해 협공을 통해 단숨에 섬멸하고 있다.

물론 수왕과 포르트의 부대가 강하다는 것도 있다. 그래도 아군의 피해를 최소한으로 줄이고 상대방에게는 최대한의 피해를 입힌다는, 말로 하면 간단하지만 제일 힘든 일을 차례차례 해나가고 있으니 대단하다.

생도르 사람들이 그에게 의존하는 것도 이해가 된다고 생각하고 있자니 내 시선을 눈치챈 카이엔이 전장을 바라보며 중얼거렸다.

"흐음…… 이미 늙은 몸입니다만, 당신 같은 미인의 뜨거운 시선을 받으니 견딜 수가 없군요."

"어머, 빈말을 할 수 있는 여유도 있나 보네. 딱히 다른 의도가 있는 게 아니라 생도르의 지휘관이 믿음직스럽다고 생각했을 뿐이야."

"아뇨, 아뇨. 모두가 기대 이상의 움직임을 보여주고 있으니 제 지시가 먹히는 겁니다. 그리고 보십시오. 좌익은 줄리아 님뿐만이 아니라 레우스 공이 이끌고 있으니 실질적으로 양익을 움직이고 있는 건 당신의 동료로군요."

그때 다른 지시를 마친 카이엔은 곧바로 옆에서 전장을 진지한 표정으로 바라보고 있던 생제르에게 가르쳐주듯 입을 열었다.

"생제르 님. 보시는 대로 시리우스 공이 전장을 교란하며 빈틈을 만들고 그곳을 좌우의 부대가 정확하게 노리고 있습니다만, 어떤 의미인지 이해하시겠습니까?"

"그, 그래. 너처럼 완벽하게 이해하진 못했지만 터무니없이 어려운 일을 해내고 있다는 건 알겠어."

"그걸 이해하셨다면 지금은 충분합니다. 애초에 부대들의 연계는 까다롭고, 특히 이번 같은 대규모 부대일 경우에는 난도가 훨씬 올라갈 겁니다. 하지만 지금 전선에서 싸우고 있는 그들의 연계는 그야말로 완벽하다 할 수 있을 정도로 훌륭합니다. 멀리 떨어져 있는데도 마치 혼이 이어져 있는 듯한 일체감은 멋지다는 말밖에 나오지 않는군요."

그야, 저 아이들하고 시리우스는 어렸을 때부터 함께 자란 가족이니까. 혼이 이어져 있다 하더라도 이상할 건 없지.

"그러니 설명해줘도 할 수 있는 건 아니고, 지금의 저는 해내지 못할 겁니다."

"아니, 말로는 못 한다고 하면서 말이야. 너도 저 녀석들의 움직임에 맞춰주고 있잖아. 양익 쪽으로 원호나 보충병을 보내고 있는 건 네가 저 연계를 이해하고 있기 때문 아닌가?"

"그건 제가 맡고 있는 중앙 부대의 진군 속도가 느리기에 후방에서 전체적인 움직임을 확실하게 볼 수 있기 때문입니다. 저런 적진 안에서 싸우면서 그럴 수는……."

"겸손한 태도를 보이고 있긴 한데, 이런 상황에서 각 부대에 정확한 지시를 내릴 수 있는 시점에서 충분하고도 남을 것 같거든?"

"후후, 괜히 오래 산 건 아닙니다. 뭐, 엘프인 피아 공이 보기
에는 저도 아직 애송이일지도 모르지만요."

중요한 것은 오래 사는 것이 아니라 얼마나 좋은 경험을 쌓았
는지겠지만, 카이엔은 양쪽 다 만족시켰으니 강한 거겠지.

그 이후로도 모두와 카이엔은 순조롭게 진격해 나갔고, 들어
오는 보고는 좋은 소식뿐이었다.

"보고! 하이드 부대가 지정된 목표의 격파에 성공. 손해는 경
미합니다!"

"로이 부대의 전력 소모도 예상보다 적습니다! 계속 전투를
벌이는 중!"

"베리스 부대로부터 전령! 적진에서 거대한 키메라를 토벌하
였다고 합니다!"

"……순조로운 모양이네. 솔직히 말해서 저렇게 많은 대규모
마물 무리 상대로 이렇게까지 잘 풀릴 줄은 몰랐어."

"분명 숫자의 차이는 압도적이고, 우리처럼 진형까지 구사하
며 공격해 오는 건 위협적이라 할 수 있습니다. 하지만 마물이
사람을 모방하고 있기에 약점을 찾아내기도 쉬운 거지요."

그렇기 때문에 카이엔도 예측하기가 쉽고, 시리우스가 교란하
는 게 큰 의미를 지닌다는 거구나.

하지만 안심하기는 아직 이르다. 숫자의 폭력에 맞서 우리는
특출난 힘을 지닌 정예들과 연계를 이용해 겨우 승부에 나선 것

뿐이니 당장 순조롭다고 해도 방심할 수는 없다. 무엇보다 막대한 마물들뿐만이 아니라 가장 경계해야 할 상대가 아직 건재하니까.

나와 똑같은 생각을 하고 있었는지 그 남자가 있을 것 같은 장소를 바라보고 있던 생제르가 중얼거렸다.

"그 녀석…… 무슨 생각을 하고 있는 거지? 당하기만 하는 건 말이 안 되잖아."

"역시 눈치채셨습니까. 그렇습니다, 분명히 작전이 너무 잘 풀리고 있습니다. 그만큼 생도르 내부에서 책략을 구사하던 자가 이런 상황인데도 여전히 잠자코 지켜본다는 게 있을 수 없는 일입니다."

시리우스는 숫자의 폭력으로 공격하는 거라면 모든 마물을 본능에 따라 부딪히게 하는 게 제일 효과적일 거라고 했다.

생도르를 공포로 몰아넣기 위해 느긋하게 공격할 생각이라고는 해도 이렇게까지 일방적으로 당했으니 뭔가 행동을 보일 텐데.

"대충 예상되는 것으로는 아군이 생각보다 더 거세게 공격했으니 대책을 검토 중이거나 다른 책략이 있다…… 정도겠지요."

"쳇, 그 녀석이라면 분명히 뭔가 꿍꿍이가 있을 거야. 카이엔, 부대의 진군 속도를 약간 늦추고 잠깐 상황을 살펴보는 건 어때?"

"나쁘진 않습니다만, 한동안은 그대로 계속 전진하도록 하지요. 양익보다 너무 뒤처지면 여차할 때 대처할 수가 없습니다."

"윽…… 그렇군. 쓸데없이 참견해서 미안하다. 젠장…… 마물을 무시할 순 없으니 계속 휘둘리기만 하잖아."

"네, 시리우스 공도 그 사실은 이해하고 있을 겁니다. 그분은 좀 전부터 탐색하는 듯한 모습을 보이고 계시니, 무언가를 찾아내려 하시는 건지도 모르겠군요."

그 이야기를 듣고 시리우스의 움직임에 주목해보니 교란하는 것치고는 묘하게 안쪽으로 크게 파고들 때가 몇 번 있었다. 마치 덤비라는 듯한 움직임…… 다시 말해 미끼 역할을 맡으려 하는 거구나. 정말, 너무 열심히 싸우잖아. 돌아오면 잔소리를 해줄 거야.

"저도 계속 경계하긴 하겠습니다만, 생제르 님께서도 뭔가 눈치채시면 사양하지 마시고 말씀해주십시오."

"실전 경험이 거의 없는 내 생각 같은 건 방해만 될 테고, 방금 냈던 의견도 기각당했잖아. 나보고 뭘 눈치채라는 건데?"

"그 남자와 함께 지낸 시간은 당신이 제일 길 텐데요. 그리고 내용에 대해서는 저도 검토할 테니 겁내지 마시고 말씀하십시오. 당신의 아버님께서도 이런 실전을 통해 성장하셨으니."

"윽?!"

본인 앞에서는 그런 모습을 보이지 않지만, 아버지를 진심으로 존경하는 생제르이기에 그 말이 잘 먹힌 모양이었다. 대답하지 않고 조용히 고개를 끄덕인 생제르는 행동으로 나타내겠다는 듯이 다시 전장을 바라보고 있었다.

술친구가 이렇게 열심히 하려 하니 나도 질 수는 없지. 다른 사람들도 열심히 싸우고 있어서 얼른 나설 차례가 왔으면 좋겠다고 생각했을 때쯤…… 드디어 신호가 왔다.

『피아. 정면, 약간 좌익 쪽이야.』

"그래, 보여. 뒷일은 맡겨줘."

'콜'로 시리우스의 목소리를 듣고 돌아보니 적진 한복판에서 '라이트'의 빛이 솟구쳤다.

그곳을 중심으로 주변을 살펴보자 덩치가 큰 마물들에게 둘러싸인 키메라의 모습이 보였기에 나는 성수의 가지로 만들어진 활…… 아르셰리온을 겨누었다.

"그렇구나, 저 위치는 나한테 딱 맞긴 하겠어."

곧바로 아르셰리온으로부터 만들어진 화살을 당겼다. 그제야 저 키메라를 내게 맡긴 이유도 알 수 있었다. 양익에서 미묘하게 떨어져 있는 위치일 뿐만이 아니라 마물들이 밀집해 있어서 수비가 견고하니, 시리우스가 지나치며 해치우려면 좀 골치가 아프겠지.

"드디어 나서시는군요. 그런데 사격 각도가 꽤 얕은 것 같습니다만, 제대로 닿을까요?"

"너무 높게 쏘면 하늘에 있는 마물이 맞으니까. 뭐, 보고 있어."

시리우스의 마법과는 다르긴 하지만, 멀리 있는 상대를 노리는 훈련은 게을리하지 않았거든.

뭐, 나 같은 경우에는 바람의 정령들에게 부탁해서 화살의 궤도를 조작할 수도 있으니까 그렇게까지 정확하게 노릴 필요는 없는데 말이지. 그래도 제대로 조준하지 않으면 정령들의 부담이 커지니까 너무 게으름을 피울 수는 없다.

마지막으로 미세한 조정을 마친 다음 화살을 날리려 했을 때,

갑자기 활을 통해 어떤 감각이 느껴졌다.

그래…… 눈치챘구나. 당신의 존엄성을 빼앗은 것뿐만 아니라 혼까지 더럽힌 적이 이 전장에 있다는 사실을.

"그래도 괜찮아. 초조해하지 않아도 반드시 때가 올 거야. 그러니까 지금은 얌전히 내 말을 들어줘."

아르셰리온 안에 흡수된 이름 없는 엘프가 차분해지자 나는 숨을 잠시 멈춘 다음 화살을 날렸다.

원래라면 완전히 사정거리 밖이지만, 아르셰리온의 능력과 바람의 정령으로 인해 계속 날아간 화살은 조준한 대로 키메라의 몸에 박혔다.

하지만 목표인 키메라는 중형 마물과 비슷한 크기였기에 내 화살에 맞더라도 작은 바늘에 찔린 거나 마찬가지겠지. 원래는 눈 같은 급소를 노려야 할지도 모르겠지만, 이 활이라면 몸에 박히기만 해도 충분해.

"성수님의 마력은 어때?"

박힌 화살을 통해 아르셰리온의 마력이 흘러든 것과 동시에 키메라가 힘없이 쓰러져서 완전히 침묵했다.

다양한 마물의 시체를 이어붙인 키메라는 마법진으로 움직이고 있는 것 같으니 그것을 화살의 마력으로 파괴하면 당연히 움직이지 못하게 되겠지. 이렇게 말하면 좀 그렇지만, 키메라에게 성수 님의 마력은 최고의 독이나 마찬가지다.

내 화살을 지켜보고 있었는지 목표를 해치운 것을 확인한 카이엔은 만족스러운 듯이 미소를 지었고, 생제르는 입을 떡 벌리고 있었다.

"훌륭하십니다. 마물의 진형이 흐트러지기 시작했으니 곧바로 저 지점으로 포르트를 보내도록 하지요."

"저, 저게 뭐야? 우리 쪽 궁술의 달인보다 훨씬 뛰어난 솜씨잖아."

"나 같은 경우에는 이 활하고 마법 덕분이니까 다른 궁수하고 비교하지 않는 게 좋을 거야."

방금 내가 한 것처럼 멀리 있는 표적을 쏴서 맞춰나가는 사람을 시리우스의 말로는 스나이퍼(저격수)라고 부르는 모양이다. 참고로 이 단어는 어감이 꽤 마음에 들었기에 앞으로 그렇게 자칭하고 다닐까 생각 중이다.

『피아, 한 마리 더 부탁해.』

"알겠어. 이쪽은 신경 쓰지 말고 팍팍 알려줘!"

응…… 배에 부담도 거의 안 되는 것 같으니 문제없이 모두와 함께 싸울 수 있다.

하지만 결코 무리하지 않게끔 조심해야지. 지금 나는 가족이 될 새로운 생명도 품고 있으니까.

"부탁할게, 당신들."

바람의 정령들과 아르셰리온. 그리고 이름 없는 엘프에게 말을 걸면서 나는 다음 화살을 시위에 매겼다.

《시종으로서의 오기》

─── 베이올프 (우익 부대) ───

"할아버지를 왼쪽으로 이동시킬게요!"

"알겠소. 제5, 제6부대를 전면으로 밀어붙여라!"

"제4궁수부대, 제5마법부대, 사격 준비! 강검 반대쪽으로 일제히 때려 넣는다!"

스승님과 호쿠토 씨의 의도를 파악하고 라이오르 씨를 교묘하게 유도하는 에밀리아 씨. 그리고 그에 맞춰 부대를 움직이는 부대장분들의 활약으로 인해 우리 우익 부대는 더욱 적진 깊숙이 치고 들어갔습니다.

하지만 아무리 뛰어난 사람들이 모여있다 하더라도 적은 무한에 가까운 마물들입니다.

척 보기에는 순조로운 것 같지만, 긴장으로 인해 방심하거나 마물의 맹공을 견뎌내지 못하고 부대가 무너질 뻔한 적이 여러 번 있었습니다.

그럴 때마다 서로 도우며 겨우 헤쳐나가고 있었지만, 이번에는 위험할 것 같네요.

"크윽?! 이 녀석들, 갑자기 움직임이…… 끄악!"

"측면이 뚫린다! 조심해!"

"원호다! 멈춰 서있지 마!"

방심이나 피로로 인해 길게 늘어서 있던 부분을 적이 노렸고, 부대가 분단될 위기에 처한 것입니다.

그곳에는 부상자도 있었기에 적의 맹공에 맞서기 힘들었고, 만약에 완전히 분단되어버리면 피해가 막대해질 것입니다. 상황에 따라서는 본격적으로 태세를 바로잡을 필요가 생길 것이고, 중앙 부대와 합류하는 것까지 염두에 두어야만 합니다. 더이상 피해가 확대되지 않게끔 원호하러 나설 생각이었지만 에밀리아 씨가 저를 말렸습니다.

"기다리세요, 베이올프. 원호는 필요 없어요."

"그래도, 저걸 내버려 둘 수는 없잖습니까!"

"문제없어요. 금방 정리될 테니까요."

대체 무슨……. 제가 그렇게 말하기도 전에 다른 곳에서 싸우고 있는 줄 알았던 호쿠토 씨가 나타나 부대를 공격하던 마물들을 날려버리며 저희 옆을 지나쳤습니다.

그야말로 눈 깜짝할 새에 일어난 일이었는데, 그 덕분에 적의 맹공이 느슨해졌고 주위의 원호를 받으며 겨우 태세를 바로잡아 피해를 막을 수 있게 된 것 같습니다.

"8번 부대, 태세를 바로 잡았습니다! 피해를 입긴 했지만 이동에 지장은 없습니다."

"겨우 버텨낸 건가. 하지만 슬슬 후퇴도 염두에 두어야 할지 모르겠군."

"에밀리아 공. 강검 공의 피로도 신경 쓰이니 일단 중앙으로 물러나 전력을 가다듬어야 할 것 같소."

"아뇨, 할아버지는 아직 괜찮으시고, 보충도 이미 손을 썼을 겁니다."

에밀리아 씨의 말대로 아직 충분히 싸울 수 있으니 지금 당장 돌아갈 필요는 없습니다.

하지만 보급을 받을 수 있는 중앙으로 돌아갈 여력을 남겨두어야만 하니 너무 버티기만 하는 것도 바람직하지 못하다는 게 부대장들의 의견이었는데, 에밀리아 씨가 부정한 것과 동시에 전령 한 명이 우리 곁으로 다가왔습니다.

"모라 부대! 헨리 부대! 카이엔 공의 명령으로 원호하러 왔습니다. 우익 지휘하로 들어갑니다!"

"오오, 고맙군! 역시 카이엔 공이야."

"에밀리아 공도 훌륭히 예측했군. 좋아, 이제 아무런 걱정 없이 계속 전진할 수 있겠어."

"네. 할아버지를 따라가요!"

증원뿐만이 아니라 부상자를 데리고 돌아갈 호위 부대도 함께 왔기에 우익의 전력도 꽤 회복된 모양입니다.

그 이후로도 우리 부대는 몇 번이나 기습을 당하거나 허를 찔리기도 했지만, 에밀리아 씨의 재치와 다른 분들의 재빠른 대처로 인해 어떻게든 헤쳐나갈 수 있었습니다.

점점 움직임에서 보이는 버릇을 파악하기 시작한 건지, 측면의 기습을 완전히 막아낸 에밀리아 씨가 갑자기 중얼거렸습니다.

"……꽤 가까워진 것 같네요."

"네. 누가 기다리고 있는 걸까요?"

대규모 무리로 쳐들어온 마물들은 기본적으로 그냥 전진만 하거나 근처에 있는 상대를 습격하기만 했는데, 척 보기에도 지시를 받은 움직임이 늘어났으니까요.

다시 말해 자세한 지시를 내릴 수 있는 존재…… 마물을 조종하고 있다는 람다나 그의 동료가 근처에 있을 가능성이 크다는 겁니다. 하지만 여전히 그럴싸한 상대는 보이지 않았고, 앞에서 싸우고 있는 라이오르 씨도 여전히 신이 나서 계속 검을 휘두르고 있습니다.

전혀 피곤하지도 않아 보여서 사실 모르는 사이에 라이오르 씨가 그런 적을 베어버린 것 아닐까 하는 생각을 하고 있자니 갑자기 기분 나쁜 느낌이 제 몸을 스쳐 갔습니다.

이거…… 라이오르 씨가 무슨 짓을 저지르려 할 때와 마찬가지인가?

라이오르 씨가 딱히 수상쩍은 움직임을 보이진 않았지만, 과거의 경험을 통해 봤을 땐 무시할 수 없었습니다. 주위 사람들에게 조심하라고 전하려던 순간, 저와 마찬가지로 경계하고 있던 에밀리아 씨가 외쳤습니다.

"여러분, 방어하세요!"

"윽?! 알겠소이다. 방어 진형!"

"모든 부대, 굳건히 방어하라! 중장병, 서둘러라!"

이 싸움이 시작된 이후로 처음 초조한 모습을 보인 에밀리아 씨가 마력을 집중시키며 지시를 내린 순간, 라이오르 씨 약간 앞쪽 땅바닥에 빛의 선이 그어지기 시작했습니다.

빛의 선은 넓은 범위에 걸쳐 얽혔고, 너무나도 컸기에 그것이 마법진이라는 사실을 뒤늦게야 눈치챌 수 있었습니다. 평소에 보던 마법진보다 규모가 수십 배는 컸으니까요.

그 크기에 모두가 위험하다고 판단했고, 그 와중에 가장 먼저 움직인 에밀리아 씨가 풍속성 마법으로 방어하려 했지만⋯⋯ 결과적으로 방어할 필요는 없었습니다.

"잔재주 부리기ㄴㅇㅇㅇㅇㅇㅇㅇㅇㅇ은━━━!"

불꽃이 한순간 보이나 싶더니 라이오르 씨가 '충파'로 마법진과 함께 불꽃을 통째로 날려버렸기 때문입니다.

마법진의 크기로 보아 아마 상급 마법을 가볍게 뛰어넘는 위력이었을 텐데, 정말 터무니없는 사람이네요. 저 사람에게 통할 마법이 있긴 할까요?

어이가 없긴 하지만 덕분에 피해를 입지 않게 되었기에 우리가 안도의 한숨을 내쉬고 있자니 라이오르 씨는 화를 내며 소리치고 있었습니다.

"이놈⋯⋯ 에밀리아의 귀여운 얼굴을 더럽힐 셈이냐! 얼른 모습을 드러내거라!"

"모습을 드러내라니, 아직 뭔가 있는 건가?"

"보아하니 이미 당했을 것 같은데."

"보라고, 땅바닥까지 산산조각 났잖아."

소리치는 라이오르 씨를 보며 병사와 모험자 분들이 어이없다는 표정으로 중얼거리고 있습니다.

지형조차 바꿔놓을 정도로 강한 충격파였으니 휩쓸려서 당했더라도 이상할 게 없지만, 라이오르 씨는 여전히 자세를 잡고 있었습니다.

저 사람의 감각은 보통이 아니기에 에밀리아 씨와 저도 함께 경계했습니다. 그러다 갑자기 시야를 뒤덮고 있던 흙먼지가 풍속성 마법으로 쓸려나갔고, 그곳에는 온몸이 까맣게 물든 한 여자가 조용히 서 있었습니다.

"정말, 너무하네. 내 비장의 수를 이렇게 쉽게 날려버리다니."

"입 다물거라! 계집! 에밀리아를 노리다니…… 용서 못 한다!"

"딱히 에밀리아 양만 노린 건 아닌데 말이죠."

반사적으로 라이오르 씨에게 태클을 걸면서 상대인 여자를 관찰해보니 어느 정도 흙먼지가 묻긴 했지만 상처 같은 건 전혀 보이지 않았습니다.

그 충격파를 맞고도 아무렇지도 않다는 것도 놀랍지만, 그녀의 모습을 보니 이해가 되는 것 같기도 합니다. 그녀의 머리에는 용의 뿔로 보이는 게 세 개, 등에는 날개 네 장이 달려 있었고 온몸이 까만 비늘로 뒤덮여 있었으니까요.

사람이면서 용에 가까운 여자…… 다시 말해 저 여자가 람다의 부하인 루카라는 건가요.

우리의 우선 목표 중 한 명인 루카는 자신의 함정을 파괴한 라이오르 씨를 불쾌하다는 듯이 노려보고 있었습니다.

"용서하고 말고는 상관없어. 나는 람다 님의 명령으로 당신들을 모두 죽여야만 하니까 더 이상 방해하지 말아줄래?"

"흥, 할 수 있다면 해보거라. 한데 계집, 그 전에 말이다, 그

몹쓸 녀석은 어디 있지?"

"누구 말이야?"

"에밀리아에게 손을 대려 한 어리석은 자 말이다! 천장검인지 뭔지 으스대며 까불어댔다던데."

"천왕검이에요."

"응? 아, 혹시 히르간 말이야? 어딘가 주위에 있지 않을까?"

정보를 주지 않기 위해 둘러대는 것 같기도 하지만, 정말로 흥미가 없어 보이는 느낌이네요. 이야기를 해봤자 소용이 없다는 걸 깨달았는지 라이오르 씨가 더 이상 말하지 않고 검을 들어 올렸지만, 그와 동시에 루카가 등에 달린 날개를 크게 펼치며 하늘로 날아올랐습니다.

"당신의 힘은 인정할게. 하지만 그 검이 여기까지 닿을까?"

"으음?!"

그리고 검이 닿지 않는 높이에서 팔을 휘둘러 라이오르 씨를 향해 무언가를 날렸습니다. 수많이 날아든 그것을 라이오르 씨가 검으로 튕겨냈지만 그중 하나가 우리 앞에 떨어졌고, 루카가 날린 것이 자신의 까만 비늘이라는 걸 알 수 있었습니다.

"여러분, 저분은 비늘을 온몸으로 일제히 날리는 공격도 사용했었어요. 휘말리지 않게끔 조심해 주세요."

"알겠소이다!"

"방패가 없는 자들은 약간 물러나거나 중장병 뒤에 숨도록!"

갑옷도 쉽사리 관통할 것 같은 비늘이었기에 휘말리지 않게끔 수비에 신경 쓰며 우리는 계속 빈틈이 생길 때까지 살펴보고 있었습니다.

다행히도 루카는 라이오르 씨 한 명에게 집중하고 있었고, 라이오르 씨도 아무렇지도 않게 공격을 계속 막아내고 있었기에 우리는 차분히 공격 준비를 갖출 수 있었습니다.

"자랑하던 검은 어떻게 된 거야? 자, 나를 베어 보라고."

"잘도 지껄이는구나! 계집, 너야말로 내려와서 싸울 배짱도 없는 게냐!"

"있을 리가 없잖아?"

"……좋아, 적은 미지수다. 처음부터 온 힘을 다해 공격한다!"

"마법 부대! 쏴라! 궁병 부대도 공격하라!"

그리고 루카의 허를 찌르기 위해 부대장들이 호령을 내리자 병사들이 마법과 화살을 일제히 날렸습니다. 강적에 대비하여 마력을 아껴두었던 자들이 날린 상급 마법…… 거대한 불덩이와 암석이 차례차례 명중했고, 이어서 화살이 루카를 향해 비처럼 쏟아져 내렸습니다.

이 정도로 공격을 집중시켰으니 단숨에 해치울 수도 있겠지만, 상대는 라이오르 씨의 '충파'를 받고도 멀쩡했습니다. 방심하지 않고 추가 공격을 날리려 했으나 그러기 전에 마법으로 생겨난 폭풍 사이로 비늘이 이쪽으로 날아들었습니다.

"베이올프!"

"네!"

곧바로 에밀리아 씨와 제가 막았지만, 폭풍이 걷힌 곳에 있던 루카는 여전히 아무렇지도 않았습니다. 방금 그 공격으로 쓰러뜨릴 수 있을 거라 생각하진 않았어도, 그렇게까지 전혀 타격을 입히지 못했다니 놀라울 정도입니다. 게다가 비늘을 날린 뒤에도 상대방의 몸에 변화가 보이지 않는 걸 보면 그녀의 비늘이 재생되는 건지도 모르겠다며 에밀리아 씨가 중얼거리고 있었습니다.

비늘의 엄청난 재생 능력과 뛰어난 방어력을 가졌으며, 검사에게는 불리한 하늘을 날아다니는 상대.

그런 강적을 어떻게 공격해야 할지 고민하고 있을 때, 정신이 팔린 순간을 노리고 있었던 모양인지 라이오르 씨가 전선 기지에서 몇 번이나 날렸던 '강파일도'를 날렸습니다.

"이야아아아아아아아아압———!"

마력으로 칼날을 일시적으로 늘려 산처럼 거대한 마물조차 두 동강 낸 저 일격이라면 상대방이 하늘에 있더라도 닿을 것 같네요.

하지만 루카는 허를 찌른 그 일격을 날개를 퍼덕이며 아무렇지도 않게 피했습니다.

"안됐네. 아무리 빠르더라도 온다는 걸 알고 있다면 간단하거든."

놀라운 반응속도…… 아니, 설마 라이오르 씨의 기술을 알고 있었나?

그녀와는 처음 만났을 텐데, 회피하는 방식이 라이오르 씨의 '강파일도'를 알고 있어야만 가능한 움직임이었습니다.

거리가 충분히 멀긴 하지만 마력으로 뻗은 칼날이 그렇게 늦게 닿지는 않을 테고, 애초에 하늘에 있으면 검이 닿지 않을 거라 생각해서 판단이 늦어질 테니까요.

그런 상황에 놀라움을 감추지 못하고 있자니 루카는 우리가 위협이 되지 못한다고 판단한 모양입니다. 루카는 다시 라이오르 씨를 노리기 시작했고, 거기에 어떻게 대처할지 고민하자 냉정하게 상대방을 분석하고 있던 에밀리아 씨가 입을 열었습니다.

"전선 기지에서 벌인 전투를 관찰하고 있었을지도 모르겠네요. 도발에는 결코 넘어가지 않고, 상대방과의 상성을 고려해서 유리한 위치를 무너뜨리지 않은 채 계속 공격한다. 자신의 능력뿐만이 아니라 지략도 뛰어난 상대인 것 같네요."

"그럼 저도 원호하러 가겠습니다! 에밀리아 씨, 저 사람을 설득해 주세요."

휘두른 검이 빗나가자 항상 그랬듯이 오기가 생긴 모양입니다.

라이오르 씨가 아무도 나서지 말라는 듯이 기백을 뿜어내고 있었기에 에밀리아 씨를 통해 진정시킬 생각이었는데, 앞으로 나서려던 저를 그녀가 다시 말렸습니다.

"기다리세요. 제가 갈 테니 당신은 다른 분들과 함께 안쪽에 있는……."

에밀리아 씨는 그대로 어떻게 움직일 것인지에 대해 설명해 주었지만, 도저히 납득할 수 없는 내용이 한 가지 있었기에 저뿐만이 아니라 다른 부대장들도 따졌습니다.

왜냐하면 에밀리아 씨가 혼자서 루카를 상대하겠다고 했기 때문입니다.

"잠깐, 에밀리아 공이 갑자기 무슨 소릴 하는 거지?"

"우리의 공격이 통하지 않은 것 같긴 하다만 아직 시험해보지 않은 방법도 있을 텐데."

"루카를 격파하는 게 중요한 일이라 해도 한 명 상대로 시간을 너무 많이 허비하는 건 바람직하지 못합니다. 그러니 여러분께서는 안쪽에 있는 키메라를 우선시해주셨으면 합니다."

에밀리아 씨의 지적대로 라이오르 씨의 '충파'가 닿지 않은 쪽 너머에는 매우 존재감이 큰 거대한 마물이나 키메라가 여러 마리 보였습니다.

루카 주변에 있던 걸 보니 그녀가 이끌고 있는 특별한 마물인 모양입니다. 그렇기에 마물들의 통솔력이 강해져서 자세한 지시를 내릴 수 있게 되었고, 우리의 허를 찌를 수 있었던 거죠. 그런 상황을 보면 부대를 나누는 이유도 이해가 됩니다만, 그래도 혼자 싸울 필요 없이 라이오르 씨나 저와 협력하는 게 나을 것 같습니다.

필사적으로 그 사실을 전해봐도 에밀리아 씨는 냉정하게 상황에 대해 말할 뿐이었습니다.

"그럼 여기 공중전을 벌이실 수 있는 분이 계신가요? 실례가 되는 말씀일지도 모르겠지만, 저는 상대가 하늘에 있더라도 충분히 싸울 수 있습니다."

"그래도 원호 정도는 할 수 있을 텐데요!"

"그래, 마법으로 견제하며 빈틈을 만드는 것 정도는 우리도 할 수 있을 거다."

"이 전투는 루카를 쓰러뜨린다고 끝나는 게 아닙니다. 나중을 대비해서 아군의 피해를 줄이기 위해서라도 각자 적합한 전투를 벌여야겠죠."

분명 라이오르 씨가 질 것 같진 않지만, 이대로 가다간 시간이 오래 걸릴 것은 뻔합니다.

한편 에밀리아 씨는 풍속성 마법으로 높게 날 수 있을 뿐만이 아니라 어느 정도 이동도 할 수 있으니, 하늘을 날아다니는 적을 상대하는 것뿐만이 아니라 붙잡아 두는 역할에도 적합할 것입니다.

제노드라 씨 일행은 하늘에 있는 마물을 상대하는 것만으로도 벅찬 것 같고, 적재적소가 중요하다는 것도 이해가 됩니다만 그래도 에밀리아 씨만 두고 가기는…….

"그리고 제가 전투를 벌이게 되면 좀 거칠어질 것 같으니 여러분께서 근처에 계시면 휘말려버릴 거예요. 멀리 떨어져 주셔야 온 힘을 다해 싸울 수 있거든요."

"뭔가 비책이나 작전이 있는 겁니까?"

"네, 승산이 없다면 이런 말씀을 드리지 않았겠죠. 저는 붙잡아 두려는 게 아니라 쓰러뜨릴 생각이니까요."

"……알겠소이다."

"저쪽은 우리에게 맡겨주게. 끝난 뒤에는 각자 판단하여 움직이도록 하지."

자신만만하게 대답한 에밀리아 씨를 보고 부대장분들도 씁쓸한 표정을 지으며 받아들였습니다. 그만큼 에밀리아 씨를 믿고 있는 거겠지만, 부대로 움직이는 이상 비정한 선택도 받아들여야 한다는 판단이 있었겠죠.

저도 완전히 납득이 된 건 아니지만, 시리우스 씨의 제자인 그녀가 이런 거짓말을 할 것 같지는 않았기에 믿어볼 생각입니다.

"그럼 할아버지를 설득하고 올 테니 여러분은 언제든 움직이실 수 있게 준비해 주세요."

에밀리아 씨는 라이오르 씨의 힘을 가장 크게 발휘시키기 위해 노력하고 있구나.

믿음직스러운 미소를 보이며 라이오르 씨에게 다가가는 그녀의 뒷모습을 바라본 저는 질 수 없겠다며 새삼 각오를 다졌습니다.

———— 에밀리아 ————

"후후, 공격은 이제 끝났어?"

"으음……."

부대분들과 이야기를 마친 다음, 루카가 날리는 비늘을 계속 튕겨내고 있던 라이오르 할아버지의 뒤로 숨는 듯이 다가가자 할아버지가 정면을 바라보며 말을 걸었습니다.

"오, 에밀리아냐! 미안하다, 저 계집이라면 금방 베어버릴 테니 조금만 기다려다오!"

"아뇨, 저 여자는 제가 상대할 테니 할아버지는 다른 분들과 함께 건너편에 있는 마물을 부탁드릴게요."

"뭐라고?!"

예상했던 대로 할아버지는 믿기지 않는다는 듯이 고개만 돌려 저를 바라보았습니다. 그러면서도 날아드는 수많은 비늘을 아무렇지도 않게 막아내고 있는 걸 보니 정말 차원이 다른 분이라며 감탄했습니다.

곧바로 제 생각과 승산이 있다는 점을 간단히 설명했지만, 할아버지는 그럴 수 없다며 큰 소리로 외치기 시작했습니다.

"에잇, 안 된다! 안 된다! 내게 벨 테니 기다리고 있거라!"

"더 이상 할아버지가 방어에만 치중하는 모습을 보고 싶지 않아요. 그리고 할아버지가 휘두르는 검에는 저 여자가 아니라 더 어울리는 분이 있지 않나요?"

"음……."

"제 예상으로는 할아버지가 베고 싶어 하는 상대가 좌익 쪽이나 중앙 쪽에 있을 것 같아요."

적의 주력이자 람다의 한쪽 팔인 루카를 우익의 중심에 배치했다면 히르간은 그 반대쪽에 있거나 적 총대장을 호위하고 있을 가능성이 큽니다.

아무튼 나중에도 할아버지가 진짜 능력을 발휘하게끔 하려면 더 이상 루카를 상대하게 둘 수는 없습니다.

"그러니 안쪽에 있는 마물들을 쓰러뜨린 뒤에는 중앙이나 좌익 쪽을 향해 마음껏 나아가 주세요."

이 싸움이 시작된 이후로는 할아버지가 나아갈 방향을 제가 정하고 있었는데, 눈앞에 있는 루카와 안쪽에 있는 마물들을 쓰러뜨리면 우익 쪽 주력은 없어질 테니 앞으로는 할아버지의 독단으로 움직이더라도 문제는 없을 겁니다.

강한 상대를 향해 나아가는 본능만큼은 누구보다 강하신 분이니 그냥 내버려 두더라도 람다나 히르간을 향해 다가가시겠죠.

"저도 이쪽을 정리하는 대로 할아버지를 따라가겠어요. 거듭 부탁드리지만, 루카를 상대하는 역할을 제게 맡겨주실 수 없을까요?"

"……에밀리아는 저 계집과 싸워야만 하는 이유가 있는 게냐?"

"네. 매우 개인적인 이유지만요."

"좋다! 그렇다면 저 계집은 에밀리아에게 맡기도록 하마. 그래…… 이것이 그 녀석이 말했던 아이의 성장을 기뻐하는 마음인가…… 크윽!"

할아버지에게 저는 지켜야만 하는 존재이겠지만, 진지하게 제 마음을 전하면 분명히 알아주실 거라 생각했습니다.

평소에는 자신의 길만 나아가는 할아버지도 정말로 올곧은 마음을 부딪히면 확실하게 인정해주시는 분이니까요.

그렇게 감동의 눈물을 흘리고 있던 할아버지를 진정시킨 다음, 저는 마력을 집중시키며 기회를 엿보았습니다.

"…………지금이에요!"

"으음!"

공격한 뒤 생겨난 약간의 빈틈을 노리고 저는 '에어 샷'으로 견제하며 신호를 보냈습니다.

제 목소리와 동시에 할아버지가 안쪽에 있는 마물을 향해 뛰어가기 시작했고, 그에 맞춰 베이올프와 부대장분들이 이끄는 부대가 움직이기 시작했습니다. 제 의도를 눈치챈 루카는 비웃는 듯한 미소를 드리우며 날개를 펼쳤습니다.

"어머, 시시하네. 나를 베려는 거 아니었어?"

"전진해라! 전부 베어 넘기거라!"

"그래, 나를 무시한다는 거지. 그럼 사양하지 않고…… 응?"

"그러게 두진 않겠어요!"

저를 믿고 한 번도 돌아보지 않은 채 달려가는 할아버지를 뒤에서 루카가 노리려 했지만, 제가 곧바로 '에어 샷'을 날려 막았습니다.

그와 동시에 마법으로 상승기류를 만들어내 땅을 박차고 루카와 비슷한 높이까지 날아오른 다음 '에어 샷건'을 연달아 날리자, 루카도 더는 무시할 수 없다고 판단하고는 표적을 저로 바꾼 모양입니다.

"짜증 나네. 얼른 내 밑을 기어 다니기나 하라고!"

"됐네요. 다른 사람을 내려다보기만 하면 성장할 수가 없거든요?"

루카는 제 대답을 거의 듣지도 않고 비늘을 날렸지만, 저는 옆으로 크게 움직여 피했습니다.

하지만 그 움직임을 예측하고 있었는지 피한 곳으로도 비늘이 날아왔습니다. 저는 마력으로 만든 발판을 박차고 낙하하듯이 아래쪽으로 도망쳤습니다.

"어디로든 도망쳐봐! 움직임이 멈추면 끝장…… 응?!"

지상에 착지하는 틈을 노리고 있었던 모양인지 몸을 크게 비튼 루카가 일제 사격을 가하려는 움직임을 보이다 갑자기 멈췄습니다.

왜냐하면 지상으로 낙하하고 있던 제가 호를 그리듯이 상승하기 시작했고, 그녀와 마찬가지로 공중에 정지했기 때문입니다.

"호오…… 당신도 날 수 있구나. 그건 좀 놀랍네."

"이제 당신만 유리한 건 아니겠죠."

"그래서? 혹시 나와 대등하다고 할 생각이야?"

동요한 마음을 떨쳐낸 루카가 씨익 웃고는 두 팔을 펼치자 그녀의 온몸에 새겨진 마법진이 수상쩍은 빛을 뿜어내기 시작했습니다.

그러자 우리보다 더 높은 하늘 위에서 날아다니던 마물들이 차례차례 내려오기 시작했고, 루카를 중심으로 모여들기 시작했습니다.

하늘에 있던 마물들은 지금까지 지상의 부대를 거의 신경 쓰지도 않고 생도르를 지키고 있는 방벽을 향해 나아가기만 했는데, 이번엔 분명히 루카의 지시에 따라 불려온 것 같습니다.

"혼자서 덤벼든 용기는 칭찬해줄게. 하지만 안타깝게도 나는 당신을 대등하게 봐줄 생각이 없거든. 온 힘을 다해 가지고 놀다가 죽여주지."

"주인의 명령을 따르기 위해서는 긍지나 존엄 같은 건 상관없다는 건가요?"

"잘 알고 있네. 사투에 긍지 같은 게 무슨 도움이 된다는 거야?"

"……그렇긴 하죠. 저도 비겁하다는 말은 하지 않겠어요."

저도 시리우스 님을 위해서라면 오명을 뒤집어쓰는 데 망설임은 없고, 결과적으로 살아남지 못한다면 의미가 없다는 점도 이해하고 있습니다.

그러니 불평하지는 않겠지만, 수적으로 불리한 지금 같은 상황은 바람직하지 못합니다. 정정당당히 싸울 수 있을 거라는 생각은 하지 않았지만, 상대가 그럴 생각이라면……

"그러니 저도 온 힘을 다해 도전하도록 하겠어요. 그리고 한 가지 착각하고 계신 것 같은데, 당신과 싸우는 건 저 혼자가 아니거든요?"

"싸울 사람이 어디 있는데? 설마 아까 그 영감이나 아래쪽에서 뛰어다니는 녀석들에게 도움을 청할 생각이야?"

"아니에요. 함께 싸울 사람들은…… 제 가족이죠!"

제 말과 동시에 지상에서 대량의 물이 뿜어져 나와 루카 주위에 있던 마물들을 차례차례 지상으로 떨어뜨렸습니다.

마물을 덮치고 있는 것은 물 덩어리에서 날아온 주먹 크기의 물이지만, 엄청난 기세로 발사되었기에 위력이 바위와 별다른 차이가 없었습니다.

갑작스러운 공격으로 인해 루카가 깜짝 놀라고 있는 사이 물의 형태가 서서히 변하기 시작했고, 거대한 물 골렘이 되어 제 곁에 나란히 섰습니다.

"리스, 힘들 것 같으면 바로 보고하세요."

『나는 괜찮아. 주위는 맡겨줘!』

마도구를 통해 리스의 목소리가 들렸는데, 솔직히 말하자면 약간 걱정됩니다.

방벽 근처에 있으니 많이 위험하지는 않겠지만, 지금 그녀는 그곳에서 부상자들을 치료하며 물 골렘을 만들어내 저를 원호해주고 있으니까요.

여기까지 멀리 떨어져 있는 만큼 물 골렘을 조작하는 부담이 꽤 클 것입니다. 그럼에도 불구하고 저와 함께 싸워주는 리스를 든든하게 느끼며 저는 또 한 명의 가족에게 물었습니다.

"피아 씨, 한동안 부담이 늘어날 것 같은데, 잘 부탁드릴게요."

『알겠어. 사양하지 말고 해치워버리렴!』

중앙 부대에서 매우 먼 거리에 있는 마물을 활로 저격하고 있는 피아 씨의 힘도 빌렸습니다. 원래 제 마법으로는 높게 솟구칠 수는 있지만 하늘을 자유자재로 날거나 멈출 수는 없습니다.

하지만 예전에 우리가 싸웠던 불의 정령을 볼 수 있는 남자가 염랑의 힘을 증폭시켰던 것처럼, 저도 피아 씨에게서 바람의 정령의 힘을 빌림으로써 자유자재로 날 수 있게 된 겁니다.

물론 하늘을 나는 것뿐만이 아니라……

"이제 당신과 진정한 의미로 대등해요. '에어 샷'."

"그런 마법이 내게…… 꺄악?!"

마법의 위력도 몇 배나 강해졌습니다.

루카는 상급 마법을 맞고도 멀쩡했지만, 정령으로 인해 증폭된 제 마법은 그녀를 멀리 날려버릴 정도로 강한 위력을 보였습니다.

그래도 루카에게 부상을 입히지는 못했습니다. 그녀는 곧바로 자세를 바로잡고는 이쪽으로 돌아왔습니다.

"그래. 당신은 여러모로 조사해볼 가치가 있겠어."

"딱히 조사하지 않으셔도 가르쳐드릴 건데요? 단, 당신들의 힘에 대한 비밀을 가르쳐주신다면 말이죠."

"그 어설픈 교섭은 뭔데. 나를 바보 취급하는 거야?"

"그럴 생각은 없습니다만, 일단은 여쭤보는 게 나을 것 같아서요."

람다의 자세한 능력이나 그들이 사용하는 힘의 비밀이든 뭐든 상관없으니 정보를 모으고 싶었지만, 역시 그녀로부터 정보를 끌어내는 건 힘들 것 같네요.

주인이 상처를 입은 것만으로도 그렇게 강한 분노를 보여줄 정도로 충성심이 굳건하니 그녀는 결코 주인에게 불리한 말을 하지 않을 겁니다. 예상했던 대로 그녀와의 대화는 여기까지겠네요.

"그럼 시작해 볼까요. 당신의 연구는…… 여기서 끝내겠습니다!"

"흥미로운 대답이야. 그럼 해보라고."

루카가 짜증 난다는 듯이 저를 노려보며 네 장의 날개를 펼치자 몸 전체에 새겨진 마법진이 빛나기 시작했습니다. 지금부터가 진짜 실력……이라는 거겠죠. 저는 크게 심호흡을 하면서 애용하는 나이프를 겨누었습니다.

"자, 어떻게 나를 이길 건지 보여줘!"

원거리에서는 힘들 거라 생각한 건지, 루카는 접근전을 벌이기로 한 모양이었습니다.

하늘을 미끄러지듯이 다가온 루카는 기세를 살려 오른팔을 휘둘렀습니다.

그저 힘으로만 휘두른 공격이었기에 피하는 건 어렵지 않았지만, 그녀의 힘이 엄청났기에 헛손질을 할 때 발생한 풍압으로 인해 저는 피한 뒤에도 자세가 크게 무너져버렸습니다.

"날 수 있다고는 해도 실력은 별로인 모양이야!"

그녀의 말대로 저는 하늘을 나는 것에 익숙하지 않았기에 사실 나는 쪽에 집중력을 많이 쓰고 있습니다. 하지만 이럴 때일수록 냉정하게…… 겠죠.

추가 공격을 날리기 위해 루카가 왼팔을 휘둘렀지만, 저는 풍압을 거스르지 않고 흐름에 몸을 맡기듯이 그걸 피하는 것과 동시에 공중이라는 환경을 살리며 회전하여 루카의 배에 발차기를 먹였습니다.

마력으로 육체를 강화한 상태로도 제 발차기 정도로는 꿈쩍도 하지 않겠지만, 공격과 함께 발끝으로 '에어 임팩트'를 날리자 좀 전과 마찬가지로 루카가 멀리 날아갔습니다.

그런 다음 추가로 '에어 슬래시'를 날렸지만, 바위조차 절단하는 바람의 칼날을 맞았는데도 루카의 몸에는 생채기 하나 나지 않았습니다.

"예상했던 것 이상이군요. 그렇다면 다음은……."

시리우스 님께서 직접 전수해주신 발차기에다 강화된 '에어 슬래시'마저 통하지 않는 건가요? 결국 제 발차기는 상대방의 복부에 신발 자국을 남길 뿐이었지만, 방금 공방을 통해 이것저 것 알아낸 사실이 있습니다.

아무래도 루카 본인은 접근전……이라고 해야 하나, 자신이 직접 싸우는 것에 익숙하지 않은 것 같습니다.

공격은 크게 휘두르는 것뿐이고, 제 발차기에도 분명히 반응 이 늦었으니까요. 그녀는 주로 연구자나 지휘관으로 움직이는 스타일이고 자신이 직접 싸운 적은 별로 없었는지도 모르겠습 니다. 단, 그렇게 적은 전투 경험을 메꿔버릴 정도로 그녀의 방 어력은 매우 뛰어난 것 같습니다.

그렇기 때문에 그녀는 자신의 몸에 절대적인 자신감을 지니고 있고, 이렇게 저와 직접 싸우며 우직하다고도 할 수 있는 공격 을 해오고 있는 것이겠죠. 실제로 제 공격이 전혀 통하지도 않 았고요.

소용없다고 하면서 루카가 다시 덤벼들었지만, 역시 빈틈투성 이인 돌격이었기에 저는 상대방의 주의를 끌면서 리스에게 신 호를 보냈습니다.

그러자 하늘에 있던 마물들을 요격하고 있던 물 골렘이 주먹 을 휘둘러 측면에서 루카를 후려쳐서 지면으로 떨구었습니다.

『어때? 이야기한 대로 온 힘을 다해 때렸는데…….』

"……안 통하는 것 같네요."

리스가 만들어낸 골렘의 일격은 크기 덕분에 우리 일행 중에 서도 상당한 파괴력을 자랑하는데, 그것 또한 통하지 않는 것 같습니다.

그 사실을 증명하려는 것처럼 루카가 모습이 보이지 않게 될 정도로 땅속 깊게 파묻혔는데도 곧바로 튀어나와 제 앞으로 돌아왔으니까요.

"보아하니 숫자가 부족했던 모양이네. 그러니 좀 더 불러줄게!"

『또 왔어! 이렇게 된 이상 전부 해치워줄 거야!』

루카의 몸에 새겨진 마법진이 다시 빛나고 그녀 주위로 더 많은 마물들이 모여들기 시작했기에 리스의 골렘이 앞으로 나섰습니다.

골렘은 형태를 자유자재로 바꿀 수 있는 물의 특성을 살려 팔을 수많은 채찍으로 바꾸어 마물을 때리거나, 넓게 퍼져서 마물을 물속에 가두고 질식시키는 등 자유로운 움직임을 통해 새로 나타난 마물들에게 차례차례 대처해 나갔습니다.

하지만 마물의 숫자가 너무 많아서 좀 전처럼 원호를 기대하긴 힘들 것 같습니다.

"저거 봐, 내버려둬도 되는 거야? 저런 규모의 골렘을 움직이다가는 마력이 금방 바닥날 텐데."

"리스는 그렇게 허약한 여자가 아니에요."

불러들인 마물을 골렘 쪽으로 보낸 다음 루카는 다시 저에게 덤벼들었습니다. 여전히 힘으로만 주먹을 날려대고 있지만, 움직임이나 속도가 더욱 거세졌기에 전부 피하지 못하고 나이프로 막아야만 할 정도였습니다.

물론 그저 막기만 하면 나이프와 함께 제 몸까지 부서져 버릴 위력이었기에 칼날을 눕혀서 절묘한 힘 조절과 몸의 움직임으로 흘리는 등, 꽤 신경을 쓰는 작업이 필요했습니다.

그럼에도 불구하고 집중력을 계속 유지하며 공격을 쳐내고 발차기나 바람의 칼날을 몇 번이나 맞췄지만 역시 효과는 없어 보이네요.

"몇 번을 해봤자 소용없어! 슬슬 역부족이라는 걸 인정하는 게 어때?"

장기전은 불리하고 우리의 공격은 통하지 않습니다.

이미 완전히 궁지에 몰린 상황이긴 하지만, 포기하기는 아직 이릅니다.

저는 리스처럼 강력한 마법을 쓰지 못하고, 피아 씨처럼 강한 풍속성 마법을 쓰지 못하지만, 시리우스 님께 배운 것이 잔뜩 있습니다.

그분의 뒷모습을 누구보다 오랫동안 봐왔고, 그 경험을 제 양분으로 삼아왔습니다.

그것을 모두 써서 승리에 필요한 방법을 모색한 결과…… 희미하게나마 그녀를 쓰러뜨릴 방법이 떠오르긴 했지만, 아직 그때가 아닙니다.

그러니 그때가 올 것을 대비하며 저는 효과가 별로 없을 것을 알면서도 루카에게 가하는 공격을 늦추지 않았습니다.

――― 루카 ―――

이 은랑 아가씨…… 무슨 생각을 하고 있는 거지?

195

유일하게 내 육체에 상처를 입힐 수 있을 것 같던 강검을 먼저 보낸 것뿐만이 아니라 혼자 덤비다니, 믿기지 않는다.

잡아두는 데 전념하는 거라면 그런 선택지도 이해가 되겠지만, 저 은랑 아가씨의 눈은 그렇지 않다는 걸 확실하게 보여주고 있다.

저건…… 나를 쓰러뜨리려 하는 전사의 눈이다.

그래도 나와 싸우기에는 분명히 부족하다. 어지간한 졸개들보다는 실력이 좋을지도 모르겠지만, 람다 님께 받은 육체에 혼이 깃든 나를 상대하기에는 여러모로 부족하다.

그럼에도 불구하고 상대방의 저항은 멈추지 않았고, 이미 열 번 가까이 마법으로 날아가긴 했지만 슬슬 익숙해진 나는 마법을 맞으면서도 은랑 아가씨의 팔을 붙잡을 수 있었다.

"이제 겨우 잡았……."

"아직 멀었어요!"

곧바로 팔을 쥐어서 뭉개버리려는 순간, 은랑 아가씨가 재빨리 날린 마법으로 인해 내 팔이 억지로 떼어져 나갔고, 그다음에 날아든 마법으로 인해 나는 또다시 날아갔다.

수많은 바람의 돌멩이를 맞은 내 몸은 아프지 않았지만 은랑 아가씨는 내 손톱에 긁혔는지 흘러내린 피가 지상으로 떨어지기 시작했다.

살이 꽤 파여서 전투에 지장이 생길 정도인 부상인데…….

"휴우…… 고마워요, 리스. 네, 아직 싸울 수 있어요!"

근처에서 싸우고 있던 물 골렘이 곧바로 촉수를 뻗어 상처를

물로 뒤덮고는 은랑 아가씨의 상처를 회복시켜버렸다.

저 물 골렘, 내가 보낸 졸개들을 처리하면서도 짬짬이 은랑 아가씨를 원호해주거나 내가 마법을 날리면 은랑 아가씨를 몸 안으로 집어넣고 지켜주는 등, 정말 골치 아픈 존재다.

하지만 내게는 골렘보다 저 은랑 아가씨가 더 위협적으로 느껴진다.

전황을 냉정하게 바라보고, 임기응변으로 부대를 움직이는 뛰어난 지휘관이 혼자 덤비는 상황이니 나를 쓰러뜨릴 수 있는 방법을 지니고 있을 가능성이 크기 때문이다.

"이제 슬슬 승부에 나서는 게 어때? 당신 움직임도 익숙해지기 시작했으니 어떻게든 하지 않으면 진짜로 죽을 텐데."

"아뇨, 지금부터예요!"

저쪽에서 그 방법을 쓰기 전에 해치우고 싶은데, 전투 경험은 상대방이 더 많아서 그런지 이상할 정도로 끈질기게 버티고 있어서 장기전을 벌이게 되어버렸다.

하지만 장기전이라면 나도 바라던 바다. 싸움을 오래 끌수록 은랑 아가씨가 불리해질 테니 초조해할 필요도 없다.

강검도 우선적으로 쓰러뜨려야 할 적이지만, 저 은랑 아가씨를 확실하게 해치워야 한다고 판단한 나는 도발을 해대면서 차근차근 은랑 아가씨를 몰아붙였다.

중간에 불러들인 졸개를 골렘에게 보내던 나는 슬슬 세는 것도 귀찮아질 정도로 많이 맞은 은랑 아가씨의 마법에 약간의 변화가 생겼다는 걸 눈치챘다.

"위력이…… 강해졌어?"

저 은랑 아가씨가 날리는 풍속성 마법은 크게 나누어 두 종류.

숫자나 크기는 제각각 다르지만 농축시킨 바람으로 충격을 가하는 바람 구슬과, 바위조차 갈라버릴 수 있을 바람의 칼날이다.

양쪽 다 내 몸에 생채기 하나 입히지 못했었는데 좀 전부터 바람의 칼날로 인해 피부에 희미한 멍이 생기게 되었고, 충격에 익숙해진 내가 다시 날아가기 시작한 것이다.

위력이 올라갔다…… 아니, 다듬어졌다고 하는 게 정확할지도 모르겠다.

싸우면서 분석해보니 아무래도 은랑 아가씨가 사용하는 마법은 무언가의 힘을 빌리고 있는 듯한 느낌이었다.

전투 경험은 풍부하지만 왠지 힘을 주체하지 못하고 제대로 다루지 못하는 것처럼 이상한 부분이 느껴졌는데, 점점 그 느낌이 희미해지고 있다. 이런 상황에서 성장하다니, 대단하네.

하지만 당신만 성장하는 건 아니야.

"후후, 당신의 움직임도 슬슬 보이기 시작했고, 대충 짐작도 되네. 두세 번 정도 남은 건가?"

"크윽……."

은랑 아가씨처럼 가볍게 움직일 수 있는 건 아니지만, 관찰에 대해서는 람다 님 말고 다른 사람에게 질 생각은 없다.

상대방의 육체나 움직임의 특성을 이렇게 가까운 곳에서 계속 괜찮았으니 피하는 방향을 예측하는 것도 그리 어렵진 않다.

물론 실패해서 몇 번이나 반격당하긴 했지만, 아랑곳하지 않고 은랑 아가씨가 피할 방향…… 다시 말해 도망칠 길을 하나하나 박살 낸다.

이대로 계속하다보면 알고 있더라도 피할 수 없게끔 몰아붙여서 단숨에 해치울 수도 있을 테고, 중간에 힘이 바닥나서 상대방이 자멸할 것이다.

그리고 한 가지 더, 나는 저 은랑 아가씨가 노리는 걸 짐작하고 있었다.

좀 전부터 과감하게 공격해대는 은랑 아가씨의 공격은 전부 미끼일 것이다.

만약 저 은랑 아가씨가 필살의 일격을 가지고 있었다면 이미 썼을 것이다. 장기전이 불리하다는 사실은 알고 있을 테고, 내가 방심하는 것을 노릴 생각이라 해도 이렇게까지 궁지에 처했는데 아무것도 하지 않는 것은 너무나 어리석은 짓이다.

그리고 마법으로 몇 번이나 나를 날린 것은 거리를 벌리기 위해서가 아니라, 나를 정해진 곳으로 이동시킨 뒤 자신을 미끼로 삼아 바깥쪽에서의 기습을 꾀하고 있는 거다.

적당히 이동시키고 있는 것처럼 보이지만 우익 쪽에서 중앙 쪽으로 이동시키고 있는 점으로 보아…… 강검은 아니겠구나.

"골렘이 또 쓸쓸해 보이네. 친구들하고 좀 더 놀게 해줄게."

"리스, 버텨주세요!"

만에 하나를 대비해 물 골렘에게 졸개들을 더 떠넘겨서 움직임을 조금이라도 막아두게 한다.

자, 그 밖에 내 방어를 돌파할 수 있는 사람이라고 하면 중앙 부대에 있는 생도르의 영감 장군과 좌익에 있는 검술 바보 공주, 은랑 남자 정도밖에 없을 것이다. 하지만, 어디에 있던 공격이 가능한 존재가 딱 한 명 있다.

"위치는…… 좌익 쪽이구나."

저 은랑 아가씨의 주인은 화살이나 마법조차 닿지 않는 위치에 있는 중룡종을 쉽사리 꿰뚫는 마법을 날린다.

그렇기 때문에 연계를 통한 기습이라면 저 남자일 가능성이 가장 크다.

은랑 아가씨의 움직임과 호흡이 흐트러진 상태로 보아 한계가 가까운 것 같으니 슬슬 덤벼들 것이다.

그 순간을 결코 놓치지 않게끔 은랑 아가씨뿐만이 아니라 주위를 신경 쓰며 계속 공격하고 있을 때, 지금까지 당했던 것들 중 가장 강한 충격이 내 가슴 쪽을 덮쳤고 중앙 쪽을 향해 멀리 날아가게 되었다.

"가요! 리스!"

그와 동시에 은랑 아가씨가 오른손으로 쥐고 있던 나이프에 마력을 담으며 단숨에 달려들었다. 칼날이 늘어난 것처럼 보일 정도로 마력이 압축된 나이프와 은랑 아가씨의 기백은 정말 대단했고, 미끼 역할은커녕 자신의 공격으로 해치우려 하는 결사의 일격임을 느낄 수 있었다. 마물들에게 대처하는 것만으로도 벅찬 줄 알았던 골렘도 은랑 아가씨의 목소리를 듣고 뭔가 수상쩍은 움직임을 보이고 있었다.

흥…… 무슨 생각을 하고 있는 건지는 모르겠지만, 그 결사의 일격을 정면으로 당당하게 분쇄해주지!

"겨우 그 정도로!"

마력을 집중시켜 더욱 단단하게 만든 오른팔을 휘둘러 은랑 아가씨가 휘두른 나이프를 정면으로 후려쳤다.

주먹과 나이프가 부딪혔다고는 믿기 어려울 정도로 둔탁한 소리가 울려 퍼졌지만, 결과적으로 내 오른쪽 주먹은 멍이 드는 정도에 불과했다.

한편, 나이프는 칼날이 조각조각 깨졌고 은랑 아가씨가 분한 듯한 표정을 짓고 있었다. 하지만 그녀의 눈빛은 아직 죽지 않았다. 상대방은 불안정한 자세로도 반대쪽 손을 이쪽으로 뻗고 내 얼굴로 바람 덩어리를 날리며 소리쳤다.

"시리우스 님!"

역시 진짜 공격은 그쪽인가.

녀석의 위치로 보아 노리는 건 내 뒤쪽일 것이다.

은랑 아가씨도 공격을 늦출 생각이 없는 것 같으니 앞뒤로 동시에 공격당하면 버티기 힘들겠지만, 이미 예상하고 있었기에 대책도 생각해 두었다.

"모든 게 어설프다고!"

람다 님께 받은 이 육체는 그분이 오랫동안 해온 연구로 인해 생겨난 지식의 결정이기도 하다.

용조차 뛰어넘는 방어력과 곧바로 재생되는 비늘. 그리고 일반인은 도저히 이해할 수 없을 정도로 진화한 이 육체에는 람다 님의 의향에 따라 등에 제3의 눈과 마력을 감지하는 특수한 기관이 달려 있다.

평소에는 필요가 없기에 쓰지 않지만, 설마 이런 상황에서 도움이 될 줄이야. 그분의 혜안은 정말 훌륭하다.

아, 이왕이면 한계까지 끌어들인 다음 피해서 이 은랑 아가씨에게 맞추는 것도 나쁘지 않겠네.

주인의 공격에 죽는 거라면 만족할 거라며 나도 모르게 미소가 드리워지…….

"……응?"

뒤에서 공격이…… 안 날아와?

설마 방금 그 말은 속임수였나? 아니면 시간 차 공격?

예상이 빗나가버린 것 같긴 하지만, 그렇다면 눈앞에 있는 은랑 아가씨를 해치우면 된다. 물론 뒤쪽도 신경 쓰면서.

하지만 한순간 뒤쪽으로 의식이 쏠려 있는 사이 은랑 아가씨는 내 시야에서 사라졌다……. 아니, 지상으로 낙하하기 시작하고 있었다.

후후, 이제 하늘을 날아다닐 여력조차 없어진 모양이네.

그렇다면 확실하게 끝장내주지. 그런 생각으로 넓은 범위를 휩쓰는 마법을 사용하기 위해 마력을 집중시키기 시작했는데, 기습을 신경 쓰고 있었기 때문인지 그게 실수였다는 걸 뒤늦게서야 눈치채버렸다.

어느새 다른 나이프를 들고 있는 은랑 아가씨의 눈빛이……

아직 살아 있었던 것이다.

"쳇! 그 정도로 허를 찔렀다고 생각해?"

그리고 은랑 아가씨는 마치 공중을 박찬 것 같은 기세로 아래쪽에서 다시 내게 달려들었다.

준비 중인 마법으로는 제때 공격할 수 없기에 마력의 집중을 중단하느라 대처가 늦었지만, 좀 전에 가속했던 것과 비교하면 느리다. 늦지 않게 요격할 수 있을 거라 생각하고 오른팔을 휘둘렀으나 갑자기 옆쪽에서 뻗어온 물의 채찍이 그걸 쳐냈다. 골렘 녀석, 몰려든 졸개들에게 가려지게끔 촉수를 뻗고 있었구나!

아프진 않아도 기세가 완전히 죽어버렸기에 재빨리 반대쪽 팔로 마법을 날리려 했지만, 그때는 이미 은랑 아가씨가 코앞까지 다가온 뒤였다.

한 줄기 바람이 내 눈앞을 스쳐 지나갔고, 나보다 높게 날아오른 은랑족 아가씨는 나이프를 한 번 휘두른 기세를 살리며 이쪽을 내려다보았다.

품속으로 파고들게 한 건 오산이었지만, 예비 나이프 정도로는 내 육체를…….

"역시 이 송곳니는 막지 못한 모양이로군요."

"……송곳니?"

의미를 이해하지 못한 말을 나도 모르게 중얼거린 순간. 지금까지 모든 공격을 튕겨냈던 가슴팍이 찢어졌고, 나는 이 전장에서 처음으로 피를 흘렸다.

칼날이 짧은 나이프이기에 치명상을 입지는 않았지만, 상처를 보고 있자니 감정이 급격하게 흐트러지며…… 혼이 소리쳤다.

잘도…… 잘도…… 람다 님께 받은 육체를…… 용서 못 해!

"이…… 계집애가아아아아아아아아아아아아아아아———!"

이제 갈가리 찢어놓는 것만으로는 성이 차지 않아!

나는 상처에서 피가 뿜어져 나오는 것도 아랑곳하지 않고 추가 공격을 위해 나이프를 내지르려 하던 계집애를 향해 두 팔을 뻗었다.

"흔적도 남지 않게 소멸시켜주마!"

분노하며 내 모든 마력을 해방시키려 한 순간……. 갑자기 가슴에 충격이 느껴졌다.

그러자 용암과도 같았던 분노가 급격히 식었고, 내가 생각해도 신기할 정도로 천천히 아래쪽을 보니 내 가슴팍에 화살 하나가 깊게 박혀 있었다.

"……정확하게 명중했네요. 훌륭하세요, 피아 씨."

"크윽…… 이런…… 이런 자그마한 화살에 내가……."

내 몸은…… 람다 님의…… 결정인데…… 겨우 화살 한 발 따위에…….

"아뇨, 이제 끝입니다. 그리고 거리가 좀 멀리 떨어져 있으니 그 화살을 날린 피아 씨의 말을 제가 대신 전해드리죠."

어째서…… 빠지지 않는 거야……. 마치…… 큰 나무…….

"그 화살은 당신들이 욕보이고 존엄조차 빼앗은 엘프가 선사하는 거라고 하네요. 확실하게 맛봐주세요."

피아 씨에게 들은 말을 전하긴 했지만, 정작 루카는 그런 걸 신경 쓸 겨를이 없는지 가슴에 깊게 박힌 화살을 필사적으로 뽑아내려 하고 있었습니다.

하지만 그녀가 아무리 애를 써도 화살은 빠지기는커녕, 꿈쩍도 하지 않았습니다.

왜냐하면 저 화살은 루카의 마력을 흡수해 단숨에 뿌리를 내리고, 힘을 빼앗으며 화살 자체를 육체에 고정하고 있으니까요.

얕게 박혔다면 살점까지 통째로 뜯어내서 화살을 뽑아낼 수 있었을지도 모르겠지만, 상처를 통해 깊게 박혀서 뿌리를 내린 상태가 되었으니 이제 뽑는 건 불가능할 겁니다. 적어도 저것은 성수 님의 일부니까, 본인이 보기에는 몸에서 큰 나무가 자라난 것처럼 느끼고 있을지도 모르겠습니다.

한동안 루카가 계속 발버둥 쳤지만, 나중에는 날아다닐 힘도 유지하지 못하고 낙하하기 시작했기에 저도 그녀를 쫓아가듯 지상으로 내려왔습니다.

그러나 피로가 한계를 맞이했던 건지 저는 지면에 착지하자마자 다리에 힘이 풀려 쓰러졌습니다.

"크윽?! 허억…… 휴우……."

『괜찮아?! 아직 치료가 안 된 상처가 있었어?』

"아뇨, 좀 지쳤을 뿐이에요. 푹 쉬면 괜찮아지겠죠."

중간에 입었던 상처는 리스가 곧바로 치유해 주었지만, 잃은 피와 체력은 시간이 지나야만 회복되니 몸이 무거워서 어쩔 줄 모르겠습니다.

그리고 무겁기만 한 게 아니라 온몸 곳곳이 비명을 지르는 것처럼 아프네요.

피아 씨를 통해 정령의 힘을 빌리긴 했지만, 그 힘이 너무나도 강했기에 그냥 힘을 휘둘렀다면 제 몸이 망가질 것 같았습니다. 만약 온 힘을 다해 정령의 힘을 사용했다면 온몸에서 피를 내뿜으며 죽었을지도 모르겠습니다.

그렇기 때문에 전투 중에는 힘을 조정하는 데도 신경 쓸 필요가 있었고, 그 집중력이 바닥나기 전에 전투를 마칠 수는 있었지만 역시 육체는 버티지 못한 것 같네요.

『그래도 진짜 너무 무리했어. 적어도 물의 정령이었다면 나이아에게 부탁해서 부담을 좀 덜 수도 있었을 텐데.』

"어쩔 수 없죠. 제 적성은 풍속성이니까요."

정령을 볼 수 있고 이야기도 할 수 있는 리스와 피아 씨 같은 경우에는 마법으로 인한 부담을 정령이 거의 전부 떠맡아주는 것 같은데, 타인인 저에게는 그렇게까지 배려해주지 않습니다.

그럼에도 불구하고 제 몸이 멀쩡한 건 피아 씨가 정령을 잘 타일러준 덕분이기도 합니다.

그런 피아 씨뿐만이 아니라 리스도 열심히 싸워줬기에 저는 이길 수 있었습니다. 본진에서 부상자들을 치료하면서도 지금까지 저를 계속 원호해 준 리스에게는 아무리 감사해도 모자랄 정도입니다.

"리스가 저보다 더 무리했잖아요. 상대는 완전히 침묵했으니 이제 골렘을 물려주세요."

『그래도 아직 마물이…….』

"이제 충분해요. 지켜주셔서 고마워요."

『……알았어. 무슨 일이 생기면 바로 불러.』

목소리는 기운차 보이지만 그녀 또한 한계가 가까웠던 모양입니다.

루카가 부른 마물을 대충 정리한 골렘은 저를 격려하는 목소리와 동시에 무너졌고, 물은 눈 깜짝할 새에 땅바닥에 스며들어 사라졌습니다.

"이제 루카만 남았네요."

그 화살이 꽂힌 시점에서 승부는 결판이 났지만, 자신의 분신까지 만들어내는 람다의 동료이기에 방심할 수는 없습니다. 그녀를 마지막까지 지켜봐야 한다는 생각에 저는 움직이지 않게 된 그녀에게 다가갔습니다.

하지만 몇 발자국밖에 안 남은 거리인데도 의식이 몽롱해져서 그런지 몇 번이나 멈춰서게 되어서 좀처럼 도착하지 못했습니다.

분에 넘치는 힘을 썼기 때문이기도 하지만, 가장 큰 이유는 머리를 너무 혹사했기 때문일 것입니다.

"휴우…… 아직 그분처럼은 못하는 것 같네요."

시리우스 님께서 가르쳐주셨고 남몰래 훈련을 거듭하여 쓸 수 있게 된 기술…… '멀티 태스크(병렬사고)'.

동시에 여러 가지를 사고할 수 있어서 다른 분들과는 달리 특출한 힘을 지니지 못한 제게는 매우 고마운 기술이었습니다.

하지만 미숙한 제게는 반동이 컸고, 다치지도 않았는데 코피를 흘리거나 연습을 하다가 기절해버린 적이 몇 번이나 있습니다.

전투에 쓰기에는 아직 이르다는 걸 잘 알고 있었지만, 루카를 상대하려면 항상 먼저 예측하고 하늘을 나는 것에 집중하며 싸울 필요가 있었기에 사용할 수밖에 없었습니다.

"전생이라는 세계에서 시리우스 님께서는 얼마나 많은 경험을 쌓으셨던 걸까요?"

저는 아직 최대 세 개가 한계지만, 시리우스 님께서는 네 가지를 동시에 생각하시면서도 전혀 지친 모습을 보이시지 않습니다.

전투뿐만이 아니라 시종으로서도 이용 가치가 커지기 때문에 언젠가 저도 그런 경지에 도달할 것을 맹세하며 겨우 루카 앞까지 온 저는 드러누운 채 멍하니 하늘을 보고 있던 그녀에게 말을 걸었습니다.

"이제 저항하지는 않으시는 건가요?"

"……못 해. 다 알면서."

이미 달관한 것처럼 보이는 건 똑똑하기 때문에 이제 끝났다는 걸 깨달았기 때문일까요?

마력을 엄청난 기세로 빨아들여 성장한 나뭇가지가 화살로부터 뻗어 나오기 시작해 루카의 몸은 서서히 뒤덮여갔습니다. 그 와중에 그녀가 갑자기 분하다는 듯이 중얼거렸습니다.

"한심하네. 내가 이렇게까지…… 속다……니."

"네, 고생했어요. 당신은 정말 버거웠거든요."

상급 마법조차 생채기 하나 내지 못한 육체를 지닌 것뿐만이 아니라 단독으로 하늘을 날아다닐 수 있기에 상대할 수 있는 인원도 한정되어 있었으니까요.

게다가 그녀는 관찰력이 뛰어나서 적당한 작전은 금방 들킬 것 같았습니다. 그렇다고 해서 어설프게 몰아넣으면 뛰어난 방어력을 이용해서 억지로 돌파해버릴 가능성도 있었기에, 불의의 일격으로 확실하게 해치울 필요가 있었던 겁니다.

그 때문에 저는 현재 쓸 수 있는 수단을 총동원해서 여러 겹으로 함정을 팠습니다.

"그 나이프…… 대체 뭐야? 내 몸을 베다니……."

"용족의 우두머리께 받은 송곳니예요. 이게 통하지 않으면 시리우스 님의 힘을 빌릴 수밖에 없었겠죠."

우선 제가 미끼가 되어 외부에서의 기습을 기대하는 것처럼 행동한 뒤, 다시 아스라드 님의 송곳니로 만든 나이프를 쓴 제 공격을 진짜 공격이라 생각하게 만든 다음 외부에서 기습……. 간단히 말하자면 허의 허를 찌른 겁니다.

처음부터 이 나이프로 싸울 수도 있었겠지만, 인간의 몸을 버린 람다의 동료라면 심장이나 머리가 약점이라는 보장도 없기에 허를 찌르기 위한 무기로서 감춰두기로 했습니다. 갑자기 적의 공격이 통한다면 조금이나마 동요할 테니까요.

물론 시리우스 님의 원호도 염두에 두고 있었습니다만, 그건 진정한 의미로 최종 수단이었습니다. 그리고 전장을 뛰어다니느라 바쁘신 시리우스 님의 힘을 간단히 빌릴 수는 없었으니까요.

그렇게 천천히 계속 전진하고 있는 중앙 부대…… 다시 말해 피아 씨의 화살 사정거리 안에 들어갈 때까지 공격을 버텨내고, 시리우스 님의 기습을 노리는 것처럼 보일 위치로 날리느라 고생했지만 일이 잘 풀려서 정말 다행입니다.

하지만 승리했다고는 해도 지금은 그냥 기뻐하고만 있을 상황은 아닙니다.

그렇게 복잡한 표정을 짓고 있던 저를 본 루카는 분노를 억누르는 듯한 목소리로 말을 걸었습니다.

"흥. 내게 이긴 주제에…… 왜 그런 표정을 짓고 있는 거야. 마지막까지…… 짜증 나는 계집애네."

"좀 더 분노를 쏟아내실 줄 알았으니까요."

"그래, 당신이 미워. 하지만 그보다 더…… 람다 님께 도움이 되지 못한 게…… 분해. 적어도…… 그분의 방패가 되어…… 죽고 싶었어."

"주인께 도움을 요청하지는 않으시나요?"

"올 리가…… 없지. 나는 람다 님의 도구……니까."

당신은 그래도 되는 거냐는 생각이 들었지만, 저는 그 말을 소리 내어 하지는 않았습니다. 주인이 어떻게 생각하든 흠모하는 분께 도움이 되었을 때의 기쁨은 저도 잘 알고 있으니까요.

저는 루카가 어떻게 살아왔는지는 잘 모릅니다.

하지만 람다가 그녀의 목숨을 구해줘서 주인으로 따르게 되었다는 이야기는 들었습니다.

주인에 대한 충성심까지 포함해 우리는 어딘가 닮은꼴 같긴 했지만, 딱히 사이좋게 지내고 싶다는 생각은 들지 않았습니다. 시리우스 님과는 확실한 적이고, 애초에 그녀가 람다와 해왔던 소행은 간단히 용서받을 만한 짓이 아닐 겁니다.

그런 그녀와의 결판을 라이오르 할아버지에게 양보받으면서까지 우리 손으로 직접 내고 싶었던 것은, 전황이나 상성 같은 것 외에도 사실 제 개인적인 이유가 있었기 때문입니다.

"도구……라고요. 당신은 그렇게 주인이 하는 행동을 아무것도 의심하지 않고 도왔던 거군요."

"당연하지. 그게…… 내 모든 것……."

예전에 시리우스 님께서는 이런 말씀을 하셨습니다.

주인의 명령에 의문을 일절 품지 않고, 명령을 위해서라면 도리조차 저버리며, 주인을 위해서라면 도구처럼 자신의 목숨을 아무렇지도 않게 버릴 수 있는 상대는 정말로 골치 아프고 버겁다고…….

그런 존재가 눈앞에 있는 루카인 것 같습니다.

실제로 그녀는 죽음보다 람다의 명령을 지키지 못하는 것을 두려워하고, 진심으로 안타까워했습니다.

목숨을 가볍게 여긴다고 생각하는 분도 계실지 모르겠습니다만, 그것은 어떤 의미로 이상적인 주종관계라도 할 수 있습니다.

왜냐하면, 주인을 위해 모든 것을 걸고 헌신하는 것이 시종이니까요.

하지만…… 시리우스 님께서는 시종이 된 저를 그렇게 키우시지 않으셨습니다.

은월 아래에서 몸도 마음도 바치겠다고 맹세했는데도, 도구가 아니라 가족으로 저희를 키워주셨습니다.

그렇기 때문에 저는 루카와 싸우고 싶었던 겁니다.

이상적인 주종관계에 가까운 루카에게 이김으로써 시리우스 님의 방식이 그보다 더 훌륭하고, 그분의 자상함과 배려심이 어설픈 마음이 아니라는 사실을 나타내고 싶었습니다.

단순한 고집이라는 건 잘 알고 있지만, 이 오기만큼은 어떻게든 관철하고 싶었습니다.

"무슨 심정인지는 이해가 됩니다만, 이제 시간이 다 된 것 같네요. 당신이 지금까지 저질러온 소행의 대가라고 생각해 주세요."

"시끄러워…… 시끄러워…… 너희들 모두…… 람다 님께……."

"그렇게 되지는 않을 겁니다. 당신의 주인이 상대하고 있는 건 제 주인이신 시리우스 님이시니까요."

"겨우 인간 주제에…… 람다 님을 당해낼 수는…… 그분은…… 모든 생물을……."

"시리우스 님께서는 지지 않으실 거예요."

목이 쉬어서 거의 들리지 않았지만, 저는 루카를 부정하듯 그 말을 겹쳐 놓았습니다.

그럼에도 루카는 이제 목소리를 내는 것도 힘든지 눈을 크게 뜬 채 이쪽을 올려다보고만 있었습니다. 그렇기에 저는 신경 쓰지 않고 계속 말했습니다.

"당신과 마찬가지로 저도 주인을 믿고 있습니다. 그분께서 지시는 건 있을 수 없는 일입니다."

"······아······."

"마음에 드시진 않겠지만, 당신의 최후는 제가 지켜봐 드리도록 하죠. 역시 혼자서 떠나는 건 괴로울 테니까요."

"············."

건방져······. 루카의 입이 그렇게 움직인 것을 마지막으로 성수 님의 가지가 그녀의 육체를 완전히 뒤덮었습니다.

이번에야말로······ 끝난 거네요.

그건 그렇고 신기한 기분입니다.

적인데도 왠지 저와 닮은 부분이 있어서 그런지, 저는 루카를 완전히 미워할 수가 없었습니다. 그리고 그녀는 람다와 함께 지냈기 때문에 그렇게 되었다고도 할 수 있으니까요.

지금까지 그녀가 저질러온 죄는 사라지지 않을 겁니다. 하지만 루카를 잊지 말자고 마음에 새기며 저는 그녀에게 등을 돌렸습니다.

제가 루카와 싸우고 있던 동안, 할아버지와 부대의 다른 분들이 그녀 직속의 부하들을 쓰러뜨린 모양입니다. 아직 주위에 많이 남아있던 마물들의 움직임에 변화가 보였습니다.

멋대로 움직여서 진형이 무너진 곳이나, 갑자기 마물들끼리 서로 잡아먹기 시작하는 광경이 보이는 걸 보니 루카의 지배에서 벗어난 것 같습니다.

하지만 적진 안쪽은 마찬가지인 것 같으니 그 근처가 람다의 지시가 닿는 경계선이겠죠.

아무튼 주력 중 한 명인 루카를 쓰러뜨렸으니 어느 정도는 전황을 바꾸는 데 성공한 것 같은데요…….

"역시 람다를 쓰러뜨리지 않으면 안심할 수가 없겠네요."

애초에 적의 규모가 너무 크기 때문에 전체적인 영향은 금방 나타나지 않는 모양인 것 같습니다.

그리고 저 자신도 그리 괜찮은 상황은 아닙니다. 주위에 있던 마물은 리스가 떠나기 전에 거의 다 정리해주긴 했지만, 적진 안에 고립되어 있다는 건 마찬가지니까요.

슬슬 공백 지대가 된 이곳으로 마물들이 모여들기 시작할 테니 바로 이동해야 하는데, 예상했던 것보다 더 지쳐버렸으니 일단 중앙 부대와 합류하는 게 좋을지도 모르겠습니다.

"무사히 도착할 수 있다면…… 말이지만요."

이야기를 하던 동안에 잠깐 쉬긴 했지만 아직 전투를 벌이는 건 힘들고, 이런 상태로 마물 무리를 돌파하는 건 불가능에 가까울 겁니다.

하지만 그렇게 다른 분들에게 큰소리를 쳐놓고 돌아가던 도중에 당해버리는 건 너무나도 한심한 꼴입니다.

크게 심호흡을 하고 남은 체력과 마력, 도구를 확인하고 있는데 측면에서 마물들이 엄청난 기세로 저를 향해 달려들었습니다.

약해진 사냥감을 본능적으로 노리는 것들이겠죠. 욕설이 나오는 것을 참으며 나이프를 겨눈 순간…… 다가오던 마물들이 뒤쪽부터 차례차례 날아가나 싶더니 많은 병사들이 저를 향해 밀려들었습니다.

"오, 여기 있다!"

"후속 부대는 좌우로 전개! 원형진이다!"

"거기 몇 명! 따라와라."

나타난 사람들은 좀 전까지 저와 함께 싸우던 우익 부대 분들이었습니다.

할아버지의 마음이 바뀌어서 돌아왔나 싶었는데, 보이지 않아서 고개를 갸웃거리고 있자니 부대장분들이 병사 몇 분을 데리고 제 앞으로 다가왔습니다.

"다행이군. 그대가 무사해서 정말 다행이야."

"네. 구해주셔서 감사합니다. 그건 그렇고 여러분께서는 왜 이쪽으로 오신 거죠? 그리고 할아버지가 안 보이는데요……."

"라이오르 공은 부대를 이끌고 좌익 쪽으로 진군 중이라네. 그리고 우리는 에밀리아 공을 데리러 왔지."

"그쪽이 정리되면 그 이후로는 각자 판단해서 움직이기로 했잖나?"

그런 이야기를 하긴 했지만, 설마 부대를 나누면서까지 돌아와 줄 줄은 몰랐습니다.

이야기를 들어보니 안쪽에 있던 마물을 쓰러뜨린 다음, 우익 부대를 절반으로 나누어 계속 공격하는 쪽과 저를 구출하는 쪽으로 갈라졌다고 합니다.

정말 기쁘긴 하지만 제가 미안해하는 기색을 눈치챈 건지 부대장 한 분이 신경 쓰지 말라는 듯이 웃었습니다.

"하하하! 신경 쓸 필요는 없다네. 에밀리아 공 덕분에 우리는 큰 희생도 없이 우익의 주력을 박살 낸 거니까. 좀 더 자랑스러워하게나."

"나도 동감이야. 그런데 루카는 어디 있지? 멀리서 그 여자가 낙하하는 모습을 본 자가 있다던데."

"루카라면 저쪽에……."

제가 돌아본 곳에 있는 나뭇가지 덩어리가 루카라고 말했지만, 다른 분들은 어떻게 된 거냐는 듯한 표정을 짓고 있었습니다.

자세히 이야기하면 길어질 것 같았기에 상처에 특수한 마도구를 심어 넣었다고 간단히 설명했습니다. 그것도 이해가 잘 안 되는 내용이긴 했지만, 저희에 대해 알고 있어서 그런지 어느 정도는 납득한 모양이었습니다.

"으음…… 그대들은 우리가 상상도 못 하는 일을 아무렇지도 않게 해내니 말이지. 아무튼 루카를 쓰러뜨렸다는 건 틀림없는 모양이군."

"그래. 무엇보다 모습이 보이지 않고, 마물들의 상태도 확실하게 바뀌었어. 이제 우익 쪽을 지휘하는 자는 없는 것 같다."

"에밀리아 공도 확보했으니 다른 곳으로 가도록 하지. 에밀리아 공, 움직이실 수 있겠소?"

"아뇨, 부끄럽지만 아직 뛰는 건 힘들 것 같네요."

"그만큼 치열한 전투였다는 증거겠군. 그렇다면 이동 수단은 우리가 마련하도록 하지."

그리고 나타난 사람은 말을 탄 여자 병사였습니다.

상황이 상황이니만큼 호의를 받아들이기로 했고, 그녀가 미소를 지으며 내민 손을 잡고 말에 함께 탔습니다. 원형진을 풀고 돌격 진형으로 바꾸려던 참에 부대장 중 한 분이 말을 걸었습니다.

"우리는 강검 공을 쫓아갈 텐데, 그러기 전에 중앙 부대와 합류할 예정이지. 그곳이라면 차분하게 쉴 수 있을 테니 조금만 참아주게."

"그렇게나 많이 지치신 건가요?"

"그 정도는 아니지만, 에밀리아 공에게 만에 하나라도 무슨 일이 생기면 곤란할 테니까."

"아뇨, 여러분께서 괜찮으시다면 저는 신경 쓰지 마시고 바로 할아버지에게 가주세요. 말 위에서 좀 쉬면 저도 발목을 잡지 않을 정도로는 회복할 테니까요."

"무리하지 않는 게 좋을 거야. 그대는 이미 충분히 활약했으니."

"으음. 우리의 공격으로도 생채기 하나 입힐 수 없었던 강적을 쓰러뜨렸으니 말이지. 물러난다 하더라도 책망할 자는 아무도 없을 테고."

잠깐 쉬더라도 강적을 상대할 여력은 없으니 더 이상 전투에 참가해선 안 된다는 사실은 저 자신도 알고 있습니다.

하지만 좌익 쪽…… 레우스 일행이 계속 마음에 걸렸습니다.

그 아이들이 강하다는 건 충분히 알고 있긴 하지만, 전투 요원이 아닌 루카조차 그 정도로 강적이었으니까요. 람다는 모르겠지만, 자신의 육체만으로 싸워왔다는 히르간의 실력은 틀림없이 루카보다 강할 겁니다.

할아버지를 보냈으니 안심해도 될지 모르겠지만, 중간에 람다가 끼어들어서 발목을 잡혔을 가능성도 있기 때문에 최대한 빨리 할아버지와 합류했으면 합니다.

"그래도, 할아버지가 엉뚱한 방향으로 가셨을 가능성도 있으니까요. 부대의 움직임에 참견할 생각은 없으니 부디 부탁드립니다."

"……알겠소, 함께 가도록 하지. 하나 부대에 참견하는 것을 금지할 필요는 없겠지. 뭔가 눈치챈 게 있다면 사양하지 말고 말해주게."

"그래. 이번에는 우리가 활약할 차례겠지. 그대는 반드시 지켜낼 터이니 안심하고 따라오도록."

"네! 잘 부탁드립니다."

허락을 받고 안심했지만, 본심을 말하자면…… 곧바로 시리우스 님께서 계신 곳으로 가고 싶어요.

하지만 지금 그분께서는 한 명의 전사로 돌아오셔서 대전을 승리로 이끌기 위해 계속 싸우고 계십니다.

그렇기 때문에 제가 그분 대신 모두 함께 살아남을 방법을 생각해야만 합니다.

"시리우스 님, 무운을 빕니다. 그리고 레우스, 제 앞에서 꼴사나운 모습을 보인다면 용서하지 않을 거예요."

그리고 저를 배려해 최대한 부담이 줄어들게끔 말을 몰아주는 여자 병사분에게 감사를 전하며, 저는 나중을 대비해서 눈을 감고 쉬었습니다.

《극한일도》

—— 알베리오 (좌익 부대) ——

좌익의 돌격은 순조로움 그 자체였다.

선두를 달려가는 레우스와 줄리아 님의 돌파력과 두 사람을 보좌해주는 키스. 그리고 줄리아 님을 방해하지 않게끔 자신을 단련한 역전의 병사들의 힘과 높은 사기로 인해 우리 좌익은 적진 안쪽 깊숙이 파고든 상태였는데도 부상자나 탈락자가 압도적으로 적었다.

하지만…… 단 한 명의 남자와 부딪히자 우리는 완전히 멈춰섰고, 적과 아군이 뒤얽히는 난전 상태에 돌입하게 되었다.

"뭐야, 뭐야, 뭐야! 그렇게 잔뜩 몰려와서 이 몸의 검 앞에서는 어떻게 해보지도 못하나?"

적진 안쪽 깊숙한 곳에서는 레우스와 다른 사람들에게 이야기를 들었던 히르간이라는 남자가 서 있었다. 레우스와 줄리아 님, 그리고 키스까지 세 사람이 말에서 내려 싸우기 시작하고 있었지만 그 실력은 우리의 상상을 훨씬 뛰어넘은 것이었다.

우익을 대표하는 세 사람이 동시에 공격하고 있는데도 불구하고 상대방은 농담을 할 정도의 여유를 보이고 있었기 때문이다.

"큭, 여전히 시끄러운 녀석이네!"

"정말 그렇군. 검사의 긍지도 없는 자에게 검 이야기를 듣고

221

싶지 않구나!"

"너희들, 입 말고 손을 움직이라고!"

"하핫! 졸개들이 짖어대고 있군그래!"

히르간은 레우스보다 덩치가 큰 인족이라는 이야기를 듣긴 했지만, 지금 그는 마물이나 괴물이라고 불러도 될 만한 모습이었다.

키는 나보다 조금 큰 정도였지만, 온몸의 근육이 말도 안 될 정도로 부풀어 올랐고 팔은 전부 합쳐서 여섯 개나 있었다. 그런데도 머리만큼은 우리와 비슷한 크기여서 전체적인 균형이 전혀 맞지 않았다. 한마디로 하자면 팔이 여섯 달린 오우거에게 인간의 머리를 억지로 붙여놓은 듯한 느낌이다.

마물이라고 해도 저렇게 생긴 존재는 책에도 나오지 않을 것 같지만, 나는 저 모습을 본 적이 있다.

그렇다, 1년도 더 전에 대규모 마물 무리를 이끌고 내 고향을 습격했다가 레우스에게 쓰러진 키메라와 닮았다.

스승님이 해준 이야기에 따르면 키메라를 만든 것은 람다 일행이고, 내 고향을 습격했던 목적은 실험이었던 것 같으니 저 히르간은 키메라의 완성형일 가능성이 크다.

그 예상을 뒷받침해주듯 히르간의 전투 능력은 엄청나게 강했고, 거대한 몸집에 어울리지 않는 민첩함을 보이면서도 들고 있는 거대한 검…… 아니, 거의 둔기라고 할 수 있는 쇳덩이 여섯 개를 가볍게 휘두르며 레우스와 다른 사람들의 맹공을 가볍게 받아내고 있었다.

"마, 말도 안 돼?! 중장 갑옷조차 가르는 줄리아 님의 검을 튕겨냈다고?!"

"키스 님의 힘에도 꺾이지 않다니……."

"당연하잖아, 캬하하!"

싸움이 시작되기 전에 본인이 뽐내는 듯이 말했는데, 히르간이 들고 있는 저 쇳덩이는 마대륙에서 채굴한 특수한 광석으로 만들어서 레우스와 다른 사람이 쓰고 있는 무기에 들어간 소재보다 단단한 모양이었다.

믿기 힘든 이야기이긴 했지만, 실제로 세 사람의 공격을 받아내고도 히르간의 무기는 흠집은커녕 패이지도 않았기에 튼튼한 건 분명해 보였다.

그런 무기를 여섯 개의 팔로 휘두르는 히르간에 맞서 레우스 일행이 연계를 통해 버텨내는 상황이 한동안 이어지고 있었다.

"에잇, 이제 지켜보고 있을 수가 없군! 우리도 가세하자!"

"오오! 우리의 힘이 부족하다 하더라도 저분의 방패 정도는 될 수 있지!"

"잠깐만 기다리세요! 함부로 개입하는 건 위험합니다!"

세 사람이 나서지 말라고 해서 줄리아 친위대와 병사들은 주위에 있던 마물들을 상대하고 있었지만, 기어코 참지 못하고 전투에 끼어들려 했기에 내가 온 힘을 다해 말렸다.

상대방이 아무리 강적이라 하더라도 숫자로 밀어붙이면 언젠가는 해치울 수 있긴 할 것이다. 하지만 그러기 위해서는 많은 희생을 치르게 될 테고, 그렇지 않아도 전체적인 숫자로 밀리는 우리에게는 치명적으로 작용할 것이다.

그리고 무엇보다 저 녀석은 본 적이 없는 검술을 사용하고 있었다.

애초에 검을 여섯 자루나 쓰는 유파는 들어본 적도 없는데, 동시에 여섯 자루의 검을 다루면서도 각각 간섭하지도 않고 자유자재로 움직일 수 있는 걸 보니 대단한 기술을 지니고 있음에 틀림없다.

그렇기 때문에 저 녀석과 싸우려면 레우스 일행과 비슷한 정도의 실력을 지니고 있어야 한다. 그러지 못하면 오히려 발목을 잡게 될 것이다.

원거리 도구나 마법으로 원호하려 해도 근거리에서 맞붙고 있으니 아군을 공격해버릴 가능성도 있기에 우리가 할 수 있는 일은 별로 없었다.

"우리가 함부로 개입하다가는 그들의 연계를 방해하게 될지도 모릅니다. 지금은 참도록 하죠."

"""크윽……."""

지금 우리가 할 수 있는 일이 있다면 레우스 일행에게 방해가 되지 않게끔 거리를 두고 주위에 있는 마물을 쓰러뜨려 싸움에 전념할 수 있게 해주는 것이다. 그래도 반드시 우리가 도울 수 있는 상황이 올 것이다. 그때를 대비해서 그들의 행동을 잘 살펴봐야 한다.

그 이후로도 부대 전체의 상황뿐만이 아니라 히르간도 살피면서 근처에 있던 마물들에게 검을 휘두르고 있자니 레우스 일행이 세 번째 공세에 나섰다.

"가자! 으랴아아아아아아아아앗———!"

"알겠다! 하아아아아아앗———!"

"이야압!"

공격하러 나설 때는 두 사람이 여섯 자루의 검을 최대한 막는 것에 전념하고 나머지 한 사람이 품속으로 파고들어 공격하는 흐름이다.

이번에는 레우스와 줄리아 님이 여섯 자루 중 다섯 자루를 쳐내고, 키스가 마지막 한 자루를 피하며 핼버드를 히르간의 팔에 온 힘을 다해 내리쳤지만, 핼버드의 날은 피부와 살을 약간 자르고는 막혔다.

"헤헤헤, 짐승 녀석도 겨우 그 정도냐? 다음에는 베길 바랄게?"

"젠장! 이 녀석의 몸은 대체 어떻게 되어 먹은 거야?"

"단단한데 부드러워. 뭘 어떻게 하면 저런 몸을 만들 수 있는 거지?"

적의 공격 횟수를 줄이기 위해 레우스와 줄리아 님도 팔을 절단하려 도전하고 있지만, 결과는 키스와 마찬가지였다.

내 관찰과 마치 산처럼 겹쳐진 살덩어리를 벤 것 같다며 중얼거리고 있는 레우스의 말을 통해 추측하자면, 아무래도 히르간의 육체는 단단하기만 한 게 아니라 연체동물처럼 충격을 흡수하며 힘을 분산시켜버리는 것 같다.

마치 당연한 것처럼 상처가 곧바로 아물고, 반격도 하기 때문에 같은 곳을 노리고 공격하는 것도 힘들었다. 만약에 몸을 희생시키며 계속 베려 하더라도 저 녀석의 공격을 단 한 번이라도 맞게 되면 치명상을 입을 것이다.

우리의 주력인 그들이 고전하고 있는 상황으로 인해 좌익 전체에 점점 동요가 퍼져나가기 시작하고 있었지만, 레우스 일행에게 포기하려는 기색은 전혀 없었다.

"그래도 벨 수 없는 건 아니야! 부족하다면 더욱 강하게 공격하면 되겠지!"

"그래! 내 검에 한계는 없다. 다음에는 벤다!"

"하하, 기합과 근성이라는 건가? 단순하긴 하지만 나쁘지 않네!"

강자에게 맞서는 세 사람의 기세가 더욱 강해졌고, 쇠가 맞부딪히는 소리가 좀 전보다 빠르게 울려 퍼지기 시작했다.

맞으면 확실하게 치명상이 될 일격…… 그것도 여섯 자루가 동시에 날아드는 폭풍과도 같은 곳에서 겁내지도 않고 계속 공격을 가하는 레우스 일행.

미처 방어하지 못하고 옷이나 방어구가 찢어지거나, 때로는 상처를 입고 피를 흘리면서도 과감하게 계속 공격하는 세 사람의 모습을 보고 떨어지던 부대의 사기가 다시 솟구치기 시작했다.

그렇게 레우스 일행이 서른 번 넘게 공방을 주고받았을 때…… 줄리아 님의 움직임에 변화가 보였다.

"그 움직임을 너무 많이 보였구나!"

"오오?! 꽤 하잖……."

""으랴아아아아아아아앗――!""

상대방의 움직임에 익숙해진 모양이다. 약간 억지스럽게나마 줄리아 님이 다른 검에 간섭하는 듯이 흘려내며 혼자서 네 자루의 검을 막아냈다.

당연히 그렇게 좋은 기회를 놓치지 않은 레우스와 키스는 공격을 피하며 앞으로 발을 내디뎠고, 거의 동시에 히르간의 팔을 향해 무기를 내리쳤다.

노린 것은 오른팔 하나. 먼저 내리친 레우스의 대검은 팔에 절반 정도 파고든 채 멈춰버렸지만, 그 대검 위를 키스가 핼버드로 후려치자 드디어 팔 하나를 잘라내는 데 성공하게 되었다.

"좋았어! 한 번 더!"

"그래! 하나 더⋯⋯."

"아⋯⋯ 짜증 나네!"

두 사람은 추가 공격을 노렸지만 히르간의 반격이 더 빨랐고, 검으로 후려치자 레우스 일행은 튕겨져 나갔다. 겨우 무기로 막기는 했으나 충격을 전부 없애지는 못했기에 어느 정도 부상을 입은 모양이었다. 그래도 겨우 히르간에게 제대로 한 방 먹일 수 있었다.

팔을 하나 잃었으니 공격 횟수도 줄어들 테고, 지금부터 본격적인 반격을 시작하면 되겠다고 생각한 것도 잠시. 히르간은 뜻밖의 행동에 나섰다.

"아, 빌어먹을. 그 녀석이 한 말이 맞았다는 게 열받네. 야, 얼른 가져와!"

욕설을 내뱉은 히르간이 누군가를 부르자 약간 떨어진 곳에 있던 소형 마물이 잘려나간 히르간의 팔을 주워서 그에게 다가갔다.

대체 뭘 하나 생각한 순간, 양쪽 절단면에서 얇은 무언가가 뻗어서 서로 얽히더니 잘려나간 팔이 아무 일도 없었다는 듯이 움직이기 시작했다. 상처가 금방 아무는 걸 본 시점에서 대충 짐작하고 있긴 했지만, 역시 저 녀석도 람다와 마찬가지로 재생 능력을 지니고 있었구나.

하지만 놀라운 점은 그것뿐만이 아니었다. 팔을 가져다준 마물을 히르간이 난폭하게 붙잡나 싶더니 머리부터 먹기 시작한 것이다.

히르간은 마치 과자를 먹듯 살과 뼈를 가볍게 씹어서 부수고는 얼굴뿐만이 아니라 몸 전체를 피로 물들이며 마물을 눈 깜짝할 새에 먹어치웠다. 그걸로는 부족했는지 다른 마물을 불러서 먹고 있기까지 했다.

"크읍…… 하하…… 역시 맛이 없네. 나중에 좀 더 맛있는 거, 여자가 좋겠는데……."

저렇게 거대한 몸집을 움직이고 있으니 체력 소모가 심하다는 건 이해가 되지만, 설마 아군 마물을 먹을 줄이야. 저 남자는 완전히 인간을 그만둔 모양이다.

그렇게 기분 나쁜 식사를 계속하면서도 다른 팔은 방심하지 않고 자세를 취하고 있기에 함부로 공격할 수도 없었고, 레우스 일행은 다른 이유 때문에 움직일 수 없는 상황이었다.

지금까지 치열한 전투를 계속 벌이기도 했지만, 좀 전의 일격을 억지로 막았던 게 치명적이었던 모양이다. 줄리아 님과 키스의 무기가 크게 파손되어버린 것이다.

도저히 히르간과 맞서 싸울 수 있는 상태가 아니었기에 약간 후방 쪽에서 물자를 수송하는 부대가 급하게 움직이고 있었다.

"대신 쓸 무기를 가져다줘! 서둘러!"

"내 무기도! 레우스는 어때?"

"아니, 내 무기는 괜찮아. 아직 싸울 수 있어."

레우스의 검은 강검 라이오르가 쓰는 검을 만들었다는 대장장이가 제작한 특별 주문품이기에 저 녀석의 공격도 버텨낸 모양이었다.

그리고 가지고 온 예비 무기를 두 사람이 받았을 때쯤, 히르간도 식사를 마친 모양이었기에 결국에는 처음부터 다시 시작하게 되었다. 하지만 방금 그 공방으로 몇 가지 알아낸 게 있다.

레우스 일행의 공격이 충분히 통한다는 사실과 히르간이 전투 중에도 보급을 해야만 하는 몸이라는 점이다.

"여러분, 저 녀석에게 마물이 다가가지 못하게끔 포위하시죠!"

"그렇군! 보급을 끊겠다는 거지. 알겠다!"

"각 부대, 일단 모여서 포위진을 짠다! 돌격 준비!"

마물의 숫자 때문에 우리의 전진이 완전히 막혀 있었지만, 지금은 어느 정도 무리를 해서라도 앞으로 나아갈 가치가 있다. 흩어져서 마물과 싸우고 있던 병사들을 집결시킨 다음 측면으로 파고들어 히르간을 완전히 포위하기 위해 뛰어가기 시작했는데……

"어엇?! 머, 멈춰라!"

"전 부대, 정지!"

"멈추지 못하는 자들은 측면으로 도망쳐라!"

그러게 내버려두지는 않겠다는 듯이 우리가 나아가고 있던 곳 앞쪽 지면에서 거대한 나무뿌리가 잔뜩 돋아났다. 부대장들의 재빠른 판단으로 인해 피해를 입지는 않았지만, 마법이나 무기로 뿌리를 없애도 곧바로 돋아났기에 이곳을 돌파하려면 시간이 걸릴 것 같았다.

레우스 일행을 상대하고 있는 히르간이 이런 짓을 할 수는 없을 것 같았기에 람다의 소행일지도 모르겠다. 그 남자는 식물과 관련된 능력을 가지고 있었으니까.

하지만 뿌리는 벽처럼 우리의 전진을 가로막을 뿐, 공격은 전혀 하지 않았다. 오히려 마물들 쪽에 피해가 발생했고 튀어나온 뿌리에 꿰뚫린 마물도 간간이 보였다.

"더 이상 방해하지 마라…… 그런 뜻인가?"

"그게 무슨 소리야?! 에잇, 적이 무슨 생각을 하고 있는지 모르겠군. 어째서 이렇게 미지근한 짓을 하는 거지?"

"이건 제 예상입니다만, 히르간이 저들을 쓰러뜨리는 모습을 보여주기 위해서일지도 모르겠습니다."

람다의 목적은 나라를 멸망시키는 것이지만, 그냥 멸망시키는 것뿐만이 아니라 사람들에게 절망을 선사해야만 성이 풀리겠다고도 말했었다.

그렇기 때문에 이쪽의 주력이자 상징이기도 한 줄리아 님과 레우스가 히르간에게 쓰러지는 광경을 보여주며 우리의 마음을 꺾어놓으려 하는 건지도 모르겠다. 그냥 이기기만 하려는 거였다면 잡아두지 않고 우리나 레우스 일행을 이미 공격했을 것이다.

"쳇! 베어도 계속…… 일단 물러나자!"

"억지로 돌파하지 마라! 저기 있는 마물과 똑같은 꼴이 될지도 모른다."

"후방에 있는 마법 부대를 불러라! 불꽃으로 단숨에 휩쓸어라!"

겨우 레우스 일행에게 도움을 줄 수 있을 것 같았는데 갑자기 막혀버리다니.

지금 같은 상황에서는 돌파하는 것도 버거울 것 같으니 역시 이 싸움은 레우스 일행에게 달린 것 같다.

하지만…… 좀 전의 공방으로 승산이 보인 것 같았던 레우스 일행의 싸움은 확실하게 밀리는 쪽으로 기울기 시작하고 있었다.

"으하하하하하! 왜 그러나! 아까보다 느려진 것 같은데?!"

"크윽! 이 자식이!"

"칫, 더 빨라지나."

"으랴아아아아아아아아아아앗————!"

지금까지 실력을 숨겨두고 있었는지 히르간의 공격 속도가 더 빨라져서, 레우스 일행은 방어에만 전념하게 되었다. 상대방의 움직임에 어느 정도 익숙해졌기에 어떻게든 버티고 있는 것 같았지만 몸에 난 상처가 더욱 늘었고, 양쪽이 거리를 벌리며 자세를 바로잡았을 때 레우스 일행은 어깨를 들썩이며 숨을 쉴 정도로 지친 상태였다.

한계에 가까운 레우스 일행에 비해 히르간은 여전히 지친 기색을 전혀 보이지 않고 있었다.

게다가 불러들인 마물을 느긋하게 먹어치우는 여유까지 보이고 있었기에 우리는 활이나 마법으로 그 마물들을 공격했지만, 숫자가 많아서 전부 쓰러뜨릴 수는 없었다.

물론 히르간이 마물을 먹을 때 생긴 빈틈을 노리고 레우스 일행도 공격을 가하긴 했다.

그러나 나머지 팔들이 가하는 공격이 엄청난 기세를 보였고, 무기가 부서지지 않게끔 신경 쓸 필요도 있었기에 상대방의 팔을 한두 개 정도 날리는 게 한계였다.

또 그 팔도 레우스 일행이 숨을 고르기 위해 일단 거리를 벌린 동안에 원래대로 돌아와 버렸기 때문에 세 사람의 피로가 쌓일 뿐이었다.

그런 상황이었기에 병사들의 인내심도 한계에 달했고, 자신의 몸을 희생하여 달려들려는 사람을 다른 사람들이 말리려 하는 광경이 보이기 시작했을 때쯤, 거리를 벌리고 다음 공격에 대해 이야기를 주고받던 레우스 일행의 기척이 변했다.

"허억…… 허억…… 이봐, 다음은?"

"휴우…… 이미…… 거의 다…… 시험해 보았다만…….''

"후욱…… 이봐, 좀 부탁하고 싶은 게 있는데, 괜찮겠어?"

지치긴 했지만 투지는 사그라들지 않았고, 불꽃처럼 계속 타오르는 눈으로 상대방을 바라보던 레우스가 그런 말을 꺼냈다. 이런 상황에서 뭘 부탁하겠다는 거지?

키스도 나와 똑같이 생각한 건지 의아하다는 표정을 보이는 와중에 줄리아 님만은 평소처럼 미소를 지으며 곧바로 대답했다.

"알겠다. 내가 뭘 하면 되는 거지?"

"대답 참 빠르네?! 아직 뭘 할지도 못 들었잖아?"

"정말 분하지만, 지금 내 실력으로는 저 녀석을 확실하게 벨 수가 없다. 그리고 우리 중에서 저 녀석을 벨 수 있는 가능성이 가장 큰 건 강검 공과 가장 가까운 검사인 레우스밖에 없으니 말이다."

"……그렇구나! 전선 기지에서 보았던 그 커다란 마물을 벤 기술이군!"

산처럼 거대한 마물, 기가티 엔트를 단칼에 두 동강 낸 '강파일도'.

좀 더 일찍 그 기술을 시험해 봤어도 괜찮았을 것 같은데, 히르간의 공격이 너무 치열해서 날릴 틈도 없었고 무엇보다 그건 마력을 상당히 많이 소모하는 데다 빈틈이 많은 일격이기에 빗나갈 가능성도 있어서 쓰지 않았을 것이다.

하지만 이렇게까지 궁지에 처했으니 망설이고 있을 때가 아니다. 키스도 알겠다는 듯이 고개를 끄덕이자 레우스는 겨누고 있던 대검 끝부분만 땅바닥으로 내리며 두 사람에게 부탁했다.

"이 기술이라면 저 녀석을 확실하게 벨 수 있을 거야. 그런데 말이지, 좀 집중할 필요가 있거든. 그러니까 둘이서 저 녀석을……."

"그래. 막아내 보이마. 너에겐 손가락 하나도 대지 못하게 하겠다."

"진짜, 셋이서 겨우 버텨내고 있는데 말도 안 되는 소리 하지 말라고. 뭐, 할 수밖에 없겠지만 말이야!"

두 사람의 믿음직한 말을 듣고 미소를 지은 레우스는 나를 슬쩍 돌아본 다음 눈을 감았다.

그리고 레우스를 지키기 위해 몇 발짝 앞으로 나선 줄리아 님과 키스는 이미 보급을 마치고 씨익 웃고 있던 히르간 앞에 섰다.

"뭐냐? 뭔가 꿍꿍이가 있는 모양인데."

"글쎄……다. 우리는 네놈을 베기 위해 가장 적합한 행동을 하고 있을 뿐이다."

"네 상대는 나와 공주님만으로도 충분해. 마물을 좀 더 먹고 대비하는 게 낫지 않을까?"

"그래, 그래, 허세를 부리시는구만. 그럼 너희를 쓰러뜨린 다음에 저 자식을…… 이라고 할 줄 알았냐? 멍청한 놈들! 애들아, 저걸 노려라!"

이야기를 하며 시간을 벌려는 것도 간파한 건지, 히르간은 두 사람에게 다가선 것뿐만이 아니라 주변 마물을 불러들여 레우스를 덮치라고 명령했다.

자신의 힘에 취한 것치고는 냉정…… 아니, 저 녀석 같은 경우에는 상대방이 싫어하는 짓을 골라서 하는 것뿐일지도 모르겠지만, 그런 생각을 하고 있을 때가 아니다!

"레우스를 지켜라!"

"헉?! 누구든 상관없다, 레우스 공과 마물들 사이에 끼어들어라!"

"줄리아 님도 확실하게 지켜봐라! 무슨 일이 생기면 곧바로 뛰쳐나가라!"

나는 주위 사람들에게 소리치며 말을 몰아 레우스에게 달려들던 마물을 베었다.

다행히 세 사람의 상황을 눈치챈 다른 부대도 곧바로 따라와 주었기에 레우스를 둘러싸고 방어 진형을 짜는 데는 성공했다.

그럼에도 불구하고 진형을 뚫고 오는 마물이 가끔 있었기에 나는 레우스 근처에서 검을 휘두르며 그에게 말을 걸었다.

"안심해라, 레우스. 우리도 너를…… 레우스?"

"…………."

주변에서 우리와 마물들이 치열하게 난전을 벌이고 있는데도 불구하고 레우스는 그저 조용히 호흡을 반복하며 자신을 날카롭게 연마하고 있었다.

파도가 전혀 없는 수면처럼 고요한 레우스는 무방비 그 자체였고, 이런 상황에서도 가만히 있을 수 있는 이유는 우리가 지켜줄 것을 믿고 있기 때문일 것이다. 좀 전에 나를 향했던 시선은 그런 의미였던 모양이다.

우리가 친구의 신뢰를 자랑스럽게 생각하며 다가오는 마물을 베어나가는 한편, 줄리아 님과 키스는 히르간을 막게 되었는데……

"으햐하하하하하하하하! 좀 더 저항해 보라고! 꼴사납게 울부짖으란 말이다!"

"크윽?! 하아아아아아아아아아앗———!"

"으랴아아아아아아아아아앗———!"

둘은 점점 하는 말조차 이상해지기 시작한 히르간의 맹공을 그야말로 목숨을 걸고 계속 막아내고 있었다.

무기의 소모조차 염두에 두지 않고 폭풍처럼 날아드는 여섯 자루의 검을 온 힘을 다해 받아내고, 때로는 전부 받아내지 못해 쓰러질 뻔하면서도 소리를 지르며 버텨냈다.

레우스가 빠져서 전력이 크게 떨어졌는데도 두 사람은 결코 보내지 않겠다는 의지와 결의로 히르간을 계속해서 억눌렀다.

시간을 따지면 30초 정도 지났을까? 답답하고 초조한 마음 때문에 그 시간이 무시무시할 정도로 길게 느껴지던 와중에 드디어 때가 와버렸다.

"크억?! 끄⋯⋯어어엇?!"

"어라라, 벌써 끝이야? 그럼 파묻을 수고를 덜어주마!"

먼저 쓰러진 건 키스였다.

위쪽에서 내려친 검을 전부 받아내지 못하고 등이 땅바닥에 부딪혀버린 것이다.

겨우 핼버드로 막긴 했지만, 반쯤 땅바닥에 파묻힌 키스는 곧바로 움직이지 못하고 사정없이 내려치는 적의 난타를 그대로 계속 받아내게 되었다.

줄리아 님은 곧바로 키스를 구해내려 했으나 그녀 또한 히르간의 공격을 완전히 피하지 못하고 검으로 받아내다가 충격을 견디지 못한 채 뒤쪽으로 날아가 버렸다.

"이제야 죽었나. 그럼 이쪽도 끝내보실까."

흙먼지와 잔해 때문에 키스의 모습이 완전히 보이지 않게 되자 히르간은 모든 검을 들어 올리며 천천히 줄리아 님을 향해 다가섰다.

"흐헤헤, 역시 넌 외모만큼은 최고구나. 어때, 목숨을 구걸한다면 너만큼은 봐줄 수도 있는데?"

이미 대답하는 것도 힘든지, 줄리아 님은 이게 대답이라는 듯이 검을 겨눌 뿐이었다.

바보 같은 여자라고 중얼거린 히르간이 그녀에게 검을 내리치려 했으나 갑자기 움직임이 멎었다.

"기다리……라고. 좀 더 놀다가 가지 그래!"

당한 줄 알았던 키스가 피투성이가 된 채 히르간에게 달라붙어 있던 것이다.

그는 곧바로 히르간의 팔 쪽으로 손을 뻗은 다음, 몸 전체를 사용한 관절기를 걸고 왼쪽 팔 세 개 중 두 개를 막았다.

"치잇! 죽다 만 게……."

"하아아아아아아앗———!"

키스에게 정신을 팔린 틈을 놓치지 않고 줄리아 님도 뛰쳐나갔지만, 히르간은 냉정하게 나머지 팔 네 개로 요격했다.

이미 만신창이에 가까운 지금 그녀의 상태로는 도저히 팔 네 개를 버텨내지 못할 것이다. 그럼에도 불구하고 줄리아 님은 마지막까지 저항하기 위해 한 발짝도 물러서려 하지 않았다.

거의 자신을 희생하는 거나 마찬가지인 그 모습을 보고 그녀의 친위대와 병사들이 달려가려 했지만, 주위에 있던 마물들에게 가로막혀서 제때 구해낼 수 있을 것 같지 않았다.

단 한 명, 누구보다 빠르게 뛰쳐나간 나를 제외하고는.

"졸개 따위가! 같이 죽여주마!"

줄리아 님의 곁으로 다가가자 나를 눈치챈 히르간이 이쪽을 보았다.

사람을 날벌레처럼 여기는 기분 나쁜 눈이다. 그리고 알고는 있었지만, 다가가니 위압감이 무시무시했다. 레우스 일행은 이런 괴물을 상대로 정면에서 맞서 싸우고 있었던 걸까.

하지만 실력으로는 뒤처지더라도 마음까지 질 생각은 없다.

나는 몸이 떨리려 하는 것을 정신으로 억누르면서 미리 정해 두었던 검 한 자루를 노렸다.

아마 지금 내 실력으로는 저 녀석의 일격을 막아내기는커녕, 줄리아 님과 함께 베여서 죽게 될 것이다.

하지만 나는 결코 무모하게 돌격해 온 것이 아니다.

약점이라고 할 정도는 아니지만, 히르간을 계속 관찰하다가 찾아낸 한 점을 찌르면…….

"이제…… 부디!"

기도하는 듯한 말을 줄리아 님께 전하며, 나는 말을 몰던 기세를 살려 두 손으로 쥔 검을 아래쪽에서 건져 올리듯 휘둘러 상대방의 검 끄트머리에 부딪혔다.

오랫동안 함께 지내왔던 내 검은 그 일격으로 인해 쉽사리 구부러졌고, 나 또한 그 충격과 기세를 버티지 못하고 말에서 떨어져 버렸다. 그 덕분에 다른 검의 공격에서 벗어날 수는 있었지만, 그 대신 말이 당해버린 모양이었다.

내가 그렇게 검과 말을 잃으면서까지 이루어낸 결과는 검 한 자루의 궤도를 약간 엇나가게 만든 것뿐이었다. 지금의 내겐 그게 한계였기 때문이다.

하지만 줄리아 님 같은 실력자라면 그 약간의 어긋남까지 이해하고 반드시 써먹어 줄 것이다. 말에서 떨어져서 곤두박질친 채로 줄리아 님을 바라보니 그곳에는 머리카락을 살짝 하늘거리면서도 네 자루의 검을 피한 그녀의 모습이 있었다.

"……고맙다."

그리고 공격이 끝난 뒤 빈틈을 찌른 줄리아 님은 히르간의 머리…… 눈 부분에 검을 박아넣었다. 머리도 팔과 마찬가지로 튼튼해서 그런지 깊게 박히지는 않았지만, 상대방의 눈을 없앤 것은 큰 성과다.

그러나 원래는 눈에 찔린 시점에서 치명상일 텐데도 히르간에게는 별로 효과가 없었는지, 그는 눈이 보이지 않는다고 팔을 마구잡이로 휘둘러 줄리아 님을 날려버리고는 키스까지 힘으로 뿌리쳤다.

날아가서 쓰러진 줄리아 님과 키스는 겨우 살아있긴 했지만 기어코 힘을 다 써버렸는지 움직이지 않게 되었다.

보아하니 시간을 버는 것도 한계가 온 모양이었다.

"아, 빌어먹을! 마지막까지 짜증 나는 녀석들이네!"

욕설을 내뱉은 히르간은 꽂혀 있던 검을 뽑아 들고 곧바로 내던진 다음, 줄리아 님에게 천천히 다가갔다.

그동안에도 눈에 난 상처가 아물기 시작하고 있었기에 떨어져 있던 병사의 검을 주워든 내가 최후의 저항을 생각하고 있었을 때였다.

"뭐야, 게다가 아직도 저 녀석을 못 죽인 거냐고. 정말 못 써먹을 졸개들…… 윽?!"

한순간…… 그렇다, 한순간 시간이 멈춘 것처럼, 그것을 눈치 챈 사람들이 멈춰 서 있었다.

그렇구나. 늦지 않았군…… 레우스.

정신을 차리고 보니 레우스를 지키고 있던 병사들뿐만 아니라 마물들까지 그의 주위에서 물러서 있어서 마치 길을 양보하는 듯 레우스와 히르간 사이에 아무도 없었던 것이다.

병사들은 그렇다 치더라도 히르간에게 복종하던 마물들까지 왜 그런가 싶었는데, 레우스의 지금 모습을 보니 이해할 수 있었다.

"오, 오오……."

"저거…… 뭐지?"

"은색…… 빛?"

뒤쪽 경치조차 일그러질 정도로 진한 은색으로 빛나는 마력이 레우스의 온몸에서 뿜어져 나오고 있었다. 아군조차 겁을 먹은 그 은색 마력이 아마도 히르간의 지시조차 튕겨낼 정도로 강한 공포를 마물들에게 선사하고 있는 것 같았다.

그 마력은 마물들뿐만이 아니라 히르간에게도 영향을 주고 있는 건지, 그 녀석은 숨통을 끊으려던 줄리아 님을 무시하고 레우스를 향해 뛰어가기 시작했다.

그 정도로 레우스에게서 위협을 느끼고 우선시해야 하는 상대라는 걸 본능적으로 눈치챈 건지도 모르겠다.

"잘난 듯이 빛나기는! 그런 잔재주로 최강인 이 몸을 이길 수 있을 거라 생각한 거냐!"

히르간은 이제야 처음으로 진지한 표정을 보인 반면, 레우스는 여전히 눈을 감고 있었다. 검을 겨눈 채로 꿈쩍도 하지 않고 있는 레우스를 향해 몇 발짝만 움직여 단숨에 접근한 히르간은 여섯 자루의 검을 한껏 들어 올렸다.

"박살 나버려라아아아아아아아아아아———!"

여섯 자루의 검을 전부 다른 각도로 휘두르는 동시 공격.

그냥 베는 것뿐만이 아니라 사이에 끼워서 뭉개기 위한 것 같기도 한 공격이 날아든 그 순간…… 레우스는 눈을 뜨고 웃었다.

"덕분에 살았어."

"윽?! 아앗?!"

레우스가 눈을 뜨자, 그 눈은 늑대 모습으로 변신했을 때와 똑같은 형태로 바뀌어 있었다.

몸은 인간 모습이지만 지금 그는 변신했을 때보다 훨씬 강한 힘이 느껴질 만큼 엄청난 위압감을 뿜어내고 있었고, 그 무시무시한 느낌은 히르간이 공격을 멈추게 만들 정도였다.

아니, 그냥 멈춘 것뿐만이 아니라 히르간은 들어 올린 검을 앞으로 늘어놓고 벽을 만드는 듯한 방어 자세를 취했다.

허둥대는 모습을 보니 어째서 방어로 전환한 건지 자신도 이해가 안 되는 것 같지만, 생각해보니 저 녀석은 마물에 가까운 존재이기 때문에 위협이 닥쳤을 때는 이성이 아니라 본능으로 몸이 움직여버리는 것 같다.

그리고 셋이서 온 힘을 다해 두들기고도 부수지 못했던 검의 벽 앞에서 레우스는 자신의 모든 것을 담은 검을 내리쳤다.

"으랴아아아아아아아아아아아아아아아아아아아아아 아앗———!"

그것은 착각이었을지도 모르겠다.

하지만 내게는 보였다.

검을 내리친 레우스의 뒤에 지금 그와 똑같이 소리치는 강검의 환영이.

——— 레우스 ———

모두가 시간을 벌어준 덕분에 나 자신이 폭발하는 것 아닐까할 정도로 집중시킨 마력을 단숨에 해방시키자 몸이 타오르는 듯이 뜨거워졌다.

몸속에서 미쳐 날뛰며 당장에라도 바깥쪽으로 뛰쳐나가려 하는 마력을 기합으로 억누르고 있을 때, 적인 히르간이 코앞으로 다가와 있다는 걸 눈치챘다.

하지만 초조하지는 않았다. 솔직히 말해 걷는 것도 힘들었으니 알아서 다가와 줘서 오히려 고마울 정도였다.

그렇게 생각하고 있자니 왠지 모르겠지만 히르간은 검을 벽처럼 내세우고 방어하기 시작했다. 하지만 나는 아랑곳하지 않고 마력과 의지를 검에 담으며 내리쳤다.

상상하는 것은 극한에 이르는 일도(一刀).

그리고…… 강검 라이오르가 검을 내려치는 모습.

"으랴아아아아아아아아아아아아아아아아아아아아아아아아앗———!"

자연스럽게 나온 목소리와 함께 내려친 검은 땅바닥까지 깊숙하게 찢어발기고 있었다.

그렇게 공격을 당하고도 흠집 하나 나지 않았던 히르간의 검이 한데 겹쳐진 상황에서 내가 내려친 검은 땅바닥까지 가르고도 전혀 저항이 느껴지지 않았고, 그냥 공기를 벤 것 같기만 했다.

빗나갔다고 착각할 만한 감각이었지만, 그렇지는 않을 것이다.

왜냐하면 '강파일도류'의 오의…… 아니, 진정한 오의라고 할 만한 것을 내 나름대로 날린 이 기술은 확실하게 들어갔으니까.

"헤, 헤헤…… 뭐야, 역시 허세에 불과………… 어?"

아무것도 느끼지 못한 건지 바보 취급하는 듯이 웃던 히르간이 방어를 풀려 한 순간, 여섯 자루의 검뿐만이 아니라 히르간의 육체까지 두 동강이 났다.

경악한 표정을 지은 히르간의 육체가 두쪽으로 나뉘어 각각 쓰러졌지만, 나는 곧바로 검을 뽑아 들며 한 발짝 앞으로 내디뎠다.

"레우스?! 뭐 하는……."

"휴우……."

알 수 있다. 이 녀석은 아직 죽지 않았어.

이 녀석이 람다의 동료라면 전선 기지에서 줄리아가 싸웠던 가짜 람다처럼 심장 같은 핵이 여러 개 있어도 이상할 게 없기 때문이다.

이 녀석의 몸 중심에서 느낀 기분 나쁜 느낌은 방금 사용했던 기술로 베었다.

이제 좌우로 각각 쓰러져가는 몸 중 왼쪽 육체…… 가슴팍이 남았다.

그 한 점을 노리고 남은 마력을 담은 주먹을 때려 넣는다!

"실버리온…… 팡!"

이 상황은 예전에 투무제에서 형님과 싸웠을 때와 똑같네.

그때 형님은 주먹을 맞은 것과 동시에 뒤쪽으로 물러나서 가브 할아버지가 전수해준 '실버 팡'의 위력을 반감시켰지만, 이번에는 다르다.

주먹을 맞춰서 충격을 날리는 할아버지의 방식이 아니라 주먹에서 내뿜은 마력을 창처럼 뻗어서 한 점을 꿰뚫는 기술, '실버리온 팡'으로 바꾸었기 때문이다. 이것은 누나와 내 고향을 멸망시켰던 적, 히르간처럼 검이 잘 통하지 않는 육체를 지닌 마물용으로 만든 기술이다.

형님이 '레이저' 같다고 했던 마력의 창이 히르간의 왼쪽 가슴을 크게 뚫은 다음, 두 쪽 난 육체…… 히르간이 땅바닥에 쓰러졌다.

"오, 오오…… 해냈다…… 해냈다고?!"

"레우스 공이 히르간을 해치웠다아!"

"모든 부대와 중앙에도 보고해라! 사기를 올려라!"

주위에 있던 사람들이 환호성을 지르며 기뻐하고 있는데, 줄리아하고 키스에게도 누군가가 달려가고 있으니 일단은 안심해도 되려나?

키스는 정신을 잃은 것 같지만, 아직 의식이 있던 줄리아와 눈이 마주쳤기에 나는 고맙다는 뜻을 담아 웃었다. 두 사람이 이렇게까지 열심히 버텨준 덕분에 내가 이 녀석을 쓰러뜨릴 수 있었으니까.

"레우스, 해냈구나!"

"그래. 모두들 덕분에 말이지."

정신을 차리고 보니 말이 없어진 알이 걸어왔기에 우리는 주먹을 맞부딪혔다.

집중하고 있던 동안에는 주위에서 무슨 일이 벌어졌는지 몰랐지만, 알이 묘하게 진흙투성이가 되고 검도 구부러진 걸 보니 여러모로 열심히 싸워준 것 같다.

나중에 확실하게 고맙다고 인사를 하고 싶으니 무슨 일이 있었는지 가르쳐달라고 할 생각이었는데, 그보다 먼저 알이 내게 물었다.

"그런데 방금 그 기술은 정말 대단한 검이었어. 마치 강검이 빙의한 듯한 검이었다고. 그것도 강파일도류의 기술이야?"

"그렇긴 한데, 그렇지 않다고도 해야 하나?"

이 싸움이 시작되기 전날, 나는 라이오르 할아버지와 이런 이야기를 나누었다.

『저기, 할아버지. 저번에 보여주었던 '강파일도', 나도 쓸 수 있게 되었어.』

『뭐냐, 애송이. 그런 유치한 기술을 쓸 수 있게 된 정도로 으스대지 마라. 얼빠진 녀석!』

『유치하다니, 미완성이라 해도 그게 오의라고 하지 않았어?』

『흥, 큼직한 걸 벨 때는 편리하긴 하다만, 그건 내가 목표로 삼은 검이 아니다. 그러니 다른 오의를 만들었지.』

『다른 오의?! 그게 대체…….』

『그래, 말로는 설명할 수 없으니 보여주고 싶다만, 에밀리아가 오늘은 이제 피곤해질 만한 일을 하지 말라고 했으니 말이다. 다음 기회를 기다리거라.』

결국 그 새로운 오의라는 걸 보지는 못했지만, 할아버지가 한 말을 통해 대충은 예상했다.

애초에 할아버지의 검은 큼직한 상대를 베기 위한 게 아니라 강한 상대와 싸우기 위한 검이다.

그리고 지금 할아버지가 가장 베고 싶은…… 이기고 싶은 상대는 할아버지보다 몸집이 작은 형님이니 마력을 써서 칼날을 늘리는 건 낭비라고 생각했을 것이다.

그러니 그렇게 낭비하는데 들이던 마력과 기합을 검뿐만이 아니라 몸에도 담고, 한계를 뛰어넘은 몸으로 휘두른 검으로……
벤다.

아무튼 그게 할아버지가 말한 새로운 오의가 아닐까 하고 생각하고는 내가 나름대로 해본 게 방금 그 검인 것이다.

"흐음, 이야기로 들은 것보다 훨씬 심오한 유파구나. 그러고 보니 좀 전에 너 자신이 빛났던 그건 뭐지? 지금은 사라진 것 같은데……."

"그게 무슨 소리야? 내가 빛났다고?"

"그, 그래. 네가 검을 휘두르기 직전에 온몸에서 은색 빛이 흘러넘쳤다고. 그건 네 마력인 거지?"

"그렇게 말해봤자, 나는 모아둔 마력을 폭발시켰던 것뿐이니까."

시간을 들여서 한계까지 모은 마력이 온몸에서 날뛰었기에 괴로웠지만, 그동안에는 변신했을 때보다 힘이 더 넘쳐났던 것 같기도 하다.

응, 생각해봤자 잘 모르겠으니 나중에 형님에게 물어보면 되겠지. 그렇게 생각하며 이야기를 마치려던 순간…… 내 꼬리가 갑자기 곤두섰다.

그와 동시에 우리를 쉬게 해주려고 주위에 있던 마물들을 상대하고 있던 병사들이 소리 지르는 게 들렸다.

"보, 보고! 히르간이, 히르간이 움직이기 시작했습니다! 아직 살아있습니다!"

"뭐라고?! 두 동강 났잖아?!"

"진정해라! 줄리아 님, 이곳은 저희에게 맡겨주시길! 우리가 단숨에 해치우자!"

오른쪽 육체에 핵이 남아 있었던 건지, 히르간이 한쪽 팔과 한쪽 다리만 움직여서 왼쪽 육체에 달라붙고는 재생하기 시작한 모양이었다.

하지만 우리가 그곳에 없어서 그런지 다른 사람들도 사정없이 공격을 가할 수 있었기에 병사들이 일제히 화살과 불꽃 마법을 날리기 시작했다.

그리고 대형 마물…… 기가티 엔트용 대형 말뚝까지 가져와 폭염이 가신 것과 동시에 박아넣으려고 준비하고 있었지만, 그보다 먼저 히르간이 움직였다.

폭염 속에서 마물처럼 네 발로 기어 뛰쳐나왔나 싶더니 병사들뿐만이 아니라 떨어져 있던 마물의 시체까지 먹기 시작한 것이다.

그동안에도 창과 마법 공격이 계속 날아들고 있었지만 식사는 멈추지 않았고, 알이나 부대장들이 습격당하지 않게끔 거리를 벌리라고 지시하자 그제야 히르간이 일어서서 나를 마주 보았다.

"꺼억…… 휴우, 방금 그건 진짜 위험했다고."

"우릴 보고 끈질기다고 해놓고, 너는 그 이상이구나."

"이 몸은 괜찮거든. 아니 그런데 그 녀석, 내가 모르는 사이에 손을 써두고 말이야. 짜증 나지 않냐?"

저 녀석이 실실 웃으며 두드리고 있는 오른쪽 옆구리. 두 동강 내기 전에는 아무것도 느껴지지 않았던 곳인데도 지금은 묘한 느낌이 든다.

　죽으면 발동되는 구조인가…… 그렇게 여러모로 분석하고 있던 알이 중얼거리고 있긴 한데, 아무튼 회복했다면 다시 한번 싸울 수밖에 없을 것 같다.

　저 녀석이 일어났을 때 지면에서 뽑아 든 파트너를 겨누고 있자니 옆에서 마찬가지로 검을 겨누고 있던 알이 깜짝 놀라며 나를 보았다.

　"레우스?! 그 검…… 아니, 팔은 왜 그래?"

　"어, 너무 무리해버린 모양이야. 그래도 아직 싸울 수 있어."

　나와 함께 계속 싸워준 파트너인 대검은 칼날이 절반 정도 부러졌다.

　손질을 게을리하진 않았지만 오랫동안 함께 해왔으니까. 그러니 천명을 다했다고는 생각하는데, 느낌으로 따지면 좀 전에 날린 기술에 검이 버텨내지 못한 건지도 모르겠다.

　그리고 신체 강화용 마력을 '실버리온 팡'에 써서 그런지 기술을 날린 왼쪽 팔에 상당한 부담이 실린 모양이라 좀 전부터 떨리는 게 멈추질 않아서 검을 제대로 쥘 수가 없다.

　부러진 검과 만족스럽게 움직이지 않는 왼팔. 상황이 더욱 안 좋아지기는 했지만, 싸우지 못하는 건 아니다.

　"흐헤헤, 그런 검으로는 좀 전에 썼던 기술은 못 쓰겠지. 그래도 더 해보겠다는 거냐?"

　"너야말로 우리들이 쓰던 것보다 더 단단하다던 무기가 전부 베였잖아."

"이 정도는 별것 아니지. 이 몸의 천왕검은 무기하고는 상관이 없으니까."

식사를 마친 다음 주운 건지, 히르간은 나와 마찬가지로 칼날이 절반으로 줄어든 여섯 자루의 검을 겨누었다.

다시 말해 검이 짧은 망치로 변한 것이다. 그렇다면 저 녀석은 완전히…….

"역시 넌 검사 같은 게 아니구나. 그러면서 천왕검 같은 호칭을 말하고 다니지 말라고."

"시끄러워! 천왕검은 나 자신이야! 못 써먹을 부러진 검이나 들고 으스대는 졸개 주제에!"

"검이 부러져도, 마음이 꺾이지 않으면 진 게 아니라고!"

형님과 할아버지에게 계속 패배해온 내 마음이 간단히 꺾일 거라 생각하지 마라.

그리고 마음이 꺾이지 않은 건 나뿐만이 아니야.

"훗…… 레우스가 한 말이 맞군. 나도 아직…… 싸울 수 있다."

"미안, 잠깐 졸았어. 무기는 이제 못 쓰게 되었지만, 아직 아버지에게 물려받은 주먹이 남아있다고."

"미력하나마 나도 돕도록 하지. 약간이긴 하지만 저 녀석의 움직임이 보이기 시작했다."

"""저희도 돕겠습니다!"""

회복 마법을 걸어줘서 겨우 일어설 수 있게 된 줄리아와 키스도 의욕을 보이며 내 곁에 서 있었다.

게다가 알뿐만이 아니라 친위대 사람들도 마찬가지로 우리 뒤에 서서 히르간을 노려보고 있다. 확실히 말해 다들 허세를 부리고 있다는 생각만 들 정도로 만신창이가 된 상태다.

하지만 저 녀석에게 선언한 것처럼 아직 진 게 아니다. 포기는 죽은 뒤에 해도 된다.

저 녀석의 약점인 핵의 위치도 알고 있으니 모두 함께 연계해서 싸우면 이길 수 있다!

"빌어먹을! 일부러 졸개들에게 맞춰주었더니 까불어대기는!"

"맞춰줬다니, 그냥 여유를 부리다가 방심한 거잖아."

"시끄러워, 그 녀석이 명령한 거라고! 그래도 말이지, 이렇게까지 당했으니 이제 봐줄 필요는 없겠지? 결국 싸움이라는 건 무슨 짓을 하더라도 마지막에 서 있는 녀석이 이기는 거니까!"

"그럼 저도 사양하지 않고 베도록 하죠."

"뭐어?!"

갑자기 있을 리가 없는 사람의 목소리가 들리나 싶더니 우익 쪽에 있던 마물들의 머리가 여러 개 동시에 날아갔고, 그림자 하나가 높게 뛰어올라 하늘에서 히르간을 향해 다가갔다.

난입자를 보고 놀라면서도 히르간은 무기로 상대방을 떨구려 했지만 여섯 자루의 무기를 휘두른 공격은 전부 멋지게 빗나갔고, 오히려 반격당해 쌍검으로 팔 하나를 베였다.

"……어라? 잘라낼 생각이었는데."

"이게, 조그만 주제에 건방지기는!"

화가 난 히르간의 공격을 다시 피하며 우리 앞에 착지한 사람은 우익에서 누나, 할아버지와 함께 싸우고 있는 줄 알았던 베이올프였다.

그런데 방금 그 공격은 대단했지. 할아버지에게 단련을 받은 덕분인지 공중에서 저렇게 깔끔하게 피하다니……. 아니, 이게 아닌데.

"왜 여기 있는 거야? 우익은, 누나랑 다른 사람들은 어쩌고?"

"그런 부분에 대해 이야기하자면 길어질 테니 나중에 설명하죠. 그런데 저게 그 히르간이라는 분인가요?"

"응? 그래, 저게 히르간이야."

"그렇군요……."

누나와 다른 사람들이 신경 쓰이긴 하지만, 베이올프를 보니 지독한 상황이 된 것 같진 않으니까 지금은 히르간에게 집중해야겠다.

그런데 초면이라고 해도 굳이 적의 이름을 확인하는 이유가 뭐지?

"야, 뭘 그렇게 속닥거리고 있어? 특히 거기 날벌레! 이 몸을 방해해놓고 그냥 넘어갈 수 있을 것 같으냐?"

"화가 나신 상황에서 죄송합니다만, 저는 이제 당신하고 싸울 수가 없으니 포기하시죠."

"영문도 모를 소리를 지껄이기는. 설마 도망칠 셈이냐? 도망치게 둘 것 같냐고!"

"아뇨, 아뇨. 당신과 꼭 싸우고 싶다는 분이……."

"으랴아아아아아아아아아아아아앗———!"

베이올프가 그렇게 말하자 좀 전과 똑같은 방향에서 엄청나게 큰 목소리와 함께 파괴음이 울려 퍼졌다.

100마리가 넘는 마물이 잘게 썰려 나가며 날아갔고, 흙먼지와 잔해 너머에서 나타난 존재를 본 베이올프는 히르간을 불쌍히 여기는 눈초리로 바라보며 계속 말했다.

"제가 잘못 말씀드렸네요. 당신과 싸우고 싶은 분이 아니라 마구 썰고 싶은 분이 있다……는 거였죠."

"애송이! 괘씸한 놈이 저 녀석이냐!"

"네, 이분이 히르간이라고 하네요."

이제 그 사람이 누군지…… 굳이 설명할 필요도 없을 것이다.

수백 명에 달하는 모험자와 용병들을 이끌고 온 라이오르 할아버지는 이상할 정도로 무서운 미소를 히르간에게 보이며 당당하게 나타났다.

"알겠냐! 애송이들! 내 사냥감에 손대지 마라!"

"""네!"""

저 모험자들하고 용병들, 싸우기 시작하기 전보다 순순해진 것 같은데?

게다가 줄리아의 친위대 못지않게 기세등등하게 공격을 가하며 좌익의 부대와 협력해서 마물들을 쓰러뜨려 주었기에 히르간 때문에 흐트러진 부대의 진형이나 사기가 돌아오고 있었다.

"그렇게 저희들이 루카와 마주쳤는데, 꽤 골치 아파서요……."

그 덕분에 우리도 여유가 생겼기에 친위대 분들에게 회복 마법을 걸어 달라고 하며 베이올프에게 우익 쪽 이야기를 듣고 있었다.

그쪽도 치열한 전투를 벌인 모양인데, 전황 때문에 누나를 두고 왔다는 이야기를 듣자마자 줄리아와 알이 매우 동요했다.

"뭐?! 에밀리아 공이 혼자 남았다고?!"

"크으…… 레우스, 바로 출발하자. 이곳은 아마 강검 공이 계신다면 어떻게든 될 거다."

"……누나가 괜찮다고 했다면 괜찮겠지."

리스 누나와 피아 누나의 힘을 빌리겠다고도 했고, 무엇보다 누나가 이기지 못할 싸움을 할 것 같지는 않다. 우리는 형님에게 살아남는다는 것을 확실하게 교육받았으니까.

아니, 만약에 누나가 루카를 쓰러뜨렸다면 지금 우리는 너무 한심한 거 아닌가?

넷이서 덤벼서 궁지에 몰아넣긴 했지만, 결국 할아버지에게 기대는 건 아닌 것 같다.

그래서 내가 누나를 별로 신경 쓰지 않는다는 이야기와 할아버지에게 너무 기대고 있다는 이야기를 다른 사람들에게 전하자 줄리아와 키스가 정신이 번쩍 들었다는 듯이 주먹을 쥐고 있었다.

"그렇긴…… 하지. 우리는 아직 지지 않았다고, 방금 막 말하지 않았나."

"맞아. 저걸로 흠씬 얻어맞은 빚을 갚아줘야지."

"무슨 심정인지는 저도 이해합니다. 하지만 문제는 저 사람을 막을 수 있을지겠죠."

"저, 저는 더 이상 여러분께서 무리하시지 않으셨으면 합니다만⋯⋯."

참고로 이렇게 느긋하게 이야기를 할 수 있게 된 건 히르간이 할아버지를 보자마자 계속 굳어 있었기 때문이다.

겁을 내고 있는 게 아니라 정말 좋아하는 사람을 겨우 찾아낸 것처럼 기쁨으로 가득 찬 눈빛을 보이고 있었고, 둘 사이의 거리가 몇 발자국 정도 남게 되자 히르간이 웃기 시작했다.

"흐, 흐헤헤⋯⋯ 람다에게 들었거든? 네놈이, 네놈이 그 강검이지?"

"⋯⋯⋯⋯흥."

"아무 말도 안 하나. 뭐, 됐어. 그럼 나하고 붙어보자고!"

그리고 히르간이 제대로 대답도 하지 않는 할아버지에게 달려들며 여섯 자루의 검을 휘둘렀기에 할아버지는 요격하려는 듯 검을 휘둘러 맞부딪혔다.

그러자 우리와 맞붙었을 때보다 훨씬 큰 굉음이 울려 퍼졌고, 얼마나 엄청난지 충격파까지 생겨나 적과 아군에 피해를 입힐 정도였다.

그런 두 괴물의 힘 대결에서 최종적으로 밀려나 튕겨 나온 것은⋯⋯.

"으아아아아아아아아아앗━━!"

"으음?!"

놀랍게도 할아버지였다.

싸울 때 땅에서 발을 거의 떼지 않는 할아버지의 몸이 살짝 떴

고 이쪽을 향해 날아왔지만, 양쪽 발로 땅바닥을 부수며 버티고
는 우리 앞에서 멈췄다.

"하, 으하하하하하하하하! 역시나! 이 몸의 힘은…… 강검을
뛰어넘었다아!"

"강검 공?! 저도 돕겠습니다!"

"영감님, 나도 도울게!"

강검이 힘으로 밀렸다는 상황에 모두가 경악하고 줄리아 같은
사람들이 가세하겠다며 떠들어대는 와중에 나는 뭔가 위화감을
느끼고 있었다.

할아버지가 튕겨져 나왔다는 건 진짜로 놀랐지만, 뭔가 이상
한 것 같은데? 평소보다 얌전하다고 해야 하나, 다른 걸 신경
쓰고 있어서 진심으로 검을 휘두르지 않은 것 같다.

그런 생각을 하면서 여전히 큼직한 할아버지의 뒷모습을 바라
보고 있자니 할아버지가 고개만 돌려서 내가 들고 있던 부러진
검을 보며 입을 열었다.

"그 검…… 견디지 못한 게냐?"

"그, 그래. 계속 나를 도와준 검인데, 이렇게 되어서 한심하
다고."

"흥. 미숙한 것 같으니."

"그렇게 말씀하지 마세요! 당신과 비교하면 아직 부족하긴 하
지만, 레우스의 검은 많은 사람들을 구해준 훌륭한 검입니다!"

"얼빠진 녀석. 미숙하다고 한 건 그 검을 만든 그 영감이다!
애송이의 성장을 내다보지 못하고 기술을 견디지 못하는 무딘

검이나 만들기는."

아니…… 어?

미숙하다고 혼나도 어쩔 수 없다고 생각했는데, 어째서 그렇게 부드러운 눈초리로 나를 보고 있는 거지?

그리고 내 기술에 견뎌내지 못했다니…….

"좀 전에 그 검, 봤어?"

"보일 리가 없잖느냐. 하나 보지 않아도 안다. 애송이 네가 내 혼을 뒤흔들 정도의 일격을 날렸다는 것 말이다."

마물에게 가려서 보이지 않았을 텐데, 할아버지는 그 검을 느낀 모양이다.

알과 키스는 어떻게 된 거냐며 멍하게 서 있었지만, 줄리아와 베이올프만은 이해한 듯이 고개를 끄덕이고 있었다.

평소 모습을 보면 상상도 안 되는 할아버지의 태도 때문에 내가 당황하고 있자니 다시 앞을 돌아본 할아버지는 검을 겨누며 어깨 너머로 계속 말했다.

"그러니 이번에는 내가 보여주마. 애송이, 너는 거기서 얌전히 있거라."

"이, 이런 상황에서 얌전히 있을 수 있겠냐고! 힘으로 밀린 주제에 허세 부리지 마."

"시끄럽구나. 기회가 생기면 보여준다고 하지 않았느냐. 그러니 내 기술을 보고 더욱 강해지거라…… 레우스."

"까불지……."

어라…… 방금, 내 이름?

할아버지가 상대방의 이름을 부르는 건 진심으로 인정한 상대뿐인데…… 설마?

뭐냐고. 이 할아버지는 형님에게 다가가기 위한 발판인데, 쓰러뜨려야 할 상대인데, 어째서 이렇게…….

"시, 시끄러워! 볼 거면 옆에서 봐도 되잖아."

"에잇, 걸리적거린다는데 이해가 안 되나! 먼저 너부터 벤다!"

정말, 열받긴 하지만 역시 평소의 할아버지구나.

그래도 뭔가 맥이 빠졌다고 해야 하나, 저렇게 된 이상 이제 멈출 수가 없으니 나는 그냥 얌전히 할아버지의 싸움을 지켜보기로 결심했다.

우리가 이야기를 주고받는 모습을 보면서 다른 사람들도 대충 눈치채고 포기한 것 같았다. 우리는 걸어가기 시작한 할아버지의 뒷모습을 조용히 바라보았다.

그때, 힘으로 이긴 게 기뻐서 계속 들떠있던 히르간은 할아버지가 다시 다가오자 그제야 웃음을 멈췄다.

"이길 수 있다…… 지금 이 몸이라면 이길 수 있어! 지금 강검을 죽이고 내가 세계 최강의 검사가 될 거다아!"

나는 별로 흥미가 없지만, 저 녀석은 최강이라는 칭호를 동경하고 있었던 건지도 모르겠다.

엘리시온 학교에 다닐 무렵, 자신의 힘에 한계를 느끼고 절망해서 용병이 되어 나쁜 짓을 아무렇지도 않게 저지르게 된 남자를 나는 알고 있다.

히르간도 그 용병과 비슷한 느낌으로 포기하고 있었을 때 람다와 만나서 힘을 받았을지도 모르겠다. 형님이 있었다면 사람의 몸을 버리면서까지 힘을 추구한 남자의 말로……라고 했겠지.

왠지 슬프다고도 할 수 있을 것 같은 그 남자가 크게 소리 지르고 있지만, 할아버지는 평소처럼 검을 겨누기만 했다.

"잔소리는 됐고, 어서 덤비지 못할까."

"헤헤…… 이기는 건, 나다아!"

다시 양쪽의 검이 맞부딪히고, 힘과 힘이 서로 밀어붙이는 싸움이 되었다.

하지만 이번에는 할아버지도 진심인 건지 힘이 호각이었다. 양쪽의 검이 스쳐서 불꽃이 튀었다.

"우오오오오오오오오오오오오옷———!"

"으아아아아아아아아아아앗———!"

그리고 동시에 검을 되돌린 다음, 이번에는 공격 횟수로 밀어붙이기 위해 히르간이 여섯 자루의 검을 자유자재로 움직이며 할아버지에게 덤벼들었다.

하지만 일격이 가벼워진 만큼 할아버지도 검을 빠르게 움직일 수 있게 된 건지 여섯 자루의 검을 전부 정면으로 받아내고 있다.

검의 극치에 달한 자와 사람임을 버리면서까지 힘을 추구한 자가 맞붙은 싸움이 한동안 이어졌지만, 너무나도 치열해서 눈이 따라잡지 못했기에 그것을 뒤늦게 눈치채 버렸다.

히르간 뒤에서 몰래 다가오고 있었던 건지, 땅을 기어온 얇은 뱀 같은 마물이 튀어 올라 할아버지의 한쪽 팔을 휘감은 것이다.

"으음?!"

"으햐햐하하하핫!"

뱀 같은 마물은 할아버지가 팔을 움직인 기세 때문에 떨어져 나간 것 같았지만 그 약간의 위화감이 달인들의 대결에서는 치명적인 빈틈이 되었고, 히르간의 일격이 할아버지의 어깨에 제대로 맞아버렸다.

저 웃음소리…… 분명 저 녀석이 꾸민 짓이구나!

우리가 분노하며 소리치기도 전에 어깨에 일격을 맞고 자세가 옆으로 크게 무너진 할아버지는 겨우 버텼지만, 히르간은 그 빈틈을 놓치지 않고 나머지 다섯 자루의 검을 내리치고 있었다.

"이 몸이 이기기만 하면 돼……."

"……으아압!"

하지만 그런 상태에서도 할아버지가 억지로 휘두른 검은 날아들던 다섯 자루의 검뿐만이 아니라 히르간조차 튕겨서 날려버렸다.

저렇게 불리한 자세에서 밀어내다니, 대체 힘이 얼마나 센 거야?

헛웃음조차 나오는 우리와 마찬가지로 히르간도 놀란 모양이었지만, 곧바로 어깨에 일격을 맞췄다는 사실을 떠올렸는지 웃음을 지었다.

몸이 튼튼해서 그런지, 멀리서 보기에 할아버지는 타박상만 입었을 뿐 뼈가 부러지지는 않은 것 같았다. 그래도 검을 휘두를 때는 영향이 클 것이다.

저 녀석과는 달리 상처가 금방 낫는 것도 아닐 테니 서서히 궁지에 몰리게 되는 상태였는데, 할아버지가 갑자기 중얼거렸다.

"그만하련다."

"……뭐어?"

"""""뭐?"""""

그 말을 듣고 히르간 뿐만이 아니라 우리도 맥빠지는 목소리를 냈지만, 할아버지는 시시하다는 듯이 한숨까지 쉬었다.

"나와 맞붙어 싸울 수 있는 자는 오랜만에 보았기에 좀 어울려 주었다만…… 벌써 질렸다."

"뭐……라고오?!"

"알겠나? 나는 말이다, 강한 검사나 전사와 싸우고 싶은 게다. 너 같은 마물과는 셀 수도 없을 만큼 많이 싸웠으니 금방 질린단 말이지."

"마물하고 한데 싸잡아서 보는 거냐?! 마물 따위가 이 몸의 천왕검을 쓸 수 있을 거라……."

"그 정도로 말이냐? 내가 보기에는 빌려온 힘으로 장난감을 휘두르고 다니는 꼬맹이로밖에 안 느껴진다만. 애초에 겨우 그 정도 기술로 검사 행세를 하지 말거라! 얼빠진 녀석!"

"크…… 윽……."

명성까지 포함해서 확실한 실력자가 날린 돌직구 같은 말에 히르간은 제대로 대답도 하지 못할 정도로 미쳐 날뛰고 있는 모양이었다.

설마 도발로 상대방의 빈틈을 유도……할 리가 없겠구나, 하고 싶은 말을 담아둘 만한 할아버지도 아니고.

게다가 그만두겠다는 말에는 이 싸움을 끝내겠다는 의미도 있는 것 같아서 대체 뭘 하려는 건지 지켜보고 있을 때, 옆에 있던 베이올프가 무언가를 눈치채고는 소리쳤다.

"아, 끝낼 생각이신 모양이네요. 그걸 쓰려는 것 같으니까요."

"그거라니, 혹시 저번에 이야기를 들었던 오의 말이야?"

"네. 오의의 이름은 '강파일섬'. 적에게 쓴 적은 아직 한두 번 정도밖에 안 될 것 같은데요?"

어떤 오의인 건지 기대하고 있자니 할아버지는 평소와 똑같은 자세…… 검을 하늘 높이 들어 올리는 상단 자세를 취했다.

거기까지는 똑같았지만, 갑자기 분위기가 바뀌고 할아버지의 모습이 히르간보다 커진 것처럼 느껴졌다.

"저건…… 좀 전에 레우스가 사용했던 기술인가?"

"하하, 정말 터무니없는 기백이군. 몸이 흥분해서 떨리는 게 멈추질 않는데."

그때의 나와는 달리 할아버지의 몸에서 빛이나 마력이 새어 나오지는 않는 것 같지만, 주위에 있던 마물들이 공포에 질려 물러나기 시작한다는 점은 똑같은 모양이다.

"이…… 영감이!"

한편, 분노로 인해 냉정함을 완전히 잃은 건지, 아니면 내 기술로 인해 익숙해진 건지, 히르간은 본능조차 뛰어넘어 할아버지에게 달려들었다.

그리고 할아버지의 검이 닿는 범위에 들어간 순간…… 히르간의 왼쪽 팔 하나가 공중에 떴다.

"……실수했군."

빠, 빠른데?! 우리에겐 할아버지의 손 근처가 흔들린 것처럼만 보였다.

그런데 어째서 나처럼 몸을 두 동강 내지 않은 거지? 게다가 실패했다는 듯이 말하고 있고, 혹시 빗나간 건가?

"오오…… 저분은 대체 얼마나 내 예상을 뛰어넘어주실 건지. 훌륭하군!"

"저 영감님, 어깨를 공격당했었지? 그런데도 저 정도라니, 대체 몸이 어떻게 된 거야."

하지만 제일 놀라운 점은 검을 다 휘두른 할아버지가 정신을 차리고 보니 다시 원래 자세로 돌아가 있다는 점이었다.

그런 건 당연한 거라고 생각할 수도 있겠지만, 극한의 일도라고 할 만한 저 기술을 날리면 검뿐만이 아니라 몸에 걸리는 부담도 엄청나게 커진다. 그래서 나도 마력으로 터져버릴 것 같은 몸을 강화했었고, 소모도 심해서 한 번 내리치는 게 한계였다.

그러나 다시 자세를 잡는 걸 보면 할아버지는 그 기술을 아직 더 쓸 수 있다는 뜻이다. 예상이 맞았는지 팔 다음에는 다른 쪽 손가락을 잘라내고 있었다.

팔 하나가 잘려나갔는데도 불구하고 돌격을 멈추지 않은 히르간도 예상을 훨씬 뛰어넘는 공격의 속도를 보고 냉정해졌을 것이다.

곧바로 멈춰서 일단 거리를 벌리려 했지만…….

"으갸아악?!"

"……어디 가는 게냐."

땅을 박차려던 히르간의 발목을 잘라내 움직임을 막는다.

쓰러진 기세로 인해 약간 멀어지긴 했지만, 할아버지도 그만큼 땅을 미끄러지듯이 움직여 다가섰다. 다리가 전혀 떠오르지 않았는데도 빠르게 이동했기에 옆에서 보기에는 기분 나쁜 움직임 같기도 했다.

그리고 할아버지는 히르간이 고개를 드는 것을 기다렸다가 계속 난도질해나갔다. 이미 눈치채고 있는지 옆구리에 있는 핵을 일부러 피해나가면서.

"레, 레우스. 슬슬…… 나서야 하지 않을까?"

"멈추긴 하려나?"

솔직히 말해…… 우리는 약간 머뭇거리고 있었다.

마치 고문을 하는 것처럼 손가락부터 팔, 발부터 허벅지, 몸의 중심을 향해 서서히 히르간의 몸을 잘라내고 있는 할아버지의 모습을 보니 이제 어느 쪽이 적인지 알 수가 없다.

"그만두시죠. 이번에는 절대로 불가능할 겁니다. 저분이 말씀하셨잖아요."

"아…….."

『그러냐…… 그러냐. 그 얼간이는 팔과 다리뿐만이 아니라 손가락부터 베도록 하지.』

말했다……. 히르간이 누나를 노렸다는 이야기를 들었을 때,

265

할아버지가 분명히 그렇게 말했다.

어? 그걸 진심으로 실천하고 있다는 건가?

좀 전에 실수했다고 말한 것도 설마 손가락이 아니라 팔을 베어버려서?

"이제 아무도 말릴 수는 없을 것 같네."

"네. 포기하는 게 중요합니다."

실제로는 그냥 말로 꼬드겼을 뿐, 저 녀석은 누나를 건드리지도 않았지만 할아버지는 더러운 눈으로 보기만 한 것도 용서하지 못하는 모양이다.

여러 가지 의미로 큰 건지 작은 건지 알 수가 없는 할아버지의 폭주는 멈출 줄을 몰랐고, 우리는 그저 보고 있을 수밖에 없었다.

그 이후로도 할아버지의 일방적인 공격이 계속되었지만, 히르간도 당연히 저항하려 했다.

베인 팔을 주워서 붙이거나, 베일 각오를 하고 억지로 할아버지에게 달려들려 했으나 그런 저항도 할아버지의 검 앞에서는 전부 헛수고로 끝났다.

마지막에는 양쪽 다리와 여섯 개나 달려 있던 팔이 전부 잘려나갔고, 그제서야 히르간은 포기한 듯이 목소리를 냈지만…….

"이제 그만…….".

"으랴아아아아아아아아아아아아아아아아앗———!"

옆구리의 핵을 베여서 그 말을 끝까지 하지도 못한 채 입을 다물게 되었다.

아직 다른 곳에 핵이 남아 있어서 되살아난다 하더라도 기세가 멈추지 않은 할아버지가 히르간의 몸을 더욱 잘게 베고 있으니 이제 부활하지는 못할 것이다.

"누가 저 살점을 소각시켜라. 최대한 가까이 다가가진 말고."

"네!"

줄리아가 만에 하나를 대비해 지시를 내리자 살점 덩어리가 된 히르간은 불꽃 마법으로 인해 완전히 타버렸다.

힘들고 괴로운 싸움이었지만, 이번에야말로…… 끝났구나.

이러쿵저러쿵해도 짭짤한 부분은 할아버지가 전부 챙겨간 것 같지만, 우선 목표였던 히르간을 쓰러뜨렸으니 그냥 넘어가야겠다.

히르간이 사라져서 움직임이 둔해진 주위 마물들은 병사들이 막아줄 듯하기에 우리는 잠시 숨을 돌리며 쉴 수가 있을 것 같다.

"이겼……구나."

"그래. 자신의 미숙함이 분하다만, 지금은 히르간을 쓰러뜨린 걸 기뻐하도록 하지. 이 싸움은 나 개인의 것이 아니니까."

"그래도 마지막은 너무 지나쳤던 것 같은데요."

"신경 쓰지 마. 나는 잘 모르겠지만, 저 녀석은 꽤 지독한 짓을 저질렀던 거지? 그 벌을 받은 것뿐이야."

키스가 말한 대로 동정할 필요는 없다.

람다에게 개조당했기 때문이라고는 해도, 욕망에 휘둘리며 마구 날뛰어댄 저 녀석이 살아있었다면 더 많은 희생자가 생겼을 테니까.

마음을 다잡고 쉬면서 무구와 몸 상태에 대해 다 같이 확인했는데, 우리들은 예상했던 것보다 더 상태가 좋지 않은 상황이었다.

"검은 부러져버렸지만, 아직 써먹을 순 있을 것 같네. 그쪽은 어때?"

"내 검은 괜찮은 것 같다만, 몸이 말을 듣지 않는다. 하지만 말 위에서라면 아직 싸울 수 있을 것이다."

"내 무기는 안 되겠어. 적당한 무기는 너무 가벼우니 한동안은 주먹으로 싸워야겠는데."

"확인하고 왔다. 난전을 벌이게 되어 부대 전체의 피해가 크지만, 사기는 여전히 높고 강검 공이 데리고 온 부대와 합류한 덕분에 아직 싸울 수 있을 것 같다."

무기와 체력이 불안한 상황이긴 하지만, 일단 물러나서 보급을 받자는 이야기는 아무도 꺼내지 않았다.

왜냐하면 히르간을 쓰러뜨린 뒤에도 할아버지의 흥분이 가라앉지 않아 그 기세를 살려 주위에 있는 마물들을 계속 베어나가고 있기 때문이다. 베이올프도 그쪽에 끼었기에 확실히 말해 우리가 나설 필요가 없을 정도의 기세로 섬멸하고 있다.

그렇다면 부상자와 우리만이라도 돌아가도 괜찮을지 모르겠지만, 차분하게 전장을 둘러보니 쉬고 있을 여유는 없을 것 같다.

지금까지 히르간에게 집중하고 있었기에 눈치채지 못했는데, 전투가 시작되기 전에는 없었던 것이 적진 중앙 안쪽 깊숙한 곳에 생겨나 있었기 때문이다.

"중간에 람다가 방해했었는데, 그것도 도중에 멈췄지."

"다시 말해, 저게 그 이유라는 거야?"

전장 어디에서나 보이는 그것은 산처럼 커다란 기가티 엔트보다 더욱 거대한 나무였다.

이상한 건 크기뿐만이 아니었고, 나무에서 수많은 덩굴이 돋아나 있으며 그 덩굴이 무언가와 싸우는 듯이 마구 움직이고 있었다.

식물이라는 걸 생각하면 람다의 소행일 게 틀림없고, 할아버지가 여기 있는 이상 저렇게 큰 걸 상대로 싸울 수 있는 사람은 한 명밖에 없다.

"싸우고 있는 거야…… 형님이!"

지친 우리가 가봤자 아무런 힘도 되지 못할지도 모르겠지만, 그렇다고 해서 멀리서 바라보고 있을 수만은 없다.

다들 똑같은 생각을 하고 있었던 모양이었다. 우리는 어느 정도 쉬다가 병사들이 데려다 준 말을 탔는데 어떤 문제를 눈치챈 알이 나아가려 하는 우리를 말렸다.

"잠깐만 기다려. 강검 공을 잊은 거 아닌가?"

"내버려둬도 되겠지. 저 영감님은 아직 멈출 것 같지 않잖아."

"그럴 수는 없다. 강검 공의 힘은 반드시 필요할 거야. 어떻게든 방향만이라도 유도할 수 있으면 좋겠는데……."

우리 중에서 가장 할아버지에 대해 잘 알고 있는 베이올프의 말에 따르면 내가 성장한 게 기뻐서 마음이 좀처럼 가라앉지 않는 것 아닐까……라고 했다. 조금 창피하긴 하지만, 정말로 그렇다면 기쁠 것 같다.

하지만 이대로 가다간 진짜로 할아버지를 두고 가게 될 것 같았기에 줄리아가 곤란해하는 것 같았는데, 그것도 금방 해결될 듯했다.

"레우스! 여러분! 무사하셨나요?"

마물을 헤치며 갑자기 나타난 부대 중에 미소를 짓고 있는 누나가 있었기 때문이다.

그쪽도 치열한 전투를 벌였는지 꽤 지친 것 같았지만, 누나도 무사히 루카를 쓰러뜨린 모양이구나.

"오오?! 무사했군. 에밀리아 공이 와줬으니 강검 공도 진정하겠어."

"게다가 우익 부대까지. 이만큼 전력이 갖춰졌으니 충분히 해볼 수 있겠다!"

루카와 히르간을 쓰러뜨린 지금, 우선 목표인 적은 람다뿐.

피아 누나가 있는 중앙 부대도 순조롭게 진군하고 있는 것 같으니 우리가 나아갈 곳은 한 군데뿐이다.

"좋았어! 다들 형님이 있는 곳으로 가자!"

"""""오오오━━━!"""""

무심코 내가 호령을 내려버렸는데, 다들 당연하다는 듯이 대답해 주었다.

많은 목소리가 한데 겹쳐졌고, 사기도 최고로 오르자 나는 고삐를 쥐고 말을 몰아갔다.

《에이전트》

—— 시리우스 ——

양익에 배치된 루카와 히르간이 남매와 맞부딪힐 무렵, 나는 적진 안쪽 깊숙한 곳에 도착했다.

교란이라고는 해도 혼자서 이런 곳까지 파고드는 건 바람직하지 못할지도 모르겠지만, 람다가 제자들의 전투를 방해할 가능성도 있기에 견제가 필요했기 때문이다.

그밖에도 데리고 온 마물들이 일방적으로 당하고 있는데도 여전히 아무런 대처도 하지 않는 람다의 목적과 비책을 알아내기 위해 나는 이곳까지 파고든 것이다.

예상대로 람다의 위치는 중앙 안쪽 깊숙한 곳이었고, 일부러 주위의 마물을 멀리 떨어뜨려 둔 공백 지대 같은 곳에서 그 녀석은 당당하게 서 있었다.

적을 습격하지 말라고 명령해둔 모양이었다. 그곳에 내가 발을 내디뎠는데도 주위의 마물들은 전혀 움직이지 않았기에 나는 천천히 걸어서 람다에게 다가갔다.

그리고 몇 발자국 남은 거리까지 다가가서 멈춰서자 람다가 먼저 말을 걸었다.

"당신은 정말로 무시무시한 분이군요. 자신의 오기를 관철하기 위해 여기까지 올 줄이야."

눈앞에 있는 건…… 람다 단 한 명.

얼굴 생김새와 눈이 약간 바뀌긴 했지만, 모습은 생도르에 온 직후 처음 만났을 때와 거의 차이가 없었다. 몸은 날씬하고, 똑똑해 보이는 기척을 풍기는 청년이다.

단, '서치'로 조사해보지 않아도 알 수 있을 정도로 람다의 육체는 생명력으로 넘쳐나고 있었으며 다가가기만 해도 털이 곤두설 정도로 이상한 느낌도 풍기고 있다. 마치 수백, 수천 명의 목숨을 하나의 육체에 농축시킨 듯한 느낌이라고 해야 할까?

"하지만 이렇게 눈앞에 나타났으니 어쩔 수 없죠. 슬슬 때가 되기도 했으니 제가 상대해드리도록 하겠습니다."

"슬슬 때가 되었다니, 역시 의도가 따로 있어서 마물을 방치해두고 있었던 모양이로군. 목적은…… 네가 몇 번이나 말했던 절망이라는 것 때문인가?"

"후후, 역시 눈치채신 모양이군요. 하지만 들켰다고 해도 어떻게 해보지도 못할 테니 당신도 꽤 곤란하겠어요."

결국, 처음부터 람다가 해야 할 일은 아무것도 바뀌지 않았다. 공포에 저항하려 할 때마다 몇 번이든 떨어뜨려서, 생도르가 절망을 맛보게끔 하고 있을 뿐이다.

다시 말해 람다는 우리가 희망을 가지게 만들기 위해 일부러 마물에게 최소한의 지시만 내린 것이다.

사람들에게 있어서 대부분의 마물은 적이고, 동정할 생각은 없지만…… 정말 불쾌한 생각 같다.

"그게 작전이든 뭐든 상관은 없지만, 쓸데없이 희생을 늘리는 건 마음에 들지 않는군. 특히 내 제자와 그 부인 후보는 화가 났던데."

"착각하지 말아주십시오. 저는 마물을 낭비할 생각은 없으니까요."

람다가 그렇게 말하자 마물의 단말마가 모든 방향에서 일제히 울려 퍼졌다.

확인해보니 우리를 둘러싸고 있던 마물이 땅바닥에서 튀어나온 뿌리에 꿰뚫려서 피를 뽑히거나 잡아먹히는 것처럼 뿌리에 감싸여 있었다.

잘 살펴보니 내가 여기로 오는 동안 쓰러뜨린 마물도 당했고, 뿌리는 생사를 불문하고 마물을 계속 잡아먹었다.

그와 동시에 람다의 발치에서 수많은 덩굴이 돋아나기 시작했다. 덩굴이 모여 거대한 나무가 되나 싶더니 그 나무가 하늘을 찌를 기세로 솟구쳤다.

잠시 후에야 성장이 멈췄고, 내 눈앞에 솟아난 것은 스승님의 나이프의 기반인 성수와 똑같이 생긴 나무였다.

내가 더욱 경계하며 살피고 있자니 나무 일부에서 사람의 상반신으로 보이는 것이 돋아나기 시작했다. 람다의 모습이 된 그것은 씨익 웃으며 나를 내려다보았다.

『오래 기다리셨습니다. 이 모습이 되려면 수고와 시간이 좀 필요해서요.』

정신을 차리고 보니 우리를 둘러싸고 있는 것은 마물이 아니라 식물의 뿌리뿐이었고, 그 너머에서는 다른 마물들이 희생당하는 모습이 보였다.

"그렇군. 그러니까, 이 마물들이 전부 먹이…… 네 영양분인가."

이 정도 질량을 유지하기 위해서는 상당히 많은 에너지가 필요할 텐데, 그걸 얼마든지 불러모을 수 있는 마물로 충당하고 있는 거구나.

거대하기만 한 게 아니라 뛰어난 지성을 지녔으며, 끊임이 없는 보급을 받는다.

그밖에도 뭔가 있을 것 같긴 한데, 이게 람다의 비장의 수구나.

아직 싸우지는 않았으니 실력이 미지수이긴 하지만 이 정도 상대가 겉만 번지르르할 리가 없다.

아마 한 나라의 전력 정도로 어떻게 해볼 수 있는 상대는 아닐 것 같으니, 지금까지 이 녀석이 보여준 여유가 무너지지 않을 만도 하다.

『어떻습니까? 낭비는 전혀 하지 않았죠? 강한 자가 약한 자를 먹는다. 저는 그렇게 당연한 일을 했을 뿐입니다.』

분명 그의 주장이 잘못되지는 않았을 것이다.

그리고 세계가 약육강식이라는 사실은 나도 충분히 이해하고 있다. 하지만…….

"아무리 자신의 정당성을 주장하더라도 마음에 안 드는 건 안 드는 거고, 애초에 너무 지나친 자는 자연스럽게 도태되기 마련이다. 이봐, 이제 이야기는 충분히 했지? 슬슬 시작하자고."

『이 모습을 보고도 겁내지 않고 도전하는 겁니까? 그야말로 영웅이로군요. 제가 보기에는 그저 어리석은 자이지만요.』

"그래, 나는 영웅 같은 게 아니다. 나는 너를 막기 위해 싸우는 전사…… 아니, 에이전트(특수공작원)지."

어떤 괴물이라 해도 사람이 만든 것이라면 당해내지 못할 리가 없다.

곧바로 마석 카드를 전개하고 스승님의 나이프와 접속한 나는 나를 꿰뚫기 위해 뻗은 덩굴 촉수를 피하며 '매그넘'을 날렸다.

그렇게 나와 람다의 최종결전이 시작된 것이었다.

전선 기지에서 생도르로 돌아온 다음 날 아침.

할아버지를 이용해서 모험자와 용병들을 동료로 끌어들이는 의뢰를 마치고 모두가 기다리고 있는 방으로 돌아오자 아침부터 계속 자고 있던 카렌과 히나가 그제야 깨어났다.

이미 점심 식사 준비를 시작할 시간이었기에 정말 늦잠꾸러기 같기도 하지만, 카렌과 히나는 어젯밤에 우리가 돌아오는 걸 기다리다가 늦게 잤으니 어린아이에게 필요한 수면시간을 생각하면 딱 알맞게 잔 건지도 모르겠다.

그런 두 사람이 잠든 침대 주위에는 제노드라 일행이 모여 있었고, 잠이 덜 깬 카렌이 윗몸을 일으켜서 주위를 보았는데…….

"……제노드라 니임?"

"그래, 나다. 슬슬 일어나도록 하거라."

"엄마…… 조금만 더…….."

"이, 이놈! 여기는 집이 아니다. 잠들지 말거라!"

제노드라 일행을 보고 집이라고 착각한 건지 카렌은 다시 자려고 했다.

한편, 카렌과는 달리 잠이 금방 깬 히나는 자신을 둘러싸고 있던 제노드라 일행을 보고 겁을 먹었기에 메지아가 긴장한 표정으로 말을 걸었다.

"히나라고 하였지? 우리는 적이 아니니 무서워할 필요는 없단다."

"…………."

"어, 어째서 물러나는 게지? 제노드라, 어떻게 좀 해 다오!"

"내게 넘기지 마라. 에잇, 카렌, 이불 속으로 숨지 말거라!"

전투를 벌일 때는 누구보다 믿음직스럽고 외모도 박력이 넘치는 용족 두 명이 나란히 어린애 때문에 쩔쩔매는 광경은 정말 초현실적이다.

그건 그렇고, 메지아는 어린애를 잘 못 다룬다고 해야 하나, 확실하게 말해 서투른 것 같다. 초면에 그렇게 억지로 말을 걸면 당연히 경계할 텐데.

뭐, 보아하니 히나는 낯을 가릴 뿐 진짜로 메지아를 무서워하는 건 아닌 것 같다. 만약에 겁을 먹었다면 떨면서 무언가에 기댈 텐데, 지금은 약간 거리를 두고 메지아를 빤히 바라보고 있으니까.

그런데 서로 무언가를 느끼고 있는 건가? 마주 보며 움직이지 않는 히나와 메지아 옆에서, 겨우 잠이 깬 카린이 우리가 왔다는 걸 보고 머리카락이 뜬 채 달려와서는 내게 몸통박치기를 날리는 기세로 끌어안겼다.

"선생님!"

"어이쿠?! 뭐야, 오늘은 일찍 일어났네."

그때 카렌은 반쯤 자고 있었으니 지금이 진짜 닷새 만의 재회겠지.

기쁘게도 카렌이 내 배에 볼을 비벼대며 매우 좋아했기에 나는 마음을 담아 그녀의 머리를 쓰다듬어 주었다.

"착하게 지내고 있었던 모양이네. 봐, 다들 같이 왔어."

"응! 에밀리아 언니, 어서 와!"

"네. 다녀왔습니다."

"다녀왔어, 카렌. 이런, 여자애가 이렇게 머리카락이 뜬 채로 돌아다니면 안 되지."

"리스 언니!"

내 말을 듣고 에밀리아에게 달려간 카렌은 손으로 뜬 머리카락을 다듬어준 리스에게 안겼다.

한동안 끌어안고 머리카락을 다듬은 다음, 카렌은 약간 떨어진 곳에서 지켜보고 있던 레우스에게 돌격하려 했는데…….

"호쿠토도!"

"……멍."

중간에 방향을 바꾸나 싶더니 근처에 앉아있던 호쿠토에게 달려갔다.

모두가 뭐라 하기 힘든 표정으로 그 광경을 지켜보고 있었지만, 정작 레우스는 전혀 신경 쓰지 않을 뿐만 아니라 오히려 이해가 된다는 듯이 고개를 끄덕이고 있었다.

"뭐, 호쿠토 씨가 먼저긴 하지."

상하 관계가 확실하게 잡혀 있다고 해야 하나, 말단 근성이 뼛속까지 박혀 있다. 뭐, 원인의 일부는 내게도 있지만.

그렇게 미묘한 분위기 속에서 한동안 호쿠토의 푹신푹신한 털을 잔뜩 즐긴 카렌은 이번에야말로 레우스에게 갔다.

"레우스 오빠도 어서 와!"

"그래! 잘 지내고 있었어?"

달려온 카렌을 안고 높게 들어 올려 주는 레우스의 모습은 옆에 마리나가 있어서 그런지 자상한 아버지 같은 느낌이었다.

그렇게 보이게 된 것도 성장이라고 생각하며 지켜보고 있자니 카렌은 그제야 마리나가 있다는 걸 눈치챈 모양이었다.

"⋯⋯이 사람, 누구야?"

"그래, 이 언니는 마리나야. 봐, 이 애가 카렌이라고."

"잘 부탁해, 카렌."

"응⋯⋯."

미리 카렌에 대해 설명해 두었기에 마리나도 딱히 동요하지 않고 미소를 지으며 인사를 했지만, 카렌은 왠지 어떤 게 신경 쓰여서 인사도 대충 하는 것 같았다.

"이 녀석, 인사는 제대로 해야 한다고 형님이나 누나한테 배웠잖아?"

"그래도, 이 언니 꼬리⋯⋯."

처음 만난 상대라 겁을 먹었나 싶었는데, 보아하니 마리나의 꼬리가 신경 쓰여서 어쩔 줄 모르는 모양이었다. 호기심이 왕성한 아이니까.

처음 만났을 때는 세 개의 꼬리 때문에 열등감을 품고 있던 마리나도 지금은 당당하게 드러내고 있는 꼬리를 카렌에게 보여 주며 말을 걸었다.

"내 꼬리가 신기하니?"

"응, 잔뜩 있어서 신기해. 만져도 돼?"

"그래. 그래도 너무 세게 쥐면 안 된다."

"응!"

"카렌, 잠깐만 기다려!"

위화감이 전혀 없는 대화였는데도 갑자기 레우스가 말리러 나섰기에 두 사람뿐만이 아니라 우리도 고개를 갸웃거리고 있었다.

"만지기만 하는 건 치사하잖아? 카렌도…… 그걸 보여주어야 하지 않을까?"

주위에 외부인이 있는지 알아보고 있었는지 레우스는 말을 한 번 끊었다가 카렌의 등을 손가락으로 가리켰다.

"알았어! 이러면 돼?"

무슨 의도인지 눈치챘는지 카렌은 등을 돌리고 유익인의 특징인 날개…… 한쪽만 특히 자그마한 날개를 마리나에게 확실하게 보여주었다.

그리고 날개를 두 번 정도 퍼덕이고 나서 마리나의 꼬리를 만지기 시작했다.

"이야기를 듣긴 했는데, 이렇게 다르구나."

"그래. 마리나하고 마찬가지지?"

"날개하고 꼬리는 전혀 다르잖아. 그래도…… 응, 조금 기쁜 것 같아."

태어날 때부터 주위와는 다른 사람들끼리 친근감이 생긴 건지 마리나는 눈을 살며시 가늘게 뜨면서 꼬리 세 개를 재주 좋게 움직여서 카렌을 즐겁게 해주고 있었다.

신기해서 그런지 눈을 반짝이며 꼬리를 만지고 있던 카렌은 어느새 리펠 공주에게 붙잡혀 있었다.

"아, 정말…… 다녀왔어, 카렌. 잘 지냈니?"

"어푸…… 어, 어서 오세요."

"하아, 이 감촉…… 참을 수가 없네에. 어머, 아직 머리카락이 떠 있잖니. 세니아."

"네. 빗과 삶은 수건은 여기 있습니다."

"공주님. 적어도 이 아이에게 허락은 받고 말이죠……."

이쪽은 이쪽대로 여전한 모양이다.

자, 마지막은 가장 미지수인 만남일 테니 나는 약간 경계하며 카렌을 영감님 앞에 세웠다.

다행히도 제노드라 같은 용족을 보고 자라서 그런지 카렌은 영감님을 무서워하지 않는 것 같았다.

"카렌, 이 사람은 라이오르야. 다양한 책에 나왔던 강검, 그 사람이라고."

"강검?! 그 검으로 뭐든지 베어버리는 대단한 사람 말이야?"

동경이라고 할 정도는 아니었지만, 책에 나온 존재라 그런지 카렌이 한껏 신난 모양이었다.

"저기, 저기, 산처럼 엄청 크고 긴 뱀을 단칼에 베어서 쓰러뜨렸지?"

"뱀? 기억이 잘 안 나는구나."

아마 뱀 같은 마물은 너무 많이 베어서 기억이 안 난다……라는 뜻 같다.

"그럼 머리가 세 개 달린 괴물은?"

"그런 걸 베었던가?"

그냥 잊어버린 모양이다.

"……진짜로 강검 맞아?"

그 결과…… 영감님의 독특한 분위기는 어린아이에게는 통하지 않았고, 오히려 가짜라고 생각한 모양이었다.

뭐, 진실은 언젠가 알게 될 테고 영감님 본인도 아무렇지도 않은 건 같으니 내버려두어야겠다.

한편, 히나와 메지아는…….

"좋아, 그럼 이 치즈라는 걸 먹을 테냐? 가까이 와준다면 줄 수도 있다만?"

"……필요 없어."

"뭐?! 이렇게 맛있는 것도 안 된다는 게냐?!"

"메지아 공……."

"먹을 것으로 낚으려고까지 하시다니, 필사적이시다는 건 이해가 됩니다만……."

"우선 그 살기를 억누르셔야 할 것 같습니다……."

여전히 히나가 거리를 두고 있었고, 메지아의 방식도 어린아이에게는 맞지 않았기에 계속 고전할 것 같다.

그런 소동을 겪으며 점심 식사를 마친 다음, 전투 준비로 바쁠 줄 알았던 줄리아가 우리에게 찾아왔다.

"레우스. 미안하다만 잠깐 같이 가줄 수 없겠나?"

"오, 좋지. 역시 쉬기만 하는 게 아니라 검도 가볍게 휘둘러줘야지!"

"매우 매력적인 제안이다만, 그건 나중에 하도록 하지. 내가 온 건 말 때문이다."

"그러고 보니 시간이 오래 걸린다고 했었지. 벌써 찾은 거야?"

두 사람이 이야기하고 있는 내용은 내일 전투 때 레우스가 탈 말에 대해서다.

레우스는 자신보다 무거운 검을 휘두르기 때문에 평범한 말은 금방 짓눌려버리게 된다. 그것뿐만이 아니라 검을 휘두르는 반동을 말이 견뎌낼 수가 없기 때문에 레우스는 온 힘을 다해 검을 휘두르지 못하게 되는 것이다.

전선 기지에서 전투를 벌였을 때도 말은 거의 타지 않았고, 제대로 탄 건 줄리아의 애마에 함께 탔을 때 정도일 것이다. 그 말은 줄리아에게 걸맞게 체구가 듬직했고, 고삐도 줄리아가 쥐고 있었기에 레우스도 별로 고생하지 않고 검을 휘둘렀던 모양이다.

하지만 내일 전투를 벌일 때는 함께 타기 힘들 테니 줄리아의 제안에 따라 레우스가 탈 말을 마련하게 된 것이다.

"그렇다, 수고가 좀 들긴 했다만 무사히 말이지. 지금 안내할 생각인데, 마리나도 함께 가겠나?"

"어? 그, 그럼 호의를 받아들여야지."

실제로 볼일이 있는 건 레우스뿐이지만, 마리나도 불러서 함께 갈 모양이다.

왠지 신경 쓰였기에 나와 에밀리아도 함께 가기로 했고, 우리 다섯 명이 줄리아의 안내를 받아 간 곳은 성 밖에 있는 말 목장이었다.

나라에서 보유한 군마를 사육하는 곳이었고, 넓은 목초지에 많은 말이 이곳저곳 흩어져서 지내고 있었다.

그리고 여러 개 있는 마구간 중 한 곳 앞에 도착하자 선두에서 걸어가던 줄리아가 돌아섰다.

"저 마구간이다. 바로 문을 열 텐데, 다들 이 근처에서 기다리고 있는 게 좋겠군. 약간 억지로 끌고 온 탓인지 기분이 상했으니 조금 날뛸 가능성이 있다."

"성격이 거칠다는 건가요?"

"으음. 게다가 나 말고 다른 사람이 하는 말은 제대로 듣지도 않고, 멋대로 돌아다니니 찾느라 매번 수고가 드는군."

이야기를 들어보니 그 말은 오늘 아침부터 목초지에 없었던 모양이었고, 친위대가 찾아다니다가 발견한 곳은 목초지 옆에 펼쳐진 숲속이었던 모양이다. 보아하니 울타리를 멋대로 뛰어넘어가는 자유분방한 말이기도 한 것 같다.

"그런 말을 레우스가 제대로 탈 수 있을까?"

"그렇지. 솔직히 자신이 별로 없거든?"

"훗, 레우스라면 괜찮을 거다. 뭐, 아무튼 한번 보도록 해라."

왠지 모르겠지만 자신만만하게 웃는 줄리아의 신호에 따라 마구간 근처에 있던 친위대가 빗장을 빼고 단숨에 문을 열자 그곳에서 까맣고 거대한 그림자가 뛰쳐나왔다.

줄리아가 자신만만하게 말한 것도 이해가 될 정도로 훌륭한 흑마였고, 다른 말보다 몸집이 큰데다 힘차게 땅을 박차는 네 다리는 멋지다는 말이 나올 정도로 두껍고 듬직했다.

　최악의 경우 레우스에게 맞는 말을 찾아내지 못한다면 호쿠토를 좌익으로 보내는 것도 생각해 보았지만, 이렇게 훌륭한 말이 있으니 그럴 필요는 없을 것 같다.

　그런데…… 그렇게 믿음직스러운 흑마가 엄청난 기세로 이쪽을 향해 달려왔고, 전혀 멈추려 하지도 않았기에 레우스 옆에 있던 마리나가 당황하기 시작했다.

　"왜, 왠지 기세가 엄청난데요?!"

　"흐음? 아, 혹시 레우스가 있어서 그런가?"

　"내가 왜?"

　"내게 쓸데없는 남자가 붙었다고 생각하고 화가 난 건지도 모르겠군. 질투심이 강한 면도 있어서 말이지."

　보아하니 저 흑마는 줄리아에게 반한 건지 그녀에게 다가가는 사람들을 철저하게 떼어내려 하는 모양이었다. 그래서 그런지 전선 기지에서 줄리아가 타고 다녔던 말과 항상 싸우곤 해서 평소에는 격리해놓고 키우고 줄리아도 번갈아 가며 탄다고 한다.

　뭐…… 다시 말해 레우스를 노리고 있는 것이다.

　"냉정하게 분석하지 마시고 말려주세요! 아니, 우리가 물러나면…… ."

　"진정하라니까, 마리나. 음~, 그러니까 싸워도 상관없다는 뜻이지?"

"그래, 그게 제일 빠를 거다."

명확하게 적의를 품은 말이 다가오니 겁이 날 수도 있겠지만, 호쿠토와 모의전을 계속 벌여온 레우스가 보기에는 동요할 정도가 아닌 것 같았다.

눈 깜짝할 새에 다가온 흑마의 돌진을 정면으로 막아낸 레우스는 기세를 완전히 죽이지 못하고 두 발로 지면을 깎아내며 계속 후퇴했고, 완전히 흑마를 멈출 수 있었던 건 목초지 중심까지 밀려난 뒤였다.

"헤헤, 힘이 엄청나잖아. 하지만 나도…… 으랴아아아아아아아앗———!"

그리고 레우스가 흑마의 목을 옆구리에 끼면서 붙잡나 싶었더니 들어 올려 뒤쪽으로 내던졌다.

전생에서는 플라잉 저먼 수플렉스라 불리던 기술로 인해 높게 내던져진 흑마는 놀랍게도 공중에서 자세를 바로잡고 네 다리로 확실하게 착지했다.

"어어?! 저, 저 말은 대체 어떻게 된 거야?!"

"하하하, 멋지지? 사람을 까다롭게 고르는 녀석이긴 하다만, 일단 타면 정말 믿음직한 말이다."

"시리우스 님. 저건 순수한 말이 아니라 다른 종족일지도 모르겠네요."

"그럴 수도 있겠어. 뭐, 어찌 됐든, 고삐를 쥘 수 있다면 시리우스의 전력이 대폭 올라갈 것 같네."

느긋하게 지켜보고 있는 우리와는 달리 레우스와 흑마의 싸움은 더욱 열기를 더해갔다.

흑마가 상반신을 들어 올리고 앞다리로 짓뭉개려 하자 레우스는 그것을 정면으로 붙잡고 힘 대결을 벌이거나 억지로 흑마 등에 올라타서 로데오를 하기 시작하는 등, 정신을 차리고 보니 구경료를 받을 수 있을 것 같은 시합이 되었다.

그로부터 15분 뒤…….

쓰러진 흑마의 목에 헤드락을 완전히 걸자 흑마가 포기했다는 듯이 움직이지 않게 되었고, 레우스의 승리가 결정되었다.

"훌륭하다! 레우스라면 그 녀석의 마음을 열어줄 거라 믿고 있었다!"

"……왠지, 뭔가 이것저것 잘못된 것 같은데."

"그래, 나도 그렇게 생각해."

나와 마리나의 태클은 둘째치고, 그 뒤로 흑마는 눈에 띄게 얌전해져서 레우스가 등에 탔는데도 전혀 날뛰지 않게 되었다. 다시 말해 저 흑마는 독특한 감각으로 마음을 주고받는 레우스나 줄리아와 비슷한 존재인 건가?

어찌 됐든, 그렇게 레우스의 이동 수단을 확보할 수 있게 되었지만 문제가 생긴 건 말을 타고 난 뒤였다.

"하아아아아아아앗———!"

"크윽…… 으엇?!"

줄리아도 말을 탔고 둘 다 말을 탄 상태에서 모의전을 벌이기 시작했는데, 몇 번 검이 부딪히자 레우스가 말에서 떨어져 버린 것이다.

이번이 벌써 열 번째 낙마였고, 중간에 구경하러 온 알베리오와 키스가 진지한 표정으로 끙끙대고 있었다.

"음…… 레우스라면 금방 익숙해질 줄 알았는데 말이지. 역시 검을 온 힘으로 휘두르게 되면 힘든가?"

"흥, 그야 자기 다리하고 말은 전혀 다르니까 당연한 거지. 나도 익숙해질 때까지 몇 번이나 떨어졌는지 모른다고."

"레우스, 괜찮아? 좀 쉬는 게 낫지 않을까……."

"괜찮아, 괜찮아. 줄리아, 한 번 더!"

"그래, 몇 번이든 함께 하마."

마리나도 걱정하며 달려갔지만, 레우스는 힘들어하는 기색도 보이지 않고 가볍게 말을 타고는 다시 줄리아와 검을 맞부딪히기 시작했다.

처음 탔을 때와 비교하면 꽤 오래 버티게 되었지만, 레우스는 역시 일정한 힘을 주면 균형을 잃기 시작했고 줄리아의 검을 버티지 못하며 떨어져 버렸다.

나는 레우스의 성격을 잘 알고 있기에 그 원인과 해결방법도 알고 있다. 하지만 이번에는 일부러 레우스 일행의 자주성에 맡길 생각으로 조용히 지켜보고 있었는데 검을 내린 줄리아가 조언을 해주었다.

"역시 너무 팔과 허리로만 검을 휘두르는군. 좀 더 다리에 힘을 주는 게 낫겠다."

"나도 알고 있긴 한데 말이지, 뭔가 어렵단 말이야."

말을 타고 무기를 휘두를 때는 말의 등 사이에 끼우고 버티는

다리…… 다시 말해 허벅지가 중요하다.

레우스도 그 사실을 이해하고 있는 것 같지만, 온 힘을 다해 검을 휘둘러버리면 말이 짓눌린다는 걱정이 무의식적으로 드러나 버리기에 상반신에 힘이 쏠리는 것 같았다. 그밖에도 두 다리로 땅을 확실하게 밟는 것이 중요한 '강파일도류'를 사용하고 있기 때문일지도 모르겠다.

잘 풀리지 않아서 고민하는 레우스에게 줄리아와 마리나가 조용히 말을 걸었다.

"레우스. 타고 있는 파트너를 좀 더 믿어라. 네가 이겼다고는 하지만, 그 말의 힘은 좀 전에 벌인 싸움을 통해 잘 알고 있을 텐데?"

"아니, 너 같은 경우에는 어려운 생각은 하지 말고 그 아이를 자기 다리라고 생각하면 되는 거 아닐까?"

"믿는다…… 내 다리…… 그래, 인마일체야!"

자신의 애마의 등을 쓰다듬으며 말하는 줄리아와 답답하다는 듯이 바라보고 있던 마리나의 조언을 통해 무언가 깨달았는지, 내가 예전에 가르쳐주었던 말을 중얼거리며 레우스가 다시 검을 겨누었다.

그러자 서로 말을 몰아가며 맞부딪히는 검에서 흐트러진 모습이 사라지고, 검과 말이 아무리 빨라져도 레우스가 떨어지지 않게 되었다.

"아니, 아니, 이상하잖아! 어떻게 이렇게 갑자기 바뀌는 건데?"

"후후, 그게 레우스니까. 이 정도면 안심하고 선두를 맡길 수 있겠군."

그건 그렇고, 사랑을 고백한 여자가 해준 말을 듣고 눈치채다니, 순진한 구석이 눈에 띄긴 하지만 이러쿵저러쿵해도 이야기에 나오는 주인공 같은 남자다.

문제가 한 가지 해결되어 우리는 안심했지만, 새로운 문제가 생겼다.

"저기, 슬슬 저 두 사람을 말리는 게 좋을 것 같은데요?"

"어…… 아?!"

"하하하하하하하! 좀 더! 좀 더 빠르게 할 수 있을 것 같다!"

"그래! 따라오라고, 줄리아!"

"이런, 왠지 웃기 시작했는데?!"

"이놈~! 그렇게 계속 싸우면 내일 지장이 생기잖아!"

떨어져서 멈춘다는 요소가 사라지자 두 사람의 검무가 가속되어 끝나지 않게 된 모양이었다.

그렇게 준비가 착착 진행되고 시간은 해가 뜨기 얼마 전.

눈도 확실하게 붙여서 몸 상태를 완벽하게 갖춘 다음, 나는 호쿠토와 함께 결전의 무대가 될 평원이 보이는 방벽 위에서 좀 전에 '콜'로 부른 남매가 오기를 기다리고 있었다.

"오래 기다리셨죠, 시리우스 님."

"무슨 일 있어? 형님. 슬슬 줄리아랑 다른 사람들하고 작전 회의를 할 텐데……."

"그래. 너희들에게 전해두고 싶은 게 좀 있어서 말이지."

평소와는 다른 분위기를 느낀 모양인지 남매는 아무런 말도 하지 않고 자세를 바로잡으며 내가 말하기를 기다렸다.

"내일…… 아니, 이제 오늘이구나. 오늘 싸움은 양익의 움직임이 중요할 텐데, 그 열쇠가 될 사람들은 너희야. 알고 있겠지?"

"네!"

"그래!"

대군끼리 벌이는 싸움이니 개인이 할 수 있는 일에는 한계가 있다.

하지만 적에게 큰 타격을 입히게 될 내 기습과 포석에 가장 빠르게 대처할 수 있는 사람은 이 남매이고, 그걸 눈치채고 양익을 재빠르게 이끌지 못하면 내가 유격을 맡아 움직이는 의미가 거의 없게 된다.

그렇기 때문에 일부러 남매만 따로 불러서 이야기한 것이다.

그리고 또 한 가지…….

"이 싸움이 시작되면 나는 한 명의 전사가 될 거야. 그러니 나를 대등한 존재로 대하고, 원호를 요청하는 걸 망설이지 마라. 이기기 위해 움직이는 거다."

""네!""

"……미안하다. 이번만큼은 너희를 신경 써줄 여유가 없을 것 같아. 그 정도로 버거운 상대인 것 같으니까."

"문제없습니다. 지금까지 시리우스 님께서 맡아주신 것들은 제가 보충하도록 하겠습니다. 그러니 시리우스 님께서는 마음껏 싸워주세요."

"맞아, 맞아. 형님이 보기에는 아직 미숙할지도 모르겠지만, 우리는 형님과 나란히 서기 위해 계속 노력해왔다고. 그러니 믿어줘. 그리고…… 좀 더 의지해달라고."

"하하…… 말도 잘하게 되었구나. 그럼 내 부족한 부분을 확실하게 메꿔줘. 부탁한다."

"맡겨주시길!"

"당연하지!"

그리고 자신만만하게 대답하며 떠나가는 남매의 뒷모습을 바라보며 나는 곁에 있던 호쿠토에게 말을 걸었다.

"……자랑스러운 제자들이지? 호쿠토."

"멍!"

한 명의 전사…… 에이전트였던 나로 돌아가기 위해 그대로 마음을 갈고 닦을 예정이었지만, 조금만 더 이 여운에 젖어 있어야겠다.

제자들의 자랑스러운 모습을 마음에 품고, 나는 한동안 호쿠토의 머리를 쓰다듬어 주었다.

안녕하세요, 여러분, 오랜만에 뵙는 네코입니다.

아…… 위험했습니다. 진짜로 아슬아슬했습니다만, 15권을 겨우 발매할 수 있었습니다.

이 작품에 힘써주신 분들, 그리고 응원해주신 여러분…… 정말 감사합니다. 응원해주시지 않았다면 분명히 마음이 꺾였을 겁니다.

자, 네거티브한 마음을 다잡고 15권과 향후에 대해 조금 말씀드리겠습니다.

원래는 15권에서 시리우스의 결전도 묘사해야 했을지 모르겠습니다만, 다음 권으로 넘어가기 위해 잘라내게 되었습니다. 뭐, 가장 큰 이유는 네코의 집필 속도가 느리기 때문입니다만.

그리고 꼭 써야겠다 싶은 내용이 없는 한, 아마 다음이 마지막 권이 될 것 같습니다.

이야기의 종착점은 거의 정해져 있습니다만, 그 중간의 자잘한 과정이 공백투성이이기 때문에 언제 완성될지는 미정이네요.

그러니 지금부터가 진짜 힘을 내야 할 시기입니다. 시간이 되신다면 무사히 16권이 발매되기를 기원해 주세요.

그럼 다음에 뵙겠습니다!

역자 후기

안녕하세요. 천선필입니다.
이번 월드 티처 15권, 재미있게 읽으셨는지 모르겠습니다.

이번 15권은 결전을 준비하며 모여든 사람들의 모습을 보여준 전반부, 그리고 결전이 시작되고 나서 시리우스의 제자들이 활약을 보여준 후반부로 나뉘는 것 같습니다. 저번 14권까지는 전선 기지를 지키며 그동안 맺어왔던 인연들을 통해 원군들이 차례차례 모여드는 전투와 집결이 동시에 진행되었다면, 이번 15권은 처음부터 모든 캐릭터들이 모여 스케일이 큰 이야기를 이끌어나갔다고 할 수 있겠죠. 작가분의 후기에도 언급된 이야기입니다만, 그렇게 규모가 커졌기에 시리우스의 활약상은 다음 권으로 넘어간 게 아닐까 하는 생각도 듭니다.

특히 이번에는 그동안 전개상 약간 묻히는 느낌이었던 에밀리아의 활약이 매우 돋보이는 느낌이었죠. 비록 동료들의 힘을 빌리기는 했지만 적군의 주력 중 한 명을 단독으로 쓰러뜨린 데다 다른 한쪽의 주력을 에밀리아가 보낸 영감님이 해치웠으니 결과적으로 이번 15권의 전투는 에밀리아 혼자 다 해먹었다고 해도 과언이 아닐 것 같습니다. 그렇게 생각하며 표지를 보니 에밀리아의 표정이 왠지 자신감 넘치게 보이는 것 같기도 하네요. 여러분은 어떻게 생각하실지 궁금합니다.

이 시리즈도 벌써 15권을 맞이했네요. 아무래도 처음부터 제가 번역했던 작품이 아니다 보니 이어받아서 작업에 들어갔을 때는 1권부터 번역했던 다른 작품보다는 애착이 덜 가기도 했던 것 같습니다만, 지금은 꽤 오래되었고 작업량도 꽤 많기에 제 작품이라는 느낌도 들게 되었습니다. 그렇게 겨우 정이 들었는데 작가분의 후기를 보니 마지막 권이 얼마 남지 않은 것 같아 아쉽네요. 그래도 끝까지 최선을 다해 독자 여러분께서 재미있게 즐기실 수 있게끔 노력할 생각입니다. 왠지 벌써부터 마지막 권 후기 같은 느낌이 드는 것 같아 피식피식 웃음이 나오기도 하네요.

이런 생각을 하면서 이번 월드 티처 15권을 번역하였습니다. 매번 그랬듯이 감사의 말씀 드리고 후기를 마치려 합니다.

항상 신경을 많이 써주시는 담당 편집자분, 그리고 책을 내는 데 도움을 많이 주신 소미미디어 관계자 여러분, 그리고 가족 여러분. 감사합니다.

그 누구보다 감사드리고 싶은 분은 독자 여러분입니다. 제가 이렇게 무사히 번역을 마치고 후기를 쓸 수 있는 것도 독자 여러분 덕분이라 생각합니다. 진심으로 감사드립니다.

다시 찾아뵙게 될 때까지 행복한 하루 보내시길 바랍니다.
감사합니다.

World Teacher 15
©2021 Koichi Neko
First published in Japan in 2021 by OVERLAP, Inc.
Korean translation rights reserved by Somy Media, Inc.
Under the license from OVERLAP, Inc., Tokyo JAPAN

월드 티처 이세계식 교육 에이전트 **15**

2022년 4월 1일 1판 1쇄 발행

저　　자 네코 코이치
일 러 스 트 Nardack
옮 긴 이 천선필
발 행 인 유재옥
본 부 장 조병권
담당편집자 박치우
편집 1팀 이준환 박소연 김혜연
편집 2팀 정영길 조찬희 박치우
편집 3팀 오준영 곽혜민 이해빈
미　　술 김보라 박민솔
라이츠담당 한주원 이승희
디 지 털 박성섭 이성호 최서윤 김지연
인쇄제작처 코리아피앤피
발 행 처 ㈜소미미디어
등　　록 제2015-000008호
주　　소 서울시 마포구 토정로 222, 403호 (신수동, 한국출판콘텐츠센터)
판　　매 ㈜소미미디어
영　　업 박종욱
마 케 팅 한민지 최정연 한소리
물　　류 허석용 백철기
전　　화 편집부 (070)4164-3962, 3963 기획실 (02)567-3388
　　　　　판매 및 마케팅 (070)4165-6688, Fax (02)322-7665

ISBN 979-11-384-0865-3 04830
ISBN 979-11-5710-455-0 (세트)

월드 티처
이세계식 교육 에이전트

네코 코이치 지음
Nardack 일러스트
천선필 옮김

15

극한일도가 완성된 순간

※주의…… 15권을 다 읽으신 뒤에 읽어주세요.

제가 당천 씨와 함께 여행을 하게 된 지 반년 이상이 지났습니다.

당천 씨가 매번 제 예상을 뛰어넘는 행동력으로 난장판을 벌이고, 거기에 휩쓸리는 식으로 자극적인 나날을 보내고 있던 어느 날. 가장 놀라운 일이 일어났습니다.

"음…… 으랴아아아아아아아앗———!"

"어엇?!"

딱히 강적과 마주쳤다거나 당천 씨에게 무슨 일이 있었던 건 아닙니다.

정말 아무 일도 없었고, 그저 일상적으로 휘두르기를 하던 도중에 당천 씨가 갑자기 터무니없는 기술을 완성한 것입니다.

극한일도라고 부르기에 걸맞은 그 무시무시한 검술로 인해 어느 정도 당천 씨의 말이나 행동에 익숙해졌던 저도 목소리가 나오는 걸 억누를 수가 없었습니다.

"바, 방금 그건 뭐죠? 아니, 갑자기 왜 그러시는 건데요?"

"뭐냐고 해봤자, 강파일도류의 새로운 오의가 완성되었을 뿐이다. 그렇게 떠들어댈 필요는 없을 텐데."

"아니, 아니?! 오의잖아요? 그럴싸한 행동을 전혀 보이지 않

으시더니, 그렇게 갑자기 완성했다니…….''

제가 태클을 거는데도 당천 씨는 아랑곳하지 않고 기뻐하기는 커녕, 아무 일도 없었다는 듯이 휘두르기를 다시 시작했습니다. 제가 잘못된 반응을 보이는 것 아닐까 하는 생각조차 드는데, 절대로 그렇진 않을 겁니다. 아니…… 오의잖아요?

결국 당천 씨는 휘두르기를 마칠 때까지 아무런 말도 하지 않으려 했기에 저도 조용히 다시 휘두르기를 시작했습니다.

그리고 일과인 휘두르기를 마치고 나서 다시 물어보았지만, 당천 씨는 여전히 평소처럼 땀을 닦기만 했습니다.

"저기…… 갑자기 완성되었다거나 그런 건 일단 제쳐두고, 기쁘진 않으신가요?"

"얼빠진 녀석. 겨우 한 번밖에 날리지 못하는 오의로 뭘 어쩌겠다는 거냐? 적어도 휘두르기 훈련 때처럼 날리지 못한다면 녀석과 싸울 때는 못 써먹는다."

"휘두르기 훈련 때처럼 날리는 시점에서 이미 오의가 아닐 것 같은데요."

참고로 녀석이란, 당천 씨의 호적수이기도 한 시리우스 씨 이야기일 것입니다.

하지만 아무리 시리우스 씨라 해도 그 검을 피할…… 아뇨, 그 사람도 이 영감님과 비슷할 정도로 특출한 분이니까요. 아무렇지도 않게 피하고 반격 정도는 하더라도 이상할 게 없습니다.

"뭐, 기술을 갈고 닦는 건 나쁜 게 아니죠. 그런데 그 오의의 이름은 뭘로 하실 건가요?"

"이름? 흐음, 아무런 생각도 없었다만, 일단 '진 강파일도'면 되겠지."

"아뇨, 아뇨, '강파일도'는 마력으로 칼날을 늘려서 베는 기술이잖아요? 방금 그건 분명히 다른 기술이었으니 다른 이름으로 하시죠."

"귀찮군……."

평소에는 당천 씨가 무슨 짓을 하더라도 적당히 흘려넘기곤 했지만, 그때는 엄청난 오의 때문에 흥분해서 그랬는지 묘하게 적극적이었던 겁니다.

"강파일도류의 오의니까 강파라는 글자는 들어가야 할 것 같네요. 그리고 섬광이라 해도 이상할 게 없을 정도로 빨랐으니 '강파일섬'이라고 하는 건 어떨까요?"

"호오…… 애송이치고는 나쁘지 않군그래. 그럼 앞으로는 그렇게 부르도록 하마."

"어? 정말로 괜찮으시겠어요? 그밖에도 후보가 있는데요."

"딱히 이름을 외치며 쓰는 것도 아니니 그럴싸한 이름만 있으면 충분한 것 아니냐."

"뭐, 그렇긴 하죠."

그런 관계로 제가 그 오의의 이름을 붙여주게 된 것입니다. 한 명의 검사로서 그렇게 대단한 기술에 관여하게 된 건 분명히 명예로운 일일 것입니다.

하지만…….

"좋아, 그럼 바로 '강파일섬'을 시험해보도록 하지. 애송이, 거기 서라."

"……네?"

아무리 그래도 최초의 희생자가 되는 건 사양하고 싶습니다.

죽을힘을 다해 저항해서 겨우 도망칠 수는 있었지만, 정말…… 이 사람하고 같이 지내다 보면 목숨이 몇 개가 있더라도 부족할 것 같습니다.

검을 휘두르며 훈련하는 검사들

나라의 운명이 달린 싸움을 내일로 앞두고 있는 생도르.

그 결전에 대비하여 많은 사람들이 바쁘게 돌아다니고 있지만, 강검 라이오르는 평소와 마찬가지로 행동하고 있었다.

"애송이들, 휘두르기를 하러 가자!"

내일 전투에 대비한 작전 회의나 준비를 돕고 있던 레우스와 베이올프를 붙잡은 강검은 반쯤 억지로 일과인 휘두르기에 참가시켰다.

"흐읍!"

"후욱!"

"하앗!"

"냐아~!"

"……잠깐만!"

억지로 참가하게 되긴 했지만 몸을 움직이는 게 즐거운 건지 레우스와 베이올프가 정신없이 검을 계속 휘둘렀고, 어느 정도 검을 휘두르고 나자 라이오르가 갑자기 소리쳤다.

레우스와 베이올프가 무슨 일인가 싶어서 라이오르를 보니 그가 두 청년 사이에서 목도를 휘두르고 있던 카렌을 보고 있다는 것을 눈치챘다.

"애송이. 어째서 이 아가씨가 검을 휘두르고 있는 게냐?"

"어째서냐니, 카렌이 같이 하고 싶다고 해서 그랬지. 나랑 자주 같이 휘두르기를 하는데."

"아니, 왜 이제야 말씀하시는 건데요? 신경 쓰이시면 처음부터 말씀하시지."

"100번 휘두를 때까지 멈출 수가 없잖느냐!"

어지간한 일이 아니라면 어느 정도 매듭을 지을 때까지 휘두르기를 멈추고 싶지 않은 모양이었다.

레우스와 베이올프는 그 고집에 약간 어이가 없었지만, 정작 이야기의 중심인물인 카렌은 휘두르기에 집중하고 있는지 목도를 휘두르는 손을 멈추지 않았다.

"냐아~!"

"그래서요? 카렌에게 무슨 불만이 있으신가요?"

"맞아. 하고 싶은 건 다 해보라는 게 형님의 교육 방침이라고."

"에잇, 나는 딱히 검을 휘두르는 것에 불만이 있는 게 아니다! 아까부터 이 아가씨의 목소리는 대체 뭐냐! 좀 더 크게 소리 지르지 못할까!"

"아, 나도 예전에 그런 말을 한 적이 있는데."

기합을 넣어 소리를 지를 때, 카렌은 고양이 같은 목소리를 내버린다. 레우스도 예전에 태클을 걸었는데, 예상대로 라이오르 또한 신경 쓰인 모양이었다.

그제야 모두가 멈춘 걸 눈치챘는지, 카렌이 목도를 휘두르던 손을 멈췄다.

"왜 그래?"

"음~, 그게 말이지, 이 할아버지가 카렌의 목소리가 이상하다고 화가 났거든."

"어~? 그래도 카렌은 있는 힘껏 소리치고 있는데."

"배에 좀 더 힘을 줘라! 이렇게! 우오오오오오오오오──옷!"

"냐아~!"

"우오오오오오오아아아앗──!"

"냐아오오──옷!"

"오? 내가 지적했을 때보다 진화했네."

"아니, 아니, 용케도 겁을 안 먹네요. 저 사람의 포효는 어른조차 도망칠 정도로 박력이 있는데."

용족과 함께 자라서 그런지 할아버지 같은 강자에 내성이 있는 모양이었다.

결국 그 두 사람은 기합 소리에 정신이 팔려서 휘두르기를 할 상황이 아니게 되었기에, 베이올프는 자신의 훈련을 하기로 했다.

근처에 두었던 장작을 주워서 공중에 던진 다음, 두 손에 각각 들고 있던 검을 휘두르자 장작이 여덟 조각으로 갈라져 땅바닥에 떨어졌다.

"응, 일단 이 정도면 되려나? 다음에는 좀 더 많이……."

"대, 대단해~! 두 손으로 이렇게…… 파바바바바바박!"

"그런가요? 아니, 그렇게 대단한 기술은 아니지만 기뻐해주시니 왠지 저도 기분이 좋네요."

"흥! 그 정도는 아직 멀었지."

베이올프의 태도가 뭔가 거슬렸는지, 라이오르도 마찬가지로 장작을 던진 다음 열 조각으로 잘라 보였다.

"오오~! 베이올프 오빠보다 더 많이 잘랐어!"

"어떠냐! 그런데…… 뭐지? 애송이가 베었을 때보다 아가씨의 반응이 약한데."

"어? 왜냐하면, 그건 레우스 오빠가 자주 하는 거고, 이쪽은 두 자루니까 더 재미있었는데."

"네놈 때문이냐! 애송이!"

"어째서!"

"크윽…… 상황은 어찌 됐든 처음으로 라이오르 씨에게 이겼네요!"

스스로 생각해도 쪼잔하다는 건 자각하고 있지만, 베이올프는 강검을 이겼다는 사실이 기쁘기만 했다.

미래에 대해 이야기를 나누는 부부

결전이 내일로 다가와 생도르 전체가 바쁘게 움직이고 있는 와중에 나는 부인들을 불러 다과회를 하고 있었다.

이번에는 레우스와 다른 사람들을 부르지 않았기에 지금은 넷이서만 케이크나 과자 같은 것들이 놓인 테이블 주위에 둘러앉아 있다.

"시리우스 님, 홍차라면 제가……."

"괜찮으니까 앉아있어. 가끔은 내게 맡겨달라고."

어쩔 줄 몰라 하는 에밀리아를 달래며 사람 수만큼 홍차를 준비하고, 그것을 사람들 앞에 내준 다음 나는 부인들을 둘러보며 자리에 앉았다.

"자, 준비가 다 되었으니 먹어보도록 할까."

"에헤헤, 오랜만에 먹는 케이크네. 그런데 이렇게 느긋하게 지내도 되는 걸까?"

"딱히 상관없지 않아? 쉬는 것도 필요하니까."

"그래. 그리고 요즘은 바빠서 차분히 이야기를 나눌 시간도 없었으니까."

피아와는 닷새 동안이나 떨어져 있었고, 에밀리아, 리스와는 식사를 할 때나 겨우 이야기를 나눌 수 있었다. 항상 함께 지내더라도 이런 시간은 소중히 여겨야 할 것이다.

"그러니까 우울해질 것 같은 내일 이야기 말고 그 이후 이야기를 해보자고."

"그렇다면 역시, 우선 엘리시온으로 돌아가야……겠지?"

"그래. 다들 결혼식 때 하고 싶은 거 있어?"

우리가 학창시절을 보낸 엘리시온에서 결혼식을 올릴 예정이긴 하지만, 규모나 내용에 대해서는 아직 정해진 게 아무것도 없다. 그래서 부인들의 희망 사항을 들어보려 했던 것이다.

그 말을 들은 부인들이 일제히 생각하기 시작했고, 가장 먼저 입을 연 사람은 리스였다.

"음…… 우선 언니하고 아버님께 제대로 말을 해둬야 할 것 같은데. 내버려두면 무슨 짓을 할지……."

리스를 누구보다 사랑하는 아버지와 언니…… 엘리시온의 왕과 차기 여왕이니까. 성의 일부를 개방해서 한없이 호화롭고 사치스럽게 할 가능성도 충분히 있다.

"그리고, 요리가 잔뜩 있으면 좋을 것 같아!"

"그래, 그쪽은 신경 쓰도록 할게. 아, 웨딩 케이크도 준비해야겠구나."

"으으…… 그 케이크에는 별로 좋은 추억이 없긴 하지만, 맛있어 보이긴 했지. 이번에는 제대로 먹고 싶어."

예전에 국내의 암 같은 존재들을 제거하기 위해 가짜 결혼식을 했을 때를 떠올린 리스는 복잡한 표정을 짓고 있었지만, 결국 식욕이 이긴 모양이었다.

"에밀리아는 뭔가 원하는 것 없어?"

"저는 시리우스 님의 곁에 있는 것만으로도 행복하니 많은 건 바라지 않아요. 노엘 언니처럼 모두에게 축복을 받을 수 있다면 충분합니다."

"정말, 모처럼 결혼식이잖아? 이럴 때 정도는 떼를 쓰더라도 벌받지는 않을 것 같은데."

"가능할지 여부는 의견을 낸 뒤에 생각하면 돼. 에밀리아도 주역 중 한 사람이니 사양하지 말고 말해줘."

돈이나 필요한 물건이 있다면 내가 어떻게든 해볼 수 있을 테니 부인들은 평생에 한 번 있을 추억에 후회가 남지 않게끔 해주고 싶다.

그런 내 말을 듣고 기운이 났는지, 에밀리아가 조심스럽게 자기 의견을 말했다.

"그럼 저는 할아버지를 부르고 싶어요. 아버지와 어머니 몫까지, 드레스를 입은 저를 보여드리고 싶어요."

"후후, 그거 좋네. 문제는 다른 대륙이라 너무 멀다는 점인가?"

"그런 문제는 호쿠토에게 태워달라고 하면 어떻게든 되지 않을까?"

꽤 강행군이긴 하겠지만, 호쿠토라면 하루 이틀 정도면 오갈 수 있을 것 같다.

"그러는 피아는 어때? 아버지를 불러도 되는데."

"아하하, 우리 아버지는 숲에서 나오지 않으니 그건 힘들 거야. 그러니까 내가 원하는 게 있다면 드레스려나? 저번에 시리우스가 말했던 순백의 웨딩드레스를 입고 싶어."

이렇게 미래의 희망에 대해 이야기를 나누는 것이 내일 살아 남을 양식이 된다.

그래서 나는 최대한 부인들과 이야기를 나누고, 약속을 나누었다.

사랑스러운 여자들

내일로 다가온 결전에 대비해 연습을 하고 해산한 뒤, 성으로 돌아오자 마리나가 구운 고기가 담긴 접시를 들고 우리가 돌아오기를 기다리고 있었다.

"오, 맛있는 냄새가 난다 싶었는데, 일부러 만들어준 거야?"

"그래, 일단락되었으니 쉬는 게 어떨까 싶어서. 아, 물론 줄리아 님…… 줄리아 몫도 있어."

"고맙군! 마침 출출하던 참이다."

마리나가 이름만으로 불러주자 기뻐한 줄리아가 자기 방으로 우리를 초대해 주었다.

참고로 의미심장한 듯한 미소를 짓던 알과 키스는 사양한다고 하면서 사라졌기에 셋이서만 구운 고기를 먹게 되었다.

"으음, 굽기만 한 고기가 이렇게 맛있어질 줄은 상상도 못 했군. 나를 위해 날마다 구워줬으면 할 정도다."

"저번에도 그런 말 하지 않았나? 아, 그러고 보니까 이걸 요리하는 동안에는 누나들하고 같이 있었지? 지금은 어디 있어?"

"에밀리아 씨랑 다른 사람들은 시리우스 씨하고 같이 당신들 방에서 다과회를 한대. 부부들끼리만 느긋하게 이야기를 한다던데."

생각해보니 요즘 형님은 누나들하고 느긋하게 이야기를 나누지 못했으니까. 부부만의 시간을 가지려 하는 형님의 배려심은 본받아야겠다.

"그래서 우리도 다과회를 할까 생각했는데, 당신들 두 사람 같은 경우에는 과자보단 이게 더 좋을 것 같아서……. 내가 괜한 짓을 했나?"

"과자도 좋지만, 난 고기도 정말 좋아하니까 문제는 전혀 없다. 그리고 함께 먹는 상대가 레우스와 마리나이니 내게는 최고의 시간이다."

"맞아. 준비해줘서 고마워."

"으, 응. 마음에 들었다니 기쁘네."

나와 줄리아가 그렇게 말하자 마리나는 부끄러운 듯이 미리 준비해두었던 홍차를 마셨다.

이런 모습을 보고 귀엽다고 하는 거겠지, 그렇게 생각하며 바라보고 있자니 구운 고기를 거의 다 먹은 줄리아가 우아하게 홍차를 마시며 말하기 시작했다.

"그쪽은 부부들끼리만 이야기를 나누고 있으니 우리도 그런 이야기를 해보자꾸나. 나는 내 아이와 함께 검을 휘두르는 연습을 하는 걸 동경한다만, 두 사람은 어떻게 생각하지?"

"콜록?!"

"괘, 괜찮아?"

갑자기 마리나가 홍차를 뿜어내려 했기에 내가 급하게 손수건을 건넸다.

"콜록…… 가, 갑자기 뭐죠? 아이라니, 그건…… 아직 이르다고 해야 하나……."

"하지만 부부가 되면 언젠가 하게 될 이야기 아닌가? 후계자는 최대한 많이 낳아야겠지."

"그렇게 쉽사리 생각하면 안 돼요. 아이를 키우는 건 정말 힘든 일일 테니 좀 더 계획적으로 말이죠……."

역시 마리나는 장래를 확실하게 내다보고 있구나. 나는 그런 부분이 부족하니까 정말 도움이 많이 된다.

"음~, 그래도 가족은 많은 편이 시끌벅적하고 즐겁지 않을까? 마리나는 알이나 너처럼 사이좋게 지내는 남매를 원하지 않나?"

"그것도 나쁘진 않겠지만…… 아, 정말. 그러니까 너무 낙관적으로 생각하는 거라고요!"

"힘들다는 건 나도 알고 있어. 하지만 장래의 꿈 정도는 마음대로 이야기를 나눠보자고. 그러면 어떤 걸 목표로 삼고 노력하면 될지 이해하기 쉬워질 거 아냐?"

"으음! 마리나의 장래 전망에 대해서는 나도 알고 싶구나. 우리 셋이 협력해서 이상적인 미래를 향해 나아가보자."

"세, 셋만이 아니잖아. 그 왜, 노엘 씨의 딸인 노와르도 있으니까."

"오, 그랬지. 그 노와르 공도 어서 만나보고 싶다."

"헤헤, 그렇게 확실하게 모두를 생각해주니까 내가 마리나를 정말 좋아하는 거야."

"바보야?!"

마리나, 줄리아와 함께 지내다 보면 형님이 누나들을 소중히 여기는 이유가 정말 잘 이해된다.

함께 지내기만 해도 이렇게 마음이 따뜻해지니까.

어떤 모험가의 이야기

모험가가 된 지도 벌써 10년.

나는 여러 대륙을 돌아다니며 많은 의뢰를 수행했지만, 아직 중급 모험가에서 랭크를 올리지 못하고 있었다.

안전한 의뢰만 선택해왔던 게 이유였다. 슬슬 큰 승부에 나설 생각으로 생도르까지 왔는데, 그곳은 터무니없는 상황이 되어 있었다.

이야기를 들어보니 땅을 전부 뒤덮을 정도로 많은 마물이 생도르로 다가오고 있고, 내일쯤이면 근처 평원에 도착한다고 한다.

하지만 놀라운 소식은 그것뿐만이 아니었다. 최강의 검사라 불리는 강검이 이곳에 있는 모양이고, 내일 싸움에 참가하면 함께 싸울 수 있다는 것 같다.

처음에는 가짜가 아닐까 의심했는데, 단상 위로 올라온 어떤 영감님이 검을 휘두른 순간⋯⋯.

"흐으읍!"

그곳에 있던 모두가 그 영감님이 진짜라는 것을 이해했다. 아니⋯⋯ 이해하게 되었다. 아니, 검의 풍압만으로 우리를 여러 명이나 날려버렸거든? 저게 강검이 아니면 대체 뭐냐는 거지.

마물의 규모를 보면 도망쳐야 한다는 건 알고 있지만, 강검과 함께 싸울 수 있다는 명예를 저버릴 수가 없었기에 나는 이 싸움에 참가하기로 결심했다. 뭐니 뭐니 해도 강검을 진심으로 동경했으니까.

뭐, 그렇게 싸움에 참가하는 건 좋지만, 약간 신경 쓰이는 점도 있었다.

강검 옆에 서 있던 늑대 귀와 꼬리가 달린 은발 여자였다. 혹시 저게 소문으로만 들었던 은랑족인가?

뭐, 은랑족인지 여부는 제쳐두더라도 문제는 강검이 그 아가씨를 가족처럼 대하고 있다는 점이다. 그뿐만이 아니라 강검은 내일 전투 때 그 아가씨의 명령을 들으라고 했다.

당연히 반발하는 사람도 있었지만, 강검이 소리를 한 번 지르자 납득할 수밖에 없었다. 거역하면 베일 것 같았으니까.

하지만 따지진 못하더라도 아직 받아들이지 못한 사람이 많았고, 그중 일부가 강검 몰래 아가씨에게 말을 걸었다. 아마 말을 건 시점에서 베일 수도 있었겠지만 지금은 함께 있던 검사 두 명과 모의전을 벌이고 있으니 어느 정도라면 문제가 없을 것 같다.

"이봐, 에밀리아 양이라고 했던가? 뭐 좀 물어봐도 되나?"

"무슨 일이시죠? 질문하고 싶은 게 있으시면 사양하실 필요는 없어요."

어린데도 예의 바른 아가씨다. 그리고 새삼 보니 꽤…… 아니, 상당한 미인이다.

"이렇게 된 거 확실하게 묻겠는데, 당신은 강검하고 무슨 사이야?"

"음~, 할아버지의 손녀…… 같은 관계일까요? 지금은 그렇게

19

밖에 말씀을 못 드리겠네요."

"그, 그렇군. 그럼 한 가지만 더 묻겠는데, 당신은 싸울 수 있어? 그리고 우리의 지휘까지 맡게 되는 것 같던데."

"네. 여러분께서 걱정하시는 것도 당연하겠죠. 그러니 한 번 시험해보시는 게 어떨까요?"

그렇게 말하자마자 은발 아가씨가 우리 앞에 서서 덤비라는 듯이 근처에 있던 용병에게 손을 내밀었다.

강검 때문에 겁을 먹긴 했지만, 도발을 당하자 잠자코 있을 수 없었던 용병이 아가씨에게 손을 내밀었으나…….

"크윽?!"

"……다음에는 어떤 분께서 상대해주실 건가요?"

아가씨가 상대방의 팔을 살짝 붙잡나 싶더니 용병이 한 바퀴 회전하며 땅바닥에 쓰러져 있었다.

그 뒤에 아가씨에게 여러 명이 덤벼들었지만 똑같은 방법으로 쉽사리 쓰러져버렸고, 다섯 명 정도 쓰러졌을 때 아가씨가 다시 입을 열었다.

"보시면 아시겠지만, 저는 여러분 앞에 설 수 있는 실력과 경험을 쌓아왔다고 생각합니다. 부디 믿어주실 수는 없을까요?"

그렇구나, 이 아가씨의 실력이 뛰어나다는 건 분명한 것 같다. 적어도 적당한 녀석에게 맡기는 것보다는 낫겠다고 판단한 건지, 모여든 녀석들도 납득한 모양이었다.

하지만, 그 대가는 클 것 같다.

"좀 전에 에밀리아에게 덤벼든 얼간이들이 네놈들이냐? 나와 한판 붙어보자꾸나!"

""""히이익?!""""

……다행이다. 저 아가씨에게 덤비지 않아서 정말 다행이다.

용과 어린 소녀

람다 일행에게 버려져 생도르에 혼자 남게 되어버린 소녀⋯⋯ 히나.

히나는 부모라는 개념도 모르고 람다 일행에게 실험체 취급을 당했기 때문인지 감정 변화가 거의 없었다.

하지만 인간족이면서도 용족의 피를 이어받았다는 사실이 밝혀졌기에, 제노드라 일행과 의논을 거쳐 생도르에서 일어난 소동이 해결된 뒤에는 용족이 살고 있는 카렌의 고향에서 지내게 하기로 결론을 내렸다.

그리고 보호자 같은 느낌으로 용족 중 한 명인 메지아가 히나를 거두게 되었는데, 처음 만났을 때부터 고생을 많이 할 것 같은 상황이었다.

"히나라고 했지? 우리는 적이 아니니 겁먹을 필요는 없다."

"⋯⋯⋯⋯."

"어, 어째서 물러나는 거냐?! 제노드라, 어떻게 좀 해 다오!"

히나는 낯을 많이 가리는 데다 메지아도 어린아이를 상대한 적이 별로 없었기에 양쪽 다 거리감을 제대로 못 잡고 있었던 것이다.

좀 전에는 전선기지에서 먹어보고 마음에 든 치즈를 미끼로 다가가려 했지만, 히나는 카렌과는 달리 음식의 효과가 별로 없었기에 일정한 거리를 두고 다가오려 하지 않았다.

참지 못한 메지아가 한 발짝 다가가자 히나는 그만큼 물러났다. 그 때문에 메지아는 매우 답답해했지만, 뛰어서 쫓아다니거나 억지로 붙잡는 행동만큼은 겨우 피하고 있는 것 같았다.

그리고 한나절 가까이 이것저것 시험해 보았지만, 거리를 전혀 좁히지 못하자 속이 탄 메지아는……

"이렇게 되었는데, 뭔가 좋은 방법 없겠나?"

내게 의논을 하러 와 있었다.

딱히 의논하는 것 자체는 상관이 없지만, 메지아가 보기에 나는 그의 형을 죽인 원수다. 그 응어리는 이미 풀긴 했지만, 그래도 이야기하기 껄끄러울 테고, 게다가 가족에 관해 이렇게 순순히 이야기를 하러 올 줄은 몰랐다.

"그 표정은 뭐지? 저번에도 말했지만 형은 이제 됐고, 지금은 히나가 더 중요하다. 아무튼 히나를 어떻게 대하면 좋을지 가르쳐다오."

"나는 아직 히나하고 이야기를 제대로 해보지도 못했단 말이지. 그러니 일행 중에서 가장 오랫동안 함께 지낸 피아나 다른 여자 일행들에게 물어보는 게 낫지 않을까?"

"흥, 이미 물어봤다. 하지만 여자들은 모두 너에게 물어보는 게 나을 거라고 하더군."

그렇다면 나도 지혜를 짜내봐야겠다. 우선 지금 시점까지 알아낸 히나의 성격을 정리하고 가장 적합할 것 같은 방법을 선택했다.

"우선…… 그래. 결코 먼저 다가가지 말고 히나가 먼저 다가오는 걸 기다려야겠지."

"그건 나도 안다만, 히나가 전혀 다가오려 하지 않는다. 그래선 아무것도 안 하는 거나 마찬가지 아니냐."

"다가가고 싶다는 마음이 너무 강해서 히나도 경계하는 거야. 그냥 히나가 보는 곳에서 자는 건 어떨까? 그냥 눕는 게 아니라 진짜로 자는 거야."

근처에 있는데도 무방비하게 잔다는 것은 상대방을 경계하지 않는다는 의사표시도 될 수 있다.

그리고 히나도 피가 이어져 있다는 사실을 어렴풋이 느낀 건지 메지아에게 흥미를 보이고 있긴 했기에 그게 가장 효과적인 방법일 것 같다.

"만약에 히나가 다가온다고 해도 절대로 먼저 만지려 하지 마. 손바닥만 내밀고 히나가 먼저 만지게 해야 해."

"어째서지? 머리를 쓰다듬어주면 네 주위에 있는 녀석들처럼 익숙해질 텐데."

"이런 거에는 단계가 있는 법이야. 아무리 자신이 위험하지 않다고 해봤자 히나가 그렇게 생각하지 않으면 의미가 없잖아."

그런 다음, 생각나는 조언을 몇 가지 해주고 메지아와 헤어졌다.

그리고 몇 시간 뒤. 메지아와 히나의 상황을 확인하러 가봤더니……

　"가자, 히나."

　"……응."

　메지아의 꼬리 끄트머리를 히나가 잡고 있는, 진도가 나가긴
했지만 왠지 미묘한 광경이 펼쳐져 있었다.

World Teacher 15
©2021 Koichi Neko
First published in Japan in 2021 by OVERLAP, Inc.
Korean translation rights reserved by Somy Media, Inc.
Under the license from OVERLAP, Inc., Tokyo JAPAN

월드 티처 이세계식 교육 에이전트 **15** 초판 한정 소책자

2022년 4월 1일 1판 1쇄 발행

저   자 네코 코이치
일 러 스 트 Nardack
옮 긴 이 천선필
발 행 인 유재옥
본 부 장 조병권
담당편집자 박치우
편집 1팀 이준환 박소연 김혜연
편집 2팀 정영길 조찬희 박치우
편집 3팀 오준영 곽혜민 이해빈
미   술 김보라 서정원
라이츠담당 한주원 이승희
디 지 털 박성섭 이성호 최서윤 김지연
발 행 처 ㈜소미미디어
인쇄제작처 코리아피앤피
등   록 제2015-000008호
주   소 서울시 마포구 토정로 222, 403호 (신수동, 한국출판콘텐츠센터)
판   매 ㈜소미미디어
영   업 박종욱
마 케 팅 한민지 최정연 한소리
물   류 허석용 백철기
전   화 편집부 (070)4164-3962, 3963 기획실 (02)567-3388
                판매 및 마케팅 (02)567-3388, Fax (02)322-7665

ISBN 979-11-384-0865-3 04830
ISBN 979-11-5710-455-0 (세트)